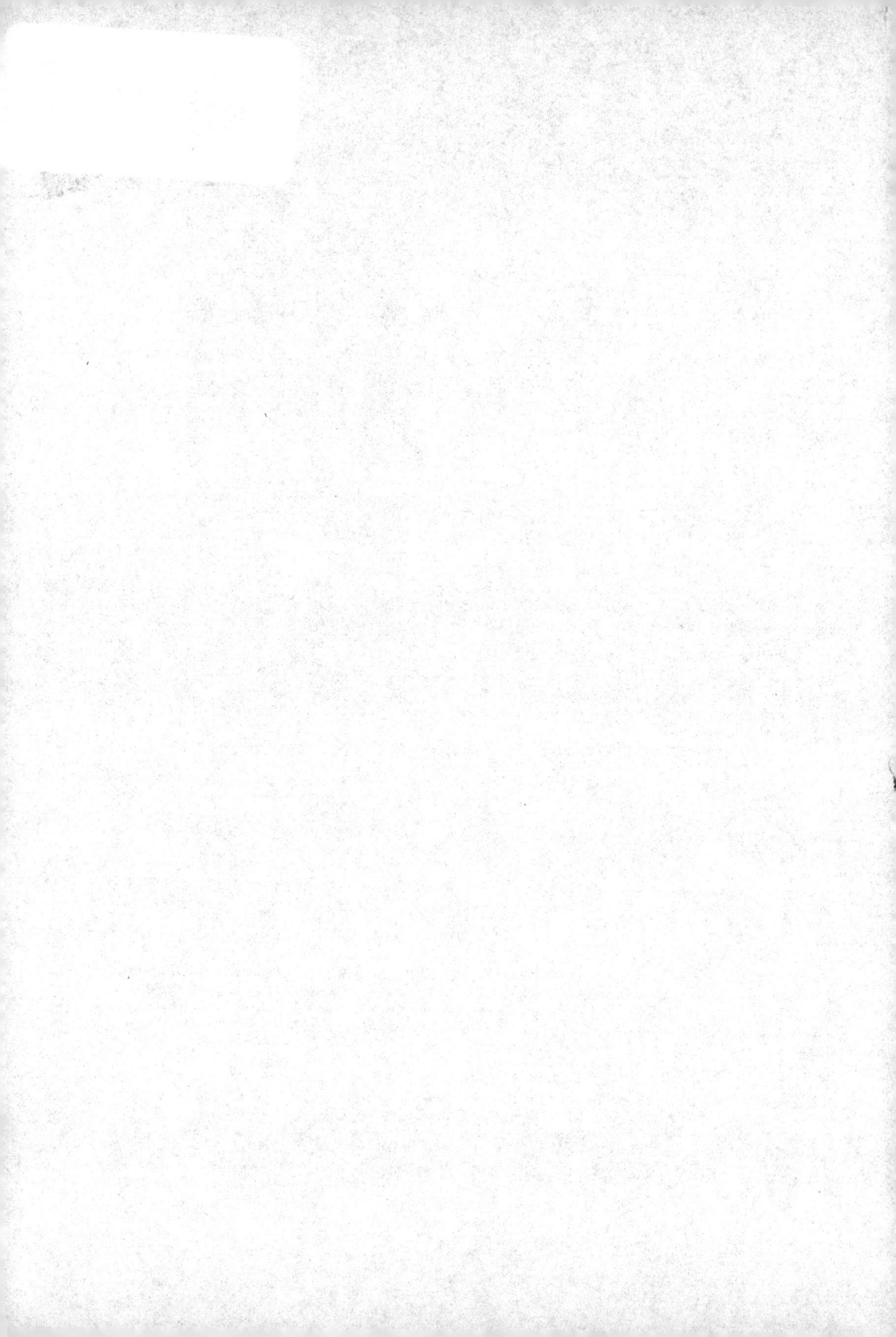

蒙乡的
土堂房

尹绍敏/著

中国出版集团　现代出版社

图书在版编目（CIP）数据

家乡的土掌房 / 尹绍敏著. -- 北京 : 现代出版社,
2017.10（2024.1重印）

ISBN 978-7-5143-6528-3

Ⅰ．①家… Ⅱ．①尹… Ⅲ．①杂文－作品集－中国－
当代 Ⅳ．①I267.1

中国版本图书馆CIP数据核字（2017）第243925号

家乡的土掌房

作　　者	尹绍敏
责任编辑	杨学庆
出版发行	现代出版社
地　　址	北京市安定门外安华里504号
邮政编码	100011
电　　话	010-64267325　　010-64245264（兼传真）
网　　址	www.1980xd.com
电子邮箱	xiandai@vip.sina.com
印　　刷	成都新千年印制有限公司
开　　本	710mm×1000mm　　1/16
印　　张	17
字　　数	253千
版　　次	2017年10月第1版　　2024年1月第3次印刷
书　　号	ISBN 978-7-5143-6528-3
定　　价	59.80元

藤缠树与树缠藤（自序）

——哀牢山之蓝色狂想

此哀牢山

藤缠树与树缠藤，那相互自然纠葛的情怀、情感，因其枝枝、蔓蔓，或藤藤、串串的不断舒展、交叉及攀附而得以滋生及增长。

初闻哀牢山，是三十多年前读高中之时。之前所熟知的山，莫过于立于家乡附近、并为生计需要经常砍柴，而不得不艰难攀爬的照壁山、文笔山、光头山等山。并且，许多年月都曾经以为，它们就是世间少有的大山、高山或奇山、妙山了。

然而，正如人们常说的"花开花又落，春去春又回""流水无情，落花有意"那样，就在自己拥有了闲情逸致，或闲淡工夫上山观日出后，却渐渐发现家乡附近的山，与家乡险远之处那高大、绵长、神奇、神秘、圣洁、美丽的哀牢山攀比起来，仅仅是

作者：新宇　于2017年5月

哀牢山中的沧海一粟，并如那小巫见大巫一般，而显得相当渺小了。并且，从某种意义上看，其最多也只能算，哀牢山的孙子或者重孙罢了。

因此，对于家乡的哀牢山，自己不免在上山与下山之间，或进山与出山之时，自然或不自然地产生了一些莫名其妙的内心情感及肺腑之言。

其一是"山上有山"：即人们只有不断攀爬到哀牢山的一个更比一个高的山顶之上，如大磨岩峰、大雪锅山等山峰的峰巅，才能既可吸收丰富充足的营养，也可"山高人为峰"地随手从蓝天里采摘一朵一朵悠悠白云，而以其不断织就或酝酿出一个个幸福美丽的梦想。并且，还可以情不自禁随时呼唤出哀牢山那天之湛蓝，以让其倾情去将那载满当地民族情感的各种民族盛装进行美丽浸染，而演绎出一个又一个反映和体现了各民族共同心声的快乐、幸福与吉祥。

其二是"山下有山"：即人们应像挺立于哀牢山的各个山峰的高尖端那样，既站得很高，又看得很远，并于尽心俯瞰和远眺之中，不断捕获或嗅到那远在他乡的美丽与芬芳。

其三是"山内有山"：它又从不同角度或水平面说明，就在这苍茫的哀牢山大山或深山里，以及前途道路上，既藏有各种各样的山珍美味及其神奇美丽等浪漫的力量，也散布着许许多多、难以穷尽的坎坷、艰难和羁绊。

其四是"山外有山"：一个个非同寻常的美丽景观，需要人们不断对照哀牢山里那一个个情深意切或清澈明亮的水塘。既让其不断映照自己，也让其不断照射出身后的那些美丽景象之旁，是否尚有世外高人站立于高山之上，并正对自己进行不断审视和观望。

理所当然，自己也能在哀牢山的这些"山上有山""山下有山""山内有山"及"山外有山"等上山与下山、进山与出山的猎奇、唯美、求索等活动中，不断欣赏到日出的鲜红与日落的金黄，且还可快乐目睹那点缀于蓝天之上的闪烁星星及皎洁的月亮。这既可以说是大自然那永恒的"三光"，即日月星，以及天行好运的雨量，将家乡这神秘的哀牢山不断浸染，或沐浴成了一个动物的乐园与植物的天堂。也可以说是哀牢山的绿色浪涛，造就了哀牢山那天之湛蓝，而让家乡的人们，其心情也为之更加爽朗。

彼《哀牢山》

道理之上，身处于自然世界的哀牢山，与家乡新平所创办的文艺季刊《哀牢山》的表象与内涵，应当是密切联系和紧密相关的。其本身也从不同角度，反映出了哀牢山里那"藤缠树与树缠藤"的种种美丽奇观。只不过是人们则还要翻翻看看，这《哀牢山》的外表及其内里，是否真能体现和升华，哀牢山里那人与自然和谐相处的深厚情感及其深刻的内涵。

正所谓是：好山育好水，好水酿佳人；一方水土养一方人。如果没有此哀牢山，则不可有哀牢山里那充满当地民族色彩的柔情、豪爽与浪漫；如果没有彼《哀牢山》，则又让人们失去了一扇既能自然打开，又能细心洞察了解，并能用真情渲染"哀牢山"这一块幽微灵秀地的美丽天窗。

其实，任何一个地方、一个民族，都不可能没有自己的地方特点和民族特色，也不可能没有自己的图腾崇拜和天赋的灵感。这正如汉族崇拜的是龙，花腰傣崇拜的是万物有灵，而家乡部分彝族所崇拜的则是田间那不太起眼的细芽菜一样。

并且，贮藏在家乡哀牢山里的山茅野菜，及其各种山珍野味是多滋多味的；流淌于家乡哀牢山里的山泉水，则更是清冽和甘甜的。

在人们对家乡哀牢山进行性情定位，并选择能承载哀牢山里人们的思想感情的参照物时，或是创办能代表这个地方的文学艺术刊物时，往往要彰显这个地方的民族特色及其显著特点。这也是家乡"神秘哀牢山，风情花腰傣"的准确定位，及文学刊物《山泉》报和《山泉》报的后代——《哀牢山》文艺季刊的最终由来。

但是，这也辛苦了为创办《哀牢山》文艺季刊，并亲笔题写书名，且还为文联成立起了重要作用的罗崇敏先生。并且，正是这《哀牢山》文艺季刊，自1996年创办及发行以来，而为家乡新平传播了丰富多彩的民族情感，并厚德载物了整整二十载。

穿梭及徜徉

作为被不同或相同山山水水养育的个人，又怎可能没有自己的个人想法和兴趣爱好及其行为方式呢！"男人爱九甲，女人爱孟达"，这是家乡新平的邻居，即镇沅的文人们常挂于嘴边的一句笑话。而生活在哀牢山里的家乡人，又怎可能与哀牢山里的花花草草、山山水水毫不相干呢？

可以肯定地说，自己正是吃了哀牢的山茅野菜及野花、野果，并喝了其中的山泉之后，才得以不断成熟与进化。因此可以说无论是谁，也难以割舍掉自己对哀牢山的无限追求与执着的爱；自己也永远不会无动于衷、心甘情愿，并置身于《山泉》报的后代，即《哀牢山》文艺季刊的门外。

至于家乡的哀牢山里，究竟起始何时自然涌动出了那足以造福家乡人的甘甜山泉，或是能让家乡人及外乡人得以修身养性和洗涤灵魂的《山泉》，自己虽一概不得而知，但初识家乡哀牢山里的《山泉》，则是在自己不善读书而只好扯山茅野果入食之时。

不懂时事或世事，则常常于上学闲暇之时，遛到小花园里的那个大阅览室，去随便翻阅当中的那些"花花瓣瓣"或"枝枝叶叶"，偶尔也被好奇心驱使，并用上小刀及小剪子等作案工具，悄悄地就剪掉或挖空了那些隐藏于那些"枝枝叶叶"之内的各种"刺黄泡""树黑果儿"以及"山多依"，即一种山上的野果此等美丽、美好的心思。

并且，也还曾在哀牢山的山泉边，以及哀牢山的那些生机勃勃的绿树与花海丛中，稀里糊涂或梦幻般看到，就在那淙淙涌动的泉水之中，或是《山泉》里的字里行间，正流水有情、落花有意地随水飘流着一片片宽大美好的大花瓣、大叶子，或正如放幻灯片一般，随水漂移着一张张笑容可掬的那似曾相识的面孔。

可那时却硬是不懂这《山泉》里，所流淌的大花瓣或大叶子究竟是些什么物事。但却也能大概得知，就在哀牢山的大山里，或者是在哀牢山的《山泉》中，则早已酝酿或是潜藏了一个个充满浪漫与传奇色彩的民间传说与神话故事。

然而，到自己能自食其力不久，即自家已将二嫂娶进了家门后才得以知之，我的那位二嫂，原来还是一个颇有见地的喜闻乐见之人。其不但说话头头是道，且还能向哀牢山的《山泉》里投进一片片大花瓣或大树叶，而既让我感到非常羡慕，又觉得相当好奇新鲜。

于是，自觉功底不错或技艺良好，而从山顶上"滚皮坡"即被校园命名为高中生的自己，便一时心血来潮，跑到哀牢山的边缘，或是进到哀牢山的大山心里，信手就扯上几把青橄榄及几个"酸多衣"回来。且还效仿他人和书上的方法方式，用盐水将其认真腌制。并待到那些青橄榄和"酸多衣"被腌制好后，就自我感觉良好地拿去让大师们品尝。其结果则是，那些大师们才用眼光一扫，就用鼻子轻轻地一哼，让自己顿感心灰意懒，并浑身都冒起鸡皮疙瘩来。且当时还年轻气盛，随手就将其抛撒到自家的"土掌房"的房顶之上，让那些倒霉的腌橄榄及"酸多衣"，最终倒霉地经历了二十多年的风吹、雨淋和日晒。

直至八九年前，一位喜欢"栽花弄叶"的同学，曾不断邀约自己前去品茶而以示友好。且还与其他同伴共同品茶时，硬是要将自己拉进他们的兴趣爱好圈子。也让自己在有幸结识了一位一位骚人墨客的同时，心潮开始一阵一阵热乎和涌动起来。且还让许多新生的灵感及其过往的烟云，飘进了自己的脑海，并回到了自己的身边。

可奇巧的是，因朋友介绍及相邀，很快将自己刚用心灵剪辑出的一片树叶，投进了家乡《山泉》的后代，即《哀牢山》的情怀。让自己那枯枝发出的新芽和复燃的死灰，随之自然而然地在《哀牢山》中，或是碧玉清溪等地，不断随风起舞或顺水漂流起来。

但正好又在此时，则有人又厌嫌，自己茶喝多后闲极无聊，借着一阵东风，很快就将自己吹进一个"百花齐放，百家争鸣"的大花园里，或是"礼乐名邦"之中，让自己尽情舞蹈起来。也让自己凭借那能够栽花种树的本事，去过那别人认为是最为开心和浪漫的快乐日子。

但对于"栽花弄叶"之本事，原本我是只想当作兴趣爱好，不想将其作为饭吃的。一段日子，整个人则是经常胡思乱想、无精打采和茶饭不思。最值得慰藉的却是，就在这自认为倒霉之时，也还经常有人将自己尊称为了老师。没办法啊！抬人家碗，则要给人家管；这做人啊，有时还真不得不服软。尽管秋天的到来，已树立起一个个成熟的标识；尽管生性如何浪漫，其也不过是一个个张口即化的柿子。

仔细思量，解铃何须系铃人，顺其自然才是做人最为关键的所在。但个人的心结，则还须本人用心药不断医治。这正如哀牢山中那些自然舒展的藤蔓，所结成的一个个奇秀绝美的疙瘩一般，无须尽心用力去解，也可如穿针引线那样，让其针过得去，线过得来。

因此，无论是藤缠树也好，还是"树缠藤"也罢。只要心中永远拥有那绿色的情怀和执着的爱，就可于上山下山或进山出山之中，迎着朝阳与背着落日，不断漫游在哀牢山里那如海底般奇幻的世界，不断将自己的思想境界次第打开。并让自己的心灵，在哀牢山中自由地闯荡与碰撞，或让自己的身体，自然地摆脱山中那枝枝、叶叶及其藤蔓的羁绊，不断攀爬到哀牢山的山顶之上，尽情收获那洁白的情感和蓝色的狂想。美哉！这又是一个多么美妙和圣洁的心灵天堂。

鸟美在于羽毛，人美在于心灵。保持新常态，则可以雾散云开；不行大运，也能更有好命。以行为改变方式：吃上一个青橄榄、咬上一口"酸多衣"，再喝上了几口哀牢山中那清凉的山泉水，无论行文还是生活的味道，则都会自然成熟与渐渐甘甜起来。不说是能梅开二度，纵然落寞为一抹夕阳的余晖，也能用那绿色的追求与蓝色的挚爱，绽放或放射出个人的风采。

这是因为：无论何时、何地及何事，都能因拥有绿色，让蓝色狂想起来，也能用蓝色的希望，在家乡《哀牢山》的红土地上，接二连三播下一粒粒能够开花结果的爱情的种子。

目 录 CONTENTS

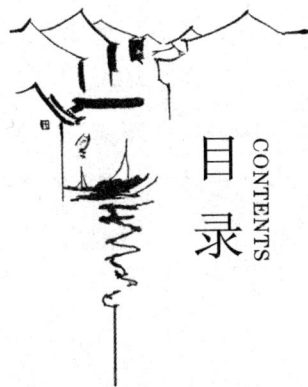

采蘑菇

谁说没有春风吹拂，大地就不能长出枝芽？谁说没有鸟语花香，人们就不能追求快乐和美丽？

谁说没有秋雨缠绵，果实就不能挂满枝头？谁说没有瓜熟蒂落，人们就不能变得成熟刚毅？

夏日的季节，天气多晴、又多雨。

看，天地的睡梦里：云雾缭绕山岗，满山千层叠翠，四野碧草青青。还有那一座座俊俏的翠峰，一个个被金包了玉。

听，童年的心语里："大雨、大雨大大下，小雨、小雨我不怕！出着太阳下着雨，栽着黄秧吃白米！"还有"龙尾、龙尾摆水！"

闻，雨后的空气里：植物的情感奔流、山菌的芳香四溢。

问，夏日的季节，是不是一个收获激情和浪漫、美丽与幸福的时节。有没有山花灿烂？有没有瓜果飘香？

天然大伞盖下长出的蘑菇，是不是像花儿一样美丽，像星星一样动人，像瓜果一样芳香？

鸡棕帽下，是一个又一个美丽善良的傣家少女。太阳伞下，是一个又一个活泼可爱的彝家姑娘。情人的小雨伞里，有多少颗萌动不安的春心……

风停了，雨歇了，太阳出来了。让我们夏天牵手，穿越彩虹之门，进到哀牢山中采蘑菇去！

作者：新宇　于2017年5月

一个远古走来的族群与一张身份的名片

一个远古走来的族群

据郦道元所撰的《水经注》记载："红河上游，有'濮人'居住。"从中可以推断，地处红河上游的新平境内，在很久前就有了人类居住。有学者说，他们是百越民族经过长途迁徙而遗留在新平的后裔，即"花腰傣"人自称的"迁徙中的落伍者"；有学者说，他们是"古滇国"皇族的后裔，即"花腰傣"人的杆栏式建筑等，与"古滇国"时代的滇人建筑等非常相似。众说不一，在此不作理论。但可以肯定的是，这些从远古走来并遗留在新平的移民，就是现今的"花腰傣"人，也就是居住在新平最早的人类。

由于历史的原因，在过去有人曾将新平的"花腰傣"人称作"摆衣"，也有将其叫作"摆夷"的，甚至将"摆衣柔糯而无能，彝猓凶顽而难治"的话语，写进了应当是非常严肃的《新平县志》里。他们把新平"花腰傣"人的温柔和善良，说成是"柔糯而无能"；把新平彝族人家的聪明和勇敢，说成是"凶顽而难治"，这完全是对新平少数民族的污蔑和歧视。也使得新平的许多"花腰傣"人，在很多时候、很多场合都非常生气地回应道："'卡'是'卡'，即傣族之外的其他民族，傣是傣；'海'是'海'，即水牛，'我'是'我'，即黄牛。"其言语当中，却包含了你们不与我们往来，我们也不与你们来

作者：新宇　于2017年5月

往的含义。

　　并且，在自己很小之时以及成年以后，就曾听家中老人非常严肃认真地嘱咐去傣乡工作的自己与姐姐哥哥："不要与那些老傣族交往过深，他们会下药而让你得上不治之症和忘了回家的路。"

　　在自己真正到了傣乡工作之后，也曾留意并试探性地问过一位自己刚打的当时正当村长的傣族弟兄，比如"下药""念口功"之类的害人话题，可话才出口，自己的那一位弟兄已经非常地生气："简直是胡说八道，'冒'听，即不要听他们乱说。"并且，他还很不服气地指着脚下的土地和眼前的山水对自己说道："个个说我们是'憨摆衣'，我们究竟憨在哪里？我们憨还知道，哪里水土肥美就到哪里定居！"

稍作思考，弟兄的话不无道理。他们就像那古代的游牧民族一样，哪里水草肥美，就到哪里放牧与生活。而新平的"花腰傣"人，正是居住在红河上游的"漠沙江"与"戛洒江"畔这两个水土肥美之地。特别是"戛洒"，那水土更是肥美至极。流经"戛洒"的是源自大理巍山"完颜阿骨朵"，即那水的源头，并在水塘三江口汇集而成的"戛洒江"；用于灌溉和饮用的是比瓶装矿泉水还要清洌甘甜，那源自哀牢山主峰地带的南恩河与达哈河河水；种的是适宜当地气候特点和地理环境的香蕉、菠萝、甘蔗、杧果和双季稻等经济作物与农作物；开的是点缀于田间地头和公路两旁的像"花腰傣"人一样热情似火的火红的攀枝花与凤凰花；住的是那杆栏式的冬暖夏凉的土掌房；穿的和垫的盖的是自己亲手染织和缝制的土布绣花装，以及那用攀枝花填充而做成的绣花枕头、被子和那相当于褥子的"爬垫"等；过的是"干黄鳝、腌鸭蛋、糯米饭，二两小酒天天干"的幸福美好生活；特别是那傣家的"罗卜少"呀！即小姑娘更是个个长得像他们自己栽种出的"大白糯"那样，柔美白净与漂亮。

并且，在傣乡工作期间，自己也曾耳闻目睹了"花腰傣"人的一些生活习惯与生活习俗，并直接和间接了解了"花腰傣"人那嗜水如命的生活特性。

其中就曾发觉，虽然他们不像西双版纳等地的傣族，那样过泼水节，但他们却是几乎天天都要"冲凉"，也就是我们平常所说的沐浴或洗澡。有时感到他们甚至是一天都要洗上两三次澡，特别是在干完农活、夜幕降临以及入夜之后。其实，他们所说的"冲凉"，不过就是到野外的山箐里，或小溪边进行男女集体共浴。并且，在其欢快地搓背与擦洗之间，还经常能看到和听到他们不避羞地相互调侃一些令他们非常开心的话语。

刚开始时，那些村中的女人们，在我退避不及从他们的旁边经过时，还稍稍侧一下身体。但到后来与她们混熟了，她们却对我是从不回避，并经常弄得自己非常羞涩与尴尬。后来问她们何故如此，她们的回答却是"巴脊变巴奶"，也就是那干泥鳅已变成了大鲤鱼的意思。这就是说，她们已经把自己当成了傣家人。并且在过去，曾有弟兄媳妇等傣族女人,在我的家中沐浴或洗澡时,原本已给她调节好热水,而她们却偏要使用冷水洗浴。问其原因,她们却说:"用热水洗澡,会得感冒。"

此外,"花腰傣"人也非常喜欢到田间地头的沟渠和小河中,以及那桀骜不驯的江水里捞鱼。并且,总能让我感觉到,他们一谈到有关鱼类的事情,两只眼睛就像那能放光的电灯泡一样,一个个的非常闪亮起来。而且,在他们当中,就曾流传着,哪一位姑娘不会捉黄鳝,就嫁不出去的说法。曾经自己也和他们一起去江里拿过鱼,不说别人,只说自己那当时正当村长的傣族弟兄,一个猛子扎进江水里摸鱼,就能在水下待上两三分钟,也让我深深感到,他们不愧为"濮人"的后代。其实,这"濮人"的"濮"字,其本身就有闷水的意思。

所有这些,都足以说明,新平的"花腰傣"人,从小就有非常爱水的习性,也爱吃那些腥气味较重的水中的鱼类。并且,他们已将自己与其所处的炎热的气候,以及良好的自然环境完美地融为了一体。

而且,在与新平"花腰傣"人的不断接触中,也让自己进一步地了解到,在那没有电灯或电视电影不太发达的年月,新平的那些"花腰傣"的姑娘小伙们,无论是一天的劳动如何辛苦,也要在干完了农活,并洗净身上的尘埃,换上干净整洁的衣服,而进行一番梳妆打扮之后,以及在那夜幕降临之时,手持电筒并相互邀约而一起去"串寨子""照电筒"以寻找心中的情人与伴侣。也使得那些江边的大石旁,高大的攀枝花树,以及黄阳木树、红椿木树和林生杧果树等树下,成为了"花腰傣"的姑娘伙子们,进行约会和恋爱的浪漫场所和理想的天堂。特别是到了那每年"赶花街"的寻美时节,更是如此。并且是,只要有谁在那溪水边、江水畔或大青树、攀枝花树,以及林生杧果树等树下,吃下了姑娘用干黄鳝、腌鸭蛋、糯米饭等美食,所包来的"秧箩饭",那则表示男女双方已许订了终身。

还有就是,在多年的与"花腰傣"人的接触与相处中,也使自己不断地认识到,虽然他们不像其他民族那样信仰宗教,但他们却相信万物有灵而自然崇拜。即山有山魂、水有水魂、石有石魂、树有树魂、花有花魂、谷有谷魂……虽然他们没记载自己历史的文字符号,以及那视死如归的墓葬传统，但他们却有着灿烂的农耕文化、祭祀文化、婚俗文化等。

不说别的，仅是从他们千古传唱和流传的《开秧门》《叫谷魂》《祭月亮》《祭竜树》《祭寨神》《请客调》《送亲调》《逼嫁调》《诉情调》等古歌谣与民间传说中，我们就可以非常明显地看出。特别是那一首千古口头传唱的古歌谣《朗蛾与桑洛》，更是足以和汉族的爱情叙事长诗《孔雀东南飞》、爱情神话传说《梁山伯与祝英台》以及彝族的爱情神话传说《阿诗玛》相媲美。并且其中就曾记述，久远过去的"花腰傣"的姑娘小伙们，就已经开始经常相互邀约，并一起去到那大山深处的山美水美的山箐里，而游乐玩耍和谈情说爱了。

另外，从他们所跳的较为原始的傩戏《猫猫舞》或《跳老虎头》以及《祭月亮神舞》等民族民间舞蹈中，可以看出"花腰傣"人迁徙繁衍，以及民族历史发展的端倪；从他们现在所制作的土陶工艺品中，尚可以看到一些具有新石器时代特点的纹饰和元素；从他们过去喜爱文身、染齿等习俗中，以及从他们所穿戴的衣着和服饰上，既可以推测他们历史的过去，也可以看出他们那以红黑为美的特征。

所有这些，也足以说明，新平的"花腰傣人"，是一个非常好处而又以人为善的族群。因为他们既是一个嗜水如命而又相当勤劳善良的族群，又是一个相当浪漫而又开放较早，并积极倡导婚姻自主与自由的族群。并且，其还是一个民族文化底蕴非常深厚的族群。

一张身份的名片

众所周知，服饰文化很能体现一个民族的生活习性，以及生存特征。并且，它还是一个民族的重要身份象征。也就是说，从一个民族的服饰上，人们可以看出这个民族的许多深层次的精神内涵。作为傣族支系的新平"花腰傣"也不例外。可以说，那些穿戴在"花腰傣"身上的服饰，就是一张反映"花腰傣"生活，并向世人们推介与展示"花腰傣"民俗文化的名片。

笔者从事文联工作以来，由所在的新平文联组织，并亲自参与和耳闻目睹，那有关"花腰傣"服饰的重大对外展演与参赛活动就有三次：一次是于 2008 年 10 月 10 日至 13 日，在广州市番禺区举行的第七届中国民间艺术节暨中国民间飘色（抬阁）艺术展演。在此次新平"花腰傣"文艺队参加的正式演出和"巡街"表演中，身着"花腰傣"服饰的新平"花腰傣"文艺队的姑娘们，赢得了"花城"或"羊城"人民的一阵阵掌声与喝彩，新平文联和新平文化局，也因此而获得了组委会授予的突出贡献组织奖的荣誉称号。另一次是于 2009 年 9 月 16 日至 18 日，在河北省邯郸市涉县举行的首届中国"女娲杯"全国民间歌舞精品展演。在此次新平文联工作人员带队参加的展演中，身着"花腰傣"服饰的新平"花腰傣"文艺队的姑娘们，向当地的人们和热心的观众，现场表演了具有浓郁"花腰傣之乡"特色的精彩的《凤凰花开》《帕织秧》《银铃舞》文艺节目，不但赢得了评委们的好评和观众的热烈掌声，还因《凤凰花开》的成功演出，而获得了组委会授予的演出节目银奖。第三次是于 2009 年 11 月 12 日至 21 日，在北京民族文化宫举办的"缤纷中国——中国民族民间服饰文化暨中国民间文化抢救工程成果展"中，新平文联选送参展的"花腰傣"服饰，受到了众多参观者的好评和青睐，还纷纷站到了身着"花腰傣"服饰的模特身旁留影纪念。新平文联及本人，也因贡献突出而获得了中国民间文艺家协会授予的组织奖荣誉称号。同时，新平文联带去参加展出的"花腰傣"服饰的彩色照片，也被显著刊登在了《中国文艺报》上。

所以说，"花腰傣"服饰，既是新平"花腰傣"身份的象征，又是向世人介绍新平"花腰傣"和对外宣传新平形象的一张身份的名片，对促进新平的旅游和文化事业的发展，有着极其重要的现实和历史意义。

新平"花腰傣"的分布及其服饰特点

新平的"花腰傣"，就是中国的"花腰傣"；中国的"花腰傣"，也是世界的"花腰傣"。这就是鲁迅先生所说的"只有民族的，才是世界的"道理所在。但中国的和世界的"花腰傣"作为傣族的一个支系，仅有六万多人口。其中有四万多人聚居在红河上游的新平县境内，有两万余人生活在红河上游的元江县境内。他们不仅有世人对他们的他称，而且还有他们自己的自称。至于那些将傣族称为"旱傣""水傣"和"花腰傣"的说法，个人以为其都是不科学的。特别是那些将傣族称为"摆衣"或"摆夷"的说法，更是糟糕透顶，或简直就是一种蔑视。其实，真正科学的称谓，应当是沿袭其古老的传统，而根据他们的生活习惯和生活的区域来称呼与区分。因为"花腰傣"人，自古就是按地域来称呼自己和尊称对方的。这就是生活在元江县的"花腰傣"人，分别叫"傣仲""傣嘞"等，生活在新平的"花腰傣"人，则分别叫"傣卡""傣洒"与"傣雅"的原因所在。

顾名思义，生活在离江较远、海拔稍高的新平的腰街等地域、与其他民族较为接近，并较为汉化的"花腰傣"人叫"傣卡"；生活在新平戛洒江边和水塘镇的"花腰傣"人叫"傣洒"；生活在新平漠沙江边的"花腰傣"人叫"傣雅"。

"卡"在傣语中是指除傣族以外的其他民族；现今的"戛洒"在傣语中则是"沙滩上的街子"的意思；现今的"漠沙"在过去并不叫"漠沙"，而是叫作"孟雅"。只是个人觉得，把"戛洒"按傣语的发音，以及古时的叫法而书写为"嘎赛"更为贴切。如此说来，"傣洒"也应当书写成"傣赛"了。至于后来的人们，为何要将过去的"孟雅"叫成"漠沙"，本人不得而知；至于后来的人们，为何要将"傣卡""傣洒""傣雅""傣仲""傣嘞"等，统称或尊称为"花腰傣"，个人妄加推断，这一定是文化人奇思妙想的结果。因为无论是居住在新平境内的"傣卡""傣洒"与"傣雅"，还是居住在元江县的"傣仲""傣嘞"等，其傣族女子的腰肢上，都个个约定俗成地分别缠绕了一条长长的七彩"花腰带"。并且用"花腰带"来命名"花腰傣"，其不但是谐音相同，而且更加彰显了"花腰傣"人的风情万种与浪漫妩媚。

但就其服饰而言，无论是哪一个民族的服饰，都由两个重要的部分组成。一个是衣服，另一个是衣服上的点缀，以及那些佩戴在其身体上的饰物。作为新平的"花腰傣"人，也是如此。

但从新平"花腰傣"人的服饰上来看，其"傣卡""傣洒"与"傣雅"的服饰之间，不但有着许多相同和相似的特点，而且也还有着一些不同的特点。

就其相似和相同点而言：

一、无论"傣卡""傣洒"与"傣雅"，其女子的腰肢上，都分别缠绕着一根长长的丝织的七彩"花腰带"。并且这"花腰带"还有大小"花腰带"之分，只是所使用的场合不同罢了。

二、除"傣卡"女子外，"傣洒"与"傣雅"的女子，都经常头戴用精细竹篾所编的竹斗笠。

三、除"傣卡"女子外，"傣洒"与"傣雅"的成年女子，都崇尚在其头顶上扎上一个高高的发髻，并且于婚前其发髻上都要罩上镶有"银泡"的发罩，于婚后却只能罩上那没有镶银泡的发罩了。

四、她们外出时，其腰间经常挎着一个用细竹篾所编织的小巧精致的"秧箩"，以盛装食物、花线等，或收藏所获取的野菜、黄鳝、鱼类等美食。

五、她们都非常喜爱银饰品，不但在其衣服和裙摆上都镶有银泡，而且在其上衣的前部与后部，也镶上了走路时能够唰唰作响的银芝麻铃。并且，还有许多女子，在两只耳朵的耳垂上，也戴上了两支硕大的银耳环。其经年累月后，则很能让人感到，很有那摇摇欲坠之势。而且，有的人还在两个手腕上，也戴上了两支甚至三四只硕大的银手镯；有的人还在一个个手指上也戴上了一个个银戒指。而于那过去的"雅摩"，即相当于汉族的"巫婆"的那"女巫师"，其往往还在自己的两只脚踝上，戴上了那两三对大银脚镯。并且，在那"傣洒"与"傣雅"女子的发髻上，也还要戴上或插下那银钗等银饰物。

六、无论男女，他们所穿衣服的布料，都是他们自己亲自染织；他们所穿的衣裤和裙摆上，都是她们自己亲自针织的古老的精美的七彩的花边与图案。

七、在一般情况下，每家每户都有两台织布机，一台用于织就缝制衣裤等所需的布匹，一台专门用于织就"花腰带"等精美细小的彩带。

八、久远的过去，新平"花腰傣"，都是用自己所栽种的棉花，与当地出产的攀枝花纺线，并在织成布匹后，又亲自用那源自山间的有色的植物蓝靛叶等染色，然后才亲自缝制成自己所穿的衣裤和裙摆等。只是到了后来，当地的人们才慢慢地用上汉族所卖的丝线和染料，用以织布和染布。

九、"花腰傣"女子的上衣上，不设衣领和纽扣，其也不兴穿有裤管的裤子，而只是身着那可以自然摆动，并绣有各种彩色花边和图案，以及配有七彩缨穗，且非常方便行走的裙摆。

十、"花腰傣"女子们的上衣都有内套与外套之分，只是由里及外渐显宽大，很能让人感到其有宽松与和谐之美。

十一、于过去，她们的裙摆上一般不配缩筋与裤带，只是到后来有时为了演出、表演，以及生活的方便，才进行专门的设置和有意的缝制。

十二、在通常情况下，她们所穿的裙摆，都是经过打折后，再将内套包裹起来。并用一根长长的七彩"花腰带"将之紧紧缠绕起来。

十三、她们出门干活，还兴在小腿上分别戴上一只脚套，其可以防止蚊虫叮咬，或被各种枝叶划破，而较好地保护自己的皮肤。

十四、除"傣卡"外，这些"花腰傣"的衣服都有男女童装、男女成年装、男女老年装，以及女子盛装之分。

十五、"花腰傣"男子的服装，一般都是用粗布制作而没有多少修饰。其衣服一般也都是对襟的，并用布疙瘩扣子相扣；裤子的裤腰打折后结成疙瘩在腰间系紧。

十六、过去的"花腰傣"男子出门，一般都佩带砍刀，以供各种生产、生活及其应急之用。

十七、其童装一般都做得小巧精致，且还经常用粗布制成圆筒形帽子或带形头饰。并绣上花边和镶上"银泡"等饰物，而戴在或箍在头上。

十八、当然，有时在"花腰傣"之乡，也能看到一些"花腰傣"妇女的头上，经常戴着一顶帽沿长长的像鸭舌一般的"鸭舌帽"，那不过是于二十世纪五六十年代时，汉族对"花腰傣"服饰进行改良的一种结果，其也不为大多数的"花腰傣"妇女，所认可与接受。

十九、在"花腰傣"的服饰中，以女子盛装最为考究，全手工织染、全手工刺绣，大面积地用"银泡"和"银芝麻铃"进行修饰。其穿在身上显得雍容华贵，走起路来则有唰唰之声，更显其风姿绰约和妩媚动人。并且，其一套服装一做就是一两年，说它价值两三万元也不为过。可是到了后来，许多人却用价格便宜的铝制品等，替代了其衣服上昂贵的银饰。

由于"花腰傣"人过去所穿的衣服布料，几乎都是用纯天然的植物进行染色，并非常容易褪色。因此，在这些"花腰傣"人将他们的衣服放到清水中进行浣洗的时候，其黏附在衣服上的汗渍、灰尘等，也很容易随着那些颜色的褪去而褪去。同时，他们也需要经常将衣服放进染色缸里浸染，或经常拿到清水里洗浣和摇摆，这也在一定程度上解决了，衣服比较难以清洗与容易陈旧的问题。或许，其"摆衣"叫法，就是出自这将衣服拿去清水里，不断洗浣和摇摆的传说。果真如此，倒是让人觉得充满了神秘。

其最大的不同点有三个：

一、"傣卡"女子平时不戴竹篾所编的斗笠，而只用自己丝织的头帕包成包头。"傣洒"与"傣雅"的女子，虽然平时都兴戴竹篾所编的斗笠，但其形状却差异很大。"傣洒"所戴的斗笠的形状是帽沿向下倾斜，"傣雅"所戴斗笠的形状则是其帽沿向上翘起，并让人很能感到，其就像一朵出土的"鸡棕"，即当地所产的一种既好看，又好吃的大菌子一般。并且，其所戴斗笠的方式，也有很大差异。"傣洒"女子是将斗笠，几乎垂直地戴在头顶；而"傣雅"女子则是将斗笠，倾斜地戴在头部正面。简单地说，"傣洒"所戴的斗笠，其用途是既倾向于遮阳，又倾向于挡雨；而"傣雅"所戴的斗笠，其用途则更多的是倾向于遮阳，以尽量阻止阳光的不断照射，而最大限度地保持其容颜的美丽。

二、在"傣卡""傣洒"与"傣雅"女子的后腰间所挎着的"秧箩"上，也有着很大的差异。在"傣卡""傣洒"女子的后腰间，所挎着的是一个外形如扁平长方体，并且中空的竹篾"秧箩"；在"傣雅"女子后腰间，所挎着的是一个外形上圆下方，并中间渐收且呈长形筒状的中空的竹篾"秧箩"。

三、"傣卡"女子从不在头顶上扎发髻。最多就是在进行沐浴时，为了方便起见而将其头发，结成疙瘩状并绾在其头顶之上。

　　一次偶然的机会，自己却以一个"花腰傣"弟兄的身份，参加了那难得一见的"花腰傣"的葬礼。并目睹了那些身着华丽"花腰傣"服饰的男男女女、老老少少，于黄昏之后手持火把、敲锣打鼓地排成长龙，而从一个个寨子出发，并走上田埂，以共同去参加那"花腰傣"人葬礼的盛况，实在是让自己感到莫大的惊奇和感叹。特别是那些身着华丽"花腰傣"盛装的女子，更是让自己想入非非。

　　另有一次就是自己并没有被邀请，但却非要与弟兄一起去参加其亲戚家建盖新房时的水泥平顶浇灌，也目睹了一大群的"花腰傣"女子，身着华丽而崭新的"花腰傣"女子盛装，而为弟兄的亲戚家，共同挑水泥沙浆，以浇灌水泥平顶的动人情景，同样是让我匪夷所思。

　　究其原因，我那当村长的傣族弟兄的回答则是："我们'花腰傣'人，对起房盖屋和婚丧等人生大事从不马虎而相当地重视。"

　　话虽如此，而自己却始终坚持认为，起房盖屋与婚丧活动，虽然不可否认是"花腰傣"的人生大事，但就其起房盖屋而言，那毕竟是又脏又累的活计。且当中最为关键的还是，"花腰傣"人那层层叠叠，而又比较厚实和不易散热的服装，实在是与他们所处的炎热的气候环境，难以协调一致。想来，一般的动物身上，都还有不易被其他动物和人类识别的保护自己的色调，何况是眼前这些美丽温柔而又热情善良的"花腰傣"女子呢？

　　其根本原因就是，她们对自己的美丽传统有着很好的维护与坚持。要知道，为了美丽的坚持，烦琐的很容易改变成简单，但简单的却很难回归成为烦琐。一个人只要他穿戴上了"花腰傣"服饰，人们就很容易从他们的长相、肤色以及说话的声音等方面，判断出他们是否就是"花腰傣"；一个"花腰傣"人，如果没穿戴上他们的服饰，就很难让人们将之与其他民族区别开来，这就是自己在这里所要表述的一个原因所在。

谁在吹箫

　　生命在日子的星空里驻足、彷徨和穿梭，生命在岁月的燃情中发热、发光和泯灭，生命在流水的波纹里承接心灵的洗礼与邂逅，生命在清风的歌声中得到智慧的启迪和尘封，生命在心情的美好和低迷中寻找与打发快乐和寂寞的时光。

　　生命既能让人如车轮一般，从一个起点成功滚到一个终点，然后又以这个终点为起点，再成功滚到另一个终点；生命又能如乌龟头一样，从一个终点慢慢缩回到原来的一个起点，然后又从这个原来的起点，再缩回到原来的另一个起点；生命还能像钟摆一般，在一个起点和一个终点、一个终点和一个起点之间徜徉、徘徊。

　　一年四季，春夏秋冬相互轮回、不断更替；一生命运，酸甜苦辣交错变幻、重复往返。人人怎能福禄寿禧、一生平安？人人怎能事事如意、一帆风顺、青云直上、万事通达？

　　青云直上、万事亨通的人，常常得意忘形，认为他所说的话都是药到病除的金玉良言，他所做的事都是利人利己的好事和美差，他自身所拥有的东西，就是比一切人的好、比一切人的美、比一切人的大。也就是说，他的一切都完美无缺、都是不可怀疑和加以否定。这样的人，虽然一时能呼风唤雨，要星星得星星、要月亮得月亮，虽然他一时能夸夸其谈、哗众取宠，使自己的虚荣心得到满足，但于明于暗，却不免要遭到一些口不服心不服或口服心不服的人的唾弃，却不免要渐渐失去一些平时较为要好的亲朋与挚友，甚至还会因过分飘飘然，在一路顺风之后"接连栽上几个跟头"。到头来，也许就是脱毛的凤凰不如鸡，很少有人愿意与他交往、同行。

脚踏实地、举步维艰、一生执着的人，常常乐观向上地以为，为人处世应当随时保持头脑清醒、谦虚谨慎和积极进取的良好精神风貌，随时做到任劳任怨、勤勤恳恳、心胸豁达和从容淡定。他们相信，只要自己不断追求、一生奋斗，"面包会有的，一切都会有的"；他们相信高处不胜寒，枪打的总是爱出风头、外表华丽、过于招惹别人、像绣花枕头一样的包草，华而不实的所谓的美丽富贵之鸟。这样的人，虽然他们不一定能抓住命运机缘，赢得美女的芳心，得到上帝的恩宠，功成名就和衣锦还乡，但他们最终还是会因自身勤奋和努力，获得人们同情、信赖和尊敬，并与他们共同架构起相互沟通心灵的纽带和桥梁。

摸着石头过河，在曲折中前进并最终到达目的地的人，他们相信因果循环，相信前途是光明的，道路是曲折的；相信苦心人天不负，爱拼才会赢；相信好人一生平安，好人必有好报。当他们回首往事时，他们不会因"虚度年华而悔恨"，也不会因"碌碌无为而羞耻"。他们会因苦尽甘来，感到莫大的自豪和欣慰；他们会因"会当凌绝顶"而"一览众山小"；他们会"任凭风浪起"而"稳坐钓鱼台"；他们会时常保持执着追求的精神状态，认为"生活中并不缺少美，缺少的就是发现"；他们会感到，生活如同吃了青橄榄再喝了山泉水那样回味甘甜。

进入迷宫一时找不到出路的人，他们也许会：在黑暗中不断摸索前进，以寻找人生出口或价值取向；在黑暗中昏昏沉沉睡去，用枪炮都不能震醒；在被枪炮声震了醒来之后，进行奋起、呐喊和反抗；在电闪雷鸣之后，被吓得尿了裤子，或是在站立起来后"拔剑四顾心茫然"；在"山重水复疑无路"中，感悟到"柳暗花明又一村"；因"路漫漫其修远兮"，不断上下求索；因克服困难、冲破险阻、穿越迷雾，重获新生；因黔驴技穷、心力憔悴，喟然长叹、悠然倒下。无论如何，鲁迅先生说过："沉默啊！沉默！不在沉默中爆发，就在沉默中灭亡。"因此，只要他们还能向往光明，还在拥抱希望，还能因追求真理而敢于说一个"不"字，那他们都还是值得信赖、尊敬和仰慕之人。

当然也还有上坡不来油裹足不前，风里来雨里去栉风沐雨、艰难跋涉，"曲径通幽处，禅房花木深"，躺在安乐窝里乐不思蜀，再也不想起来，翻来覆去、辗转反侧彻夜难眠的……

昨夜，响起一阵又一阵的箫声。箫声悠扬，在家乡的上空卷起一层一层激情荡漾的心浪，也给准备清晨醒来、尽想目睹日出的花儿，默默点缀上一颗颗催情的露珠。相信，家乡的人们，也会在如此动听、如此催眠的美妙的乐曲声中安然睡去，以迎接美好快乐的未来。

连日来，我知道你老是睡眠不好，也知道你好想蒙着头做上一个好梦后，再美美一觉睡到天亮和日出。但是，你却顺应人们常说的文化人爱发神经的话儿，于昨夜又为一个源自心灵的妙意，不断追寻着缥缈的词句。当然，你也在昨夜的发现之旅中，为所搜索到的词句进行加工、整理、堆砌与包装。你方才想到"云对雨，雪对松，来鸿对去雁，宿鸟对鸣虫……"的去处，但你那刚酝酿形成的连绵起伏的"平平仄仄平平仄"的韵律，却又突然被那箫声中的《月光下的凤尾竹》给乱套了。也让你胸中已经定格的《蝶恋花》《一剪梅》等词牌，再也找不到思乡之路或能歌善舞的曲调。虽然人们常说，文学和艺术与书画同源，可相互弥补、相得益彰和殊途同归，但你却还是被这悠扬的箫声给一时烦恼透了。毕竟你正在用竹篮打水，一场空了。虽然你有些扫兴，但你还是好奇地像橄榄枝伸展一样，踮起脚尖，并将脖子上挂着的那一颗像橄榄一般的头颅，伸出自家别墅："他是谁呀！自己不睡觉，让人也睡不了。"

窗外明月当空，月光与街前路灯交相辉映，让你无法感觉到月光如何、如何皎洁和美好；也让你无法感觉，万物如何在牛乳中沐浴。东坡先生有言："人有悲欢离合，月有阴晴圆缺，此事古难全。但愿人长久，千里共婵娟。"但此时此刻，你却不知天下所有的人们，是否都能像你一样享受到"玉兔清辉"的美好？

古人云："登高而招，臂非加长也，而见者远。"那是就天气晴朗、阳光充足时而言。因此，在那夜深人静的心思之地，即使有明月高悬，你的眼睛对窗外景致的感知也还是不可一目了然，至多不过是一个"笼罩着青纱的梦"。

古人亦云："顺风而呼，声非加疾也，而闻者彰。"这就应该另当别论了。因为在那静默而又顺风的境界里，即使有针尖落地，只要还有人意识清醒，其针尖落地所产生的旋律，也足以引起心灵震荡和共鸣。

箫声还在继续，还是那一首《月光下的凤尾竹》的曲调；箫声悠扬婉转，给人的感觉总是比扬声器里播放出来的原声，还要可心和美妙。

想来，只要世间还有障碍物存在影响视野，"旮旮旯旯"和"凸凸凹凹"影响美观，美妙的声音在发生激烈震颤，只要那动听的箫声还在

作者：新宇 于2017年5月

传播和远游，即使它不能像光线那样穿过障碍物，即使它不能像 X 光和红外线一样，穿透人心和给人带来温暖，但它一定能够像幽灵那样，不断地绕过障碍物、绕过坑坑洼洼，在你的云里走和梦里飘。也能让你在那箫声中感应到，演奏者心灵的呼唤和娴熟独到的演奏技巧。

作为门外汉，你总是这样憨想，如此贤能的人，你与他认不认识、知不知晓？他应当是一位演奏家吧？即使不是演奏家，至少也应是一位靠演奏技艺吃香喝辣的人吧？要是你能与他成为知己，要是他能与你平等互利、和平共处，要是你能让他的光影，在你经常涉猎的音乐、舞蹈的舞台上，发生颤抖和闪烁，该有多好！因为，你曾公私兼顾地认为，如果他真的能够到来，至少还能与你，产生些许心灵共鸣，至少还能为广大的文学艺术界，增添一点点生机与活力。但是，你又固执认为，你的能力根本不能做到。

你循声四顾，皎洁的月光之下，不知"月光下的凤尾竹"究竟出自何处？你定睛搜索，才发现你家别墅外那临时搭建的工棚里，尚在隐约闪烁瞌睡了的白炽灯的灯光。你心飞扬，哦！这就是"月光下的凤尾竹"哟？于是，你开始猜想，它是怎样从爱情的长河里和音乐的圣殿中，跑到这龌龊的角落呢？

昨天，在上初中、高中时候，你们这些不学无术的人，书不好好读，却潜心关心起自身的前途和命运，就好像不用读书、不用劳动，天上就能掉下馅饼。那时，文化传播速度很慢，但你们这些人，却整天不是热衷于将反映出生年月与植物关系、植物与个人前途和命运关系、指纹与个人前途和命运关系的"手抄本"，在同学间传抄过来、传抄过去，就是热衷于手拿那些"手抄本"，在同学之间评头论足、津津乐道，仿佛你们个个都成了能知天命与富贵荣辱的算命先生。

原本命运是不可以相信的，但在你经历时光洗礼和岁月蹉跎后，你却相信爱好是最好的老师，相信爱拼才会赢的道理，相信个人的性格与将来所走的道路有着密切联系。不是吗？你七八岁时，向往国徽，结果你却在二十岁时真戴上国徽；你二十多岁时，向往文化，结果你到四十多岁，才被文化给化了。这当中，就有你个人性格原因所产生的许多变故。比如：昨天，一向苛刻的一位初中国文老师说，"其他班的作文都能给那么高的分，我再给你多加十分"。昨天，一向严谨的一位高中国文老师，让你们自由命题、自由写作，结果你初次写出的所谓小说，却被当成了范文在课堂上朗诵。昨天，在你刚戴上国徽时，你为提高自身修养，去参加所谓的文学沙龙。并在对普希金、莎士比亚、巴尔扎克、曹雪芹，以及欧洲十四行诗、唐诗、宋词、元曲作了相互学习探讨之后，就很随便写了几首自认为是诗的歪诗，让当时的一位圣人看了。结果这位圣人却对你写的诗，不是讲要如何调整和提高，而是将之说得一塌糊涂、一无是处。于是，你气愤地把你的"文学之梦"束之高阁，而一搁就搁了二十多年。

直到有一天，在你茶水喝多了时，一位所谓的贤达说你文字功底太差，让你很是不能服气。于是，你又抱着试试的心理，速写一篇所谓的美文。结果你却从此一发不可收，让你的文字刊登在了花花绿绿的文艺刊物上。这时你这才发现，你的童心未泯，你的死灰又复燃了，你也可以自由自在、再去寻找和采摘那些自然朴实和美丽可爱的鲜花与果实了。

此时，又有人多嘴了："尺有所短，寸有所长。为人就应当像他喜欢花姑娘那样。"于是，你又开始腾云驾雾，让你像做梦一样飘呀飘！一直飘到一个四处是芳草、到处是鲜花、随时有美女拥抱，充满文学艺术味道的仙山、琼岛，像弹钢琴一样，在那一个个精美的键盘之上尽情裸奔和舞蹈。这时，你又发现，你又回到原来的起点，重新唱起青春的歌谣。

你说，此时键盘上有美女在如痴如醉与你歌唱和舞蹈，有美女在勾引和挑逗，让你相当快活与逍遥。你说，无论鬼呀、神呀、仙呀，只要是美女，你都喜欢，你都需要，就像《聊斋志异》里的那些书生，喜欢小翠、小玉和小倩等美女一样，感觉多么美好。你说，这样情景、这样日子，虽然神采飞扬，但于你而言却是不会再有多少收获和结果了。你说，你的路虽然不是很长，但你还是要在这个安乐窝里做"健（键）美操"。你说，你知道，你和昨夜吹箫的人是爱好归爱好，可一定是一个吹箫，一个捏眼儿，就像横吹笛子、竖吹箫那样是各有各的门道，但却要看各人到底能够走好不走好、走俏不走俏。

相约冬季

　　哀牢山中的蘑菇，红河水里的游鱼，被"辛劳之手"捡、捉而来，装进"背篓"，放入"秧箩"，送进学堂，交给学校、交给老师。希望今天桃李芬芳，明天成为社会的栋梁。谆谆教诲，书声琅琅。诗词歌赋萦绕脑际，琴棋书画陶冶芳心。尊师们说：飞翔的翅膀已经硬朗，希望的种子萌发开花的欲望。将我们抛向空中，我们如放飞的鸽子飞向天际，变成蓝天中的星斗和飘浮流动的白云；把我们撒向大地，我们如多情的种子，开出鲜花、结出果实。

　　有人说，我们是情感的天空，命运的大地，岁月的河流。是的，是校园生活，那条历史的河流，把我们的情感和命运连接在了一起。忆往日，风华正茂，看今朝，岁月如歌。

　　在二十五年前的岁月里，课堂内盛下了青春的面孔和身影；校园外的青石板和田埂路上，遗下了徜徉走读的足迹；宿舍的灯光下，伫立着孜孜苦读的倩影……正如歌中吟唱："沿着校园熟悉的小路，清晨来到学校读书，初升的太阳照在脸上，也照着身旁这棵小树……"

　　但那时的我们，如群山圈围起来的冬天里云雾，虽然形成一个恬静安详的湖泊，却用善良美丽的外表，掩盖了一颗颗躁动不安的心灵。男女之间，无言语交流，无"骂笑打情"，形不成一条相互沟通的桥梁和纽带。学生生活，像一池震不起波纹、卷不起浪花、养不出活鱼的死水。

是校园的"栅栏"打开，笼中的小鸟才飞向山林。我们才像"哀牢山"中的清泉流入红河，直奔沧海。才知"借一片阳光，疗一段心伤，找一盏灯光，暖一双臂膀"；也才知"明月松间照，清泉石上流"，是一个何等美丽的景象。是岁月的风吹雨打，空间的洗涤蒸发，我们才如水中的石头被磨去棱角，变得又圆又滑，柔中带刚，周身透亮。也才有今天："光泽动园林，润物细无声"的美好情景。

君不见那位"福尔摩斯"的头顶上，闪烁着国徽的光环；君不见那位帅哥肩扛的天平上，摆放着公正的砝码。还有那位老顽童，身卜的太师椅，在谈笑风生中摇晃旋转。君不见那位"小咪喳"，早已"桃李无言，下自成蹊"；君不见那只小兔子，蹦蹦跳跳，不知何时是安静停歇的时候；还有那位小师妹，家中飘出的酒香，足以将人们的灵魂送入天堂。

二十五个春夏秋冬，多少个日日夜夜的风水轮回，其他人哪里去了？他们身在何处？家居何方？何处是他们情感寄托与交流的驿站？家中的油盐柴米是否装满？人生的酸甜苦辣是否尽尝？幸好几个玩伴一时冲动，借新平第一中学八十周年校庆之机，召集全班同学相约冬季。

休闲的桌椅摆上了，活动室的门扉开启了，学友们都不屑进入。一个个如剔去叶子的水果甘蔗，分立大门两旁。他们在等一个人来，就像在等一朵花开。遇上知音，要么迎上前去嘘寒问暖；要么手揽脖颈，到安静之处发起短信。

尔后，便如一群小鸟围上圆桌，让杯盏不断交错。就像一群欢乐的鸟儿聚集在榕树上，叽叽喳喳鸣叫不停。杯子为什么空了？那是有人刚刚把酒喝了。酒壶为什么空了？那是有人刚刚把美酒倒过。谁说我们冥顽不化，不识人间烟火？不明白为什么有人，非要把反复推敲、反复思考说成斟酌、斟酌。"斟"即为倒酒，"酌"即为喝酒。斟酌、斟酌，就是伸出友爱之手，架起友谊的桥梁。

请听，那些流水与花开的声音。"大梁歪了，用双手帮你矫正。""油路不畅，给你做人工呼吸。""发动机坏了，拾快乐为你修理。""你既要开新车，还要走新路。""我们老了，变成老妈子了。""老妈子也是一朵美丽的鲜花。""我们胖了，我们瘦了。""胖

作者：新宇　于2017年5月

瘦却没有称过。胖了可以当枕头，瘦了可以驮山货。""以前相遇，从不打招呼。""那是因为，你太严肃。"……

试想，哪个男子不多情，哪个女子不怀春？这里有融融的烛光，这里是灵感的舞场，这里燃烧着跳动的火焰，现在是冬天里的春天。饮一杯美酒，道一声祝福；唱一曲歌谣，了一个心愿。难忘今宵，今宵难忘，相约冬季，欢乐今朝。让阳光留住你的笑脸，让月光照亮你的行程，踏起时光的节拍，穿梭时代的空间，飞向蓝天，奔向银河，架起童心彩虹：祝友谊地久天长，愿健康与快乐同在！

用钢构编织梦想

——记兴伟钢构有限公司经理周太伟先生

　　说起周太伟先生，过去一直无缘结识。初次见面，他给我的印象不仅其貌不扬，且处事为人非常平和低调。让人一看就知道，他与那些没有多少文化，却财大气粗而口出狂言的人不同的是，他就是一位地地道道来自农村，并一步一个脚印走到现在，而依靠勤劳致富的人。

　　据他自己讲，他在家中七姊妹中排行第五，并自小读书、自小生长在新平漠沙镇的那个叫作胜利村的山头上，且还是一个从来就没有种过地，也不知如何种地的农民。所以他素来认为，其无论是与城里人或是乡下人相比，都没有任何优势可言，也从来不敢在人前故意显摆自己或高调行事。况且在他五岁那年，还过早地失去了父亲及父亲的关爱，于他而言可说是一切都是那么苍白和无助。

　　因此，面对我的到来，他也不忘抱怨："我从小不是被家人领大、带大的，而是被随意扔大或丢大的，我的过去根本就没有真正幸福快乐过。"

　　但针对其现实的处境，我则非常欣慰地对他说："你现在不是从糠箩跳到米箩，比过去好过了许多？"

　　他转而对我说："穷人的孩子早当家，不打拼怎么行呢！一切幸福之路，都需要自己艰苦铺筑。现在这一切，也都是磕磕碰碰和不断努力与奋斗的结果。"

"这么说，你的一生有着许多的曲折与艰辛了。那你又是如何想起做'钢构'这一行的？"

"其实对干'钢构'这一行，我在过去想都没有想过。是后来四处碰壁，慢慢接触和摸索，才渐渐得出，这也是一条非常不错的路。"

"那你在干'钢构'之前，都做了些什么？"

"一开始是去大红山铁矿打工。20世纪90年代初，也就是昆钢大红山铁矿刚刚上马的时候，我的一位在大红山铁矿担任负责人的表叔，对高中尚未毕业的我说，你读书的目的，无非就是想找一份工作。如果愿意，就来大红山这里跟我做。当时我想，考大学难以考上，再回老家农村学栽田种地更不实际，就现实决定去大红山铁矿打工。且在那里打扫卫生和守花杆三年多之后，恰遇我的那位表叔退休和公司改制裁员，就把我这个尚未转正的临时工给裁减了下来。"

"那后来呢？"

"后来我的姐姐家搬到了新平县城小山头那里居住，我也买了一辆'皮鞋车'，即三轮载人摩托车在县城里开。虽然当时开'皮鞋车'收入可以，能够小康度日，但还是在我开了三四年的'皮鞋车'之后，有人说'皮鞋车'噪声高、污染大、安全系数低，就把'皮鞋车'载客营运给取缔了。"

"是啊！'皮鞋车'被取缔后全换成了的士，那你就得失业了。但不开'皮鞋车'，又去做什么呢？"

"那时有人约我搞传销，即做'摇摆机'生意，我就懵懵懂懂跟着做了，且那'摇摆机'生意做下来还不错，统一销售价四千多元一台的'摇摆机'，我卖出一台就可得近两千元。但后来才知传销'摇摆机'系非法行为，结果我们没干多久却同样被取缔了。"

"听说这传销行为，是害了亲戚又害朋友……"

"搞传销当然要找熟人。且这传销行为，说白了就是过分夸大产品功能和有意抬高产品价格，并还要搞学习培训和集会那一套，但这些却是国家法律所不允许的。后来我想，既然是国家不允许干，我就不干了。"

作者：新宇　于2017年5月

"不搞传销，你又去做什么？"

"有朋友相约去昆明打工，我就跟着去了。并从那时开始，我就接触了'钢构'这一门技术活计。"

"那你在昆明给人家做'钢构'做了多久？"

"也没干多长时间。因当时是给人打工，工作辛苦，收入很低，仅干了几个月，我就没干了。"

"那又去做什么了？"

"从昆明回来后，我就在新平开了一个专门给人家做钢窗和铝合金窗的店，也在那时找到了一个建兴盘龙的姑娘做媳妇，而在新平安了家。且当时我还被树立为自主创业的先进典型，而受到了表彰！"

"后来为何没继续开下去呢？"

"店开了一段时间，生意不太景气，就关门停业了。可当时我想，这也许是自己经验不足、锻炼不够。于是，在一位亲戚的相约下，我就和他一起去郑州打工了。结果到了郑州，工作没找到，就几乎把身上带的钱用完了。后来又误打误撞，被人骗去参加西服营销方面的知识讲座和培训。但却在多次参加了他们组织的学习培训之后发现，原来他们所进行的，也是一种违法的传销行为。可当时的情景却是，不但天天都要接受他们洗脑，且随时都有人相陪，可说是要逃逃不了，要跑跑不掉。"

"那后来怎么办呢？"

"后来我们装出服从管理、言听计从的样子，取得了他们的信任。并借机给过去在昆明打工时的老板发了一个传呼。之后那老板回话，说他在沈阳，叫我俩如果愿意，就去沈阳那里继续跟他干。于是，我俩就骗那些搞西服传销的人说，准备回家拿钱并邀约其他亲戚朋友前来参加营销，结果他们相信了，还拿了两百块钱给我俩作路费。此后，我俩即刻用这两百块钱，买了火车票转道北京，并用所剩无几的钱，买了三个馒头维持生命而抵达沈阳。到沈阳后，顿感全身轻松，也才敢把最后剩余的几块钱，买上一些糖果填肚子。"

"真有死后余生之感，但你们到沈阳后是否找到了那位老板？"

"找到了。且从这以后，我就跟着那位老板继续干'钢构'了。并从东北到郑州、郑州到南京、南京到上海、上海到北京等，断断续续干了好长时间，足迹几乎遍及大半个中国，也学会、弄通了许多'钢构'方面的关键技术。"

"看样子，'钢构'这一行，还真是辛苦。"

"怎么不苦呢！不说别的，仅说在郑州飞机厂安装玻璃幕墙的时候。从早上八点多干到晚上八九点钟，像荡秋千一样高空作业，既危险又辛苦不说，还连媳妇要回家生娃娃都忙不得送。"

"感觉是，你们干'钢构'的，就像那蜘蛛在空中飘来荡去而编织梦想一样，我看你也是苦到头并熬出来了。"

"现在自己开了公司，像彩钢瓦、玻璃幕墙、采光顶、铁艺扶手、围栏、不锈钢等制作安装方面的辛苦活计都有年轻人去做，自己所要操心的主要是与客户洽谈业务、工程谋划、材料引进和调拨等。"

"这么说，你现在是苦吃得少了，心操得多了。那收入还可以吧？"

"一般情况，一年的个人纯收入也就是二十多万。当然也会有更多的时候，这就要看当年所承接的业务了。但总的来说，有多大的付出，就会有多大的回报。"

"至如今，你可说是一路顺风，那你对干'钢构'究竟有何看法？"

"穷人学技术，富人学管理，后悔当初没去学管理，不然前景也许要比现在广阔得多。"

走出周太伟的公司，我独自默默地行走在大街上。忽然，从街边的店铺里，传出来了刘欢《在路上》的歌：

那一天／我不得已上路／为不安分的心／为自尊的生存／为自我的证明／路上的心酸、已融进我的眼睛／心灵的困境已化作我的坚定／在路上用我心灵的呼声／在路上只为伴着我的人／在路上是我生命的远行／在路上只为温暖我的人／温暖我的人……

这歌声不正唱出了千千万万像周太伟一样，在创业路上辛苦奔波的创业者的心声吗？

爱是心灵的天空

云走东，有雨变成风；云走西，骑马披蓑衣；云走南，有雨下不长；云走北，有雨下不得。天上人间、世事万物，并非都如此有规矩可守，有规律可循。它和人的情感一样，充满许许多多的诱因和变数。正因为有了不同的诱因和变数，便有了美丑和阴差阳错以及爱恨情仇。大自然就是在充满种种变幻和诱因的情况下，用它那鬼斧和神工，不断挥洒出清风细雨，不断耕耘蓝天里的苍狗和白云，以及那一块块令人朝思暮想的土地。人类也是在这样充满变化、充满情感纠葛的环境里，展开希望的翅膀，不断耕耘心田、不断雕凿人生，不断提高和改善人生修为和道德品行的。但却不知，天上的白云一朵一朵，天上的星星千万颗，天上的星河千条河，哪一朵才是俺的筋斗云？哪一颗才是俺的蓝月亮？哪一条才是俺的万情河？

俺想让白云载着心儿追风而去，归去来兮；俺想如孙猴子一般，一个筋斗翻他十万八千里，去饱览天上天下的仙山楼阁与大好河山，去游尽天上天下的神仙天堂与人间美景，去畅游天上天下的所有爱情长河，去示爱天上天下所有仙姑与美女，去和天上天下的所有仙姑与美女玩彩云追月的游戏，去调戏广寒宫里不知是姐姐还是妹妹的寂寞嫦娥。什么第一宇宙速度、第二宇宙速度和第三宇宙速度，无论它们多么快速，俺也根本不放在眼里。

猪八戒算什么东西？仗着自己有一点"搂功"，即发哄骗的功夫，竟敢跟俺较劲，竟敢跟俺争风吃醋，竟敢跟俺争夺心爱的女孩儿，竟敢背着俺去和嫦娥美女玩鸳鸯戏水！瞧他那德行，看他那丑态，见了就让人恶心。他以为，他那慢悠悠的"簸箕云"，能跟俺的"筋斗云"比美，能与俺的"筋斗云"逐鹿翻飞。差矣！他以为，只要耍上一点小聪明，只要略施雕虫小技，就能赢得女孩尊重、骗取姑娘芳心、像在山中轻易捡拾"大黄皮鸡枞"，即当地的一种又大又鲜甜的山菌那样便宜。呸！有那么"泡"，即轻易能够所得的大鸡枞，早被俺捡拾干净了。美女们才不喜欢他那样像猪一样无能，好吃懒做而又笨死了的人呢！

俺是如来佛祖和观世音菩萨的爱情结晶和精华作品，是如来佛祖对着观音菩萨坐过的石头冲了一泡尿，导致俺的横空出世、石破天惊。俺继承和发扬了先辈的优良传统和作风，寻遍了名山大川，访遍了仙家众友，学会了七十二番变化和十八般武艺，还练就了一双火眼金睛。既能分辨真假美丑与善恶，为仙家和世人主持与伸张正义。又能对漂亮的女孩体贴入微、呵护有加，成为她们心中的白马王子和心灵的守护之神。俺的心胸像大海一样博大宽广，睿智像天空一样深远悠长。既能从艰辛的旅途中获取真经，又能读懂姑娘那篇心灵的天书，还能给心爱的姑娘，送上心爱的礼品和爱听的甜言蜜语，以收获姑娘的芳心和香魂。俺能给心爱的姑娘提供优良的衣食住行，能为姑娘送去能够养颜美容的化妆品和能够强身健体的保健品。能让姑娘们用了吃了以后，如同吃了王母娘娘蟠桃园的那九千年开花、九千年结果的仙桃，永远像盛开的鲜花一样年轻美丽，永远像充满灵气的翡翠，拥有一颗健康快乐的心灵。

因此，俺的家就像宾馆、酒店一样多，无论走到哪里，都不愁找不到安居乐业之所。且适时有美女陪伴左右和暖被，就像众星追捧日月，更像鲜花包裹着的一个小鸡蛋，总是那么温暖和幸福甜蜜。这一切的一切，都是你这个猪无能所无法实现和办到的。

臭老猪！虽然你从背后偷袭了我的嫦娥美女，但俺不想与你这个猪无能斤斤计较，不想和你这个猪无能争风吃醋，更不屑和你这个猪无能华山亮剑、纵论美丑、独孤求败。俺有俺做人的原则和方式，俺岂是一个守着一棵大树，而在那一棵大树上吊死之人？俺喜欢另辟蹊径、另辟远在他方的美丽。俺喜欢自由自在、无拘无束挥毫，喜欢做一个自由飞翔的鸟人和人精，让一生飞翔在蓝天白云和彩霞满天的天空里，让一生徜徉在情感交错与星光闪烁的爱河里。俺相信遗传和进化观点，喜欢远缘杂交好处，喜欢在远方的白云上耕耘、播雨。

因为远方的白云彰显他方的美丽，能赋予俺想象的天空，能寄予俺快乐的心情，能给俺提供一个个悠哉游哉的快乐平台，能让俺很方便地在上面翻上一个又一个的天旋地转的筋斗，产下一个个如花似玉的女儿和白白胖胖的小子。

俺坚信人的一生，能够与之情投意合的人不会仅只有一个，关键是在茫茫人海中、在美丽的天堂里自己知遇了谁。俺坚信天堂的美景美不胜收，天堂的美味佳肴应有尽有、可乐可口，天堂的美女如星如云、香酥销魂。坚信天堂之路有阶梯，地狱之门有魂系。星星可以对着星星，眼睛可以对着眼睛。坚信凡人和凡人，仙家和仙家，神灵和神灵，鬼魂和鬼魂，凡人与仙人、神灵和鬼魂，灵魂和灵魂能够相通相融。坚信它们、他们和她们，可以通过广播、报纸、影视、多媒体、微信、X 光、B 超、磁共振、清风、细雨、白云快速传递心灵信息，自由播撒阳光和爱情。所以，无论她远在天边，远在天涯海角，我都可以乘着清风、和着细雨、骑着飞快的彩虹、翻着一个又一个筋斗云，去和心爱的女人述说新调与旧情，去和心爱的女人共同穿梭和编织"心灵的天空"和"美丽的风景"，去向心爱的人儿索取健康与快乐的砝码。

无论她知道不知道，无论她愿意不愿意，无论这是否符合三纲五常的俗成和约定，无论自己的所作所为是否合法合情合理。反正我喜欢谁便喜欢谁，我爱谁便爱谁，我想和谁耕耘播雨就和谁耕耘播雨。因为我不但继承先辈的遗风，还在他们的腹地之上作了开拓创新。要不是看在尊敬长辈的情分上，谁说我逃不出如来佛祖的手心？又何必受他的窝囊气，被他压在五行山下？更不必受观音菩萨那个老娘婆的差遣，陪着大唐高僧疯疯癫癫地去西天取什么鸟经。

所以，你老猪可不要和我比试哟！你最好还是赶快去偷上一点西瓜等东西吃进去，然后再睡你的大头觉去！

谁说光阴似箭，日月如梭，时光不会倒流？谁说彩云追不上月亮？谁说彩云揽不下星星？如果时光不会倒流，为何《寻秦记》中的香港警官，能穿越时空的隧道，飞越千山万水，去帮助两千多年前的"秦嬴政"，实现始皇帝梦想？如果时光不会倒流，又如何得知世间还有西施、貂蝉、王昭君、杨贵妃这四大美女？又如何得知天上还有挥汗砍树的吴刚大哥、寂寞无聊的嫦娥美女和大慈大悲、普度众生的如来佛祖与观世音菩萨？

作者：新宇　于2017年5月

　　俺是如来佛祖和观音菩萨的后代，俺不但发扬传统，像父母一样尚于普度众生、挽救众人。俺还拥有自己鲜明的个性和特征，专门喜欢普度天上和天下的那些情感丰富的美女。因为只要有美女在身边，自己总是连饭也要多吃几碗，酒也要多喝几杯，既能开心又能开胃。所以，只要是美女，我都喜欢；只要与美女有关，我也喜欢。也许，这就叫爱屋及乌吧！

　　总而言之，俺喜欢"大江东去"，喜欢"黄河之水天上来"，喜欢"杨柳岸，晓风残月"，喜欢"凄凄惨惨戚戚"，喜欢"闭门推出窗前月，投石冲开水底天"，喜欢"千呼万唤始出来，犹抱琵琶半遮面"，喜欢"春色满园关不住，一枝红杏出墙来"，喜欢"东边日出西边雨，道是无晴却有晴"，喜欢蒙娜丽莎我的爱人，喜欢西施浣纱的倩影，喜欢昭君出塞的大漠风光，喜欢水边阿迪丽娜的清风朗月，喜欢美丽的自由女神，喜欢美女维纳斯的断臂，更喜欢那个能让俺在上面快乐翻上一个又一个筋斗的花朵或云朵。因为她是我美丽的向往，她是我快乐的心情，她是我火热的青春，她是我健康的身体，她是我创作的灵感，她是召唤我灵魂游走的一颗多情浪漫的星星。

　　天真和顽劣，是梦幻童年的缩影，是光环和心灵的重复与重叠。

　　点上两个点，连上一条线，便是一条线段、一段距离。沿着线段一端向外伸展，便是射线的光辉、射线的彼岸。点上一个点，画上几个圈，便是美梦成真、美梦成圆。这就像寒风里的"烘笼"，即小时用于烤火的工具，在稚嫩的手心里，在漆黑的夜空下绕来、绕去；这就像一个个鲜红的爱情之果，在爱的心情里，展现出来的一圈一圈的曾经爱过的美丽轨迹；这就像一颗一颗火红而透亮的心灵，铺设起的一条一条的星光大道；这就像一片一片的幻灯片，因不停流动、形成一幕幕精彩的小电影，播放出一个个生动的画面，闪烁出一个精彩的光影，传送出一声声勾魂的声音，让你时时刻刻地铭记于心，让你的心一生一世都不得安宁、一生一世都快乐年轻。

　　背上一个书包，装上几本小人书和画画本，装上几支铅笔、蜡笔，以及直尺、三角板、圆规等小东西，我俩就用两只同样稚嫩的小手，荡起双桨，在童年的心湖里一起划过来、划过去；拿起铅笔，在文字的游戏里一起夺过来、夺过去；拿起铅笔、直尺、三角板、圆规、蜡笔等小东西，在一片空白的画画本上一起画过来、画过去，一起擦过来、擦过去，一起涂过来、涂过去，一起抹过来、抹过去。

你说，工人叔叔给你一支小蜡笔，画出画来真美丽；你说，我们都是木偶人，不会说话不会动；你说，书中自有黄金屋，书中自有颜如玉，书中自有一个个美丽快乐的天使与精灵，以及一串串的丝路和花雨；你说，我俩这样画过来、画过去，是在画理想、画希望、画梦幻、画世界，是在画一颗颗跳动而纯真的星星；你说，学习雷锋好榜样，善于挤来善于钻。所以，每当下课铃声一响，或者是放学以后，你和你的那些"小花伴"，便像一群欢乐的鸟儿和美丽的精灵，直奔教室外的操场，如同在一张白纸上，画上一个又一个最新最美的图案。

远看，你们既像在给一块丝织品挑花绣朵，又像正用一根长长的彩线，在蓝天之上，挑出一颗颗美丽的星星和一个个精彩的太阳与月亮。近观，那是你们正唱着"学习雷锋好榜样，忠于革命忠于党，爱憎分明不忘本，立场坚定斗志强……"等歌儿，欢快跳起活泼灵动的"橡筋舞"。

此情此景，怎能不惹得一样童心未泯的人，童心大乱呢？当时俺就心想：你们只顾自己快活，却无视俺的寂寞。于是，俺就不管三七二十一，大吼了一声："俺老孙在此，看你们如何猖狂。"说罢，便一个人跑到那些花儿当中，翻起一个又一个的筋斗，让你们的欢乐游戏，再也无法继续下去。刹那间，你这一朵小花的粉红色花瓣，开始震颤了起来，一对迷人的小酒窝，也洋溢出甘甜的美酒。并从你那花蕊里激荡出一阵花开的声音："云追月，不要添乱。要是喜欢，进来和我们一起玩！"是的，在我的心思里，我的确喜欢和你们一起游戏。可是，那是什么年代，将男女界限分得如此清楚？让我有心栽花却不敢倒插杨柳，只好自惭形秽、"逃之夭夭"。但你那与"橡筋舞"一起飘舞的两条羊角小辫，因嗔怒而产生的粉红色花瓣上的颜色深浅变幻，以及花瓣上那一对时隐时现的诱人酒窝，却永远地定格在我的记忆里。并像《最后的晚餐》所反映的画面那样，总是留给我飞翔的翅膀和想象的空间。

花是有灵性的，想听"花开的声音"，务必要用雨水浇灌。云是非常灵动的，想看云卷云舒，却要向她轻轻吹上一口气，或者是对着她做一下深呼吸。花有水的滋润，就能让人目睹花开的美丽、聆听花开的声音、嗅觉花开的芬芳气息。若想欣赏到花的漂亮和云的美丽，则需要人们在她们的脸上，贴上一条条色彩的光谱及一段又一段的旋律的标签，或者干脆在她们的脖颈上，套上一个能七彩交替变幻的光环。所以说，花的漂亮和云的美丽，都需要有人来爱、有人来赏，有人来给它们呼风唤雨和播撒阳光。只不过，爱得残酷热烈，爱得狂风劲吹，爱得倾盆大雨，爱得死去活来，也会使她们的美丽和漂亮不断减退。

　　但却不知，是俺的行为惹恼花儿，让如来佛祖将俺压在五形山下，还是大风伯伯担心他的花儿、朵儿受到欺凌，有意将你吹到天涯海角，去与鱼鸟为伴。几年同窗，你这朵俺心中的花儿、朵儿，便于一夜之间消逝得无影无踪。俺在寻找，你这一朵不用油、不用盐，光是白煮来吃，就有一种特别鲜甜滋味的山中蘑菇；俺在寻找，你这一朵总是在阳光下不断变幻美丽色调，并能让俺在上面尽情狂翻筋斗的美丽云朵；俺在寻找，你这一个充满蓝色诱惑与深情厚意的蓝色月亮……可一切的心思，却变得是那么枉然与渺茫。

　　但就在俺对你的爱意不断感到毫无希望之时，不知是大风伯伯吃了回头草，还是看中了俺的好处，对自己动了恻隐之心，他又再次将他的宝贝女儿或掌上的明珠，悄悄地送回了俺的校园，让俺又能将自己的那颗赤胆忠心，与你进行连线和牵引。

　　几年不见，此时的你，已出落得像一个青苹果。感觉只要有清风轻轻一吹，你那萦绕在脖颈和耳际之间的漂亮绒毛，便能像那天上云丝儿一样，随风飘舞起来。并于片刻之间，还能让人一睹几滴晶莹剔透的水珠，自然而然从你秀美的身体之上，洋溢和撒落下来。

　　可是，当时我却只能像星星围着月亮，或者月亮绕着太阳那样，与你不离不弃或若即若离。虽然你的引力，大得几乎可以将俺的身体吸引过去，而去与你黏合在一起。但那时，我们都很有上进的劲头，三年的青春所产生的许多美好机缘，也被春心萌动、但却胆小如鼠的俺，在"俺认识你，你却装作不认识俺"的求学过程中，一一错过。

　　可恶的是，有一群兵蛋子，却偏要添乱。非要在你初中刚毕业的时候，看上你的才气，看上你的美丽，看上你的线条流畅和柔美的身体，像奖励幼儿园的小朋友，连哄带骗，给你戴上一个五角星，给你贴上一对小红旗，给你穿上一套绿军衣，并生拉硬扯，将你拖到部队营房里，给那些当军官的做情人去。

虽然当时自我感觉，俺的本领比他们还强，俺的才气比他们还旺，但俺不想与他们争吵，不想和他们争斗。毕竟他们人多势众，自己很难招架过来；毕竟那里是一个锻炼人的大熔炉，对你大有好外，更何况你又没有给俺任何暗示，让俺非得为你表现和做出出格的行为与动作。严格的意义上讲，你还不能算是自己的真正情人，自己只能暂时选择放弃，并眼睁睁看着那些兵蛋子，将你从自己的身边抱走。

但是，俺期待和理想于养精蓄锐之后，在将来某一天，再去将你拉扯回来。可是，让俺不曾想到的是，你这一一去就是经年累月和杳无音信。待俺从那"五行山"下解脱，才发现已沧海桑田、物是人非。即使俺长有火眼金睛与顺风耳朵，也不知何处才能将你找寻。于是，俺就应运而有了自己的可爱妻子和儿女。

俺的本领曾经很大，能七十二番变化和会十八般武艺，并可耕耘播雨、腾云驾雾和翻上一个接一个的"筋斗云"。可是，在没有你在俺身边后，俺渐渐失去法力。"筋斗云"翻不起来了，火眼金睛和顺风的耳朵也不灵了，过去熟练的十八般武艺，也仅剩下"老汉推车"等简单动作。

现如今，虽然俺的眼睛被乌云挡住视线，已看不清远方的你的芳踪和秘影，或你在做何动作、与谁睡在一起；虽然我的耳朵被静电屏蔽，已听不到远处你那花开花落的声音，或身在远方的你在与谁说着悄悄话语。但我仍心如明镜，并拥有自己的一亩三分地，或一片心灵的天空；但我仍头脑空灵，并拥有丰富的想象力和想象美、想象快乐、想象年轻的权力，以及一双为理想、为自由、为爱意、为美丽、为快乐、为健康而尽情飞翔的翅膀。

总是耕耘播雨，又有何用呢？因此，俺只想撕下一片白云、并写上心灵的文字，给身在远方的你寄去：向你宣读亘古不变的仁爱之情和自然而然的和谐之美与心灵之美。俺的姣妻，俺的情人，可不要吃醋啊！因为爱是心灵的天空，爱是心灵的呼唤，爱是对美好事物、美丽心情的执着向往与追求。

希望在路上

—— 为家乡的公路建设而歌

是路就要通往快乐和幸福

古人有诗云："山重水复疑无路，柳暗花明又一村。"诗意的感觉是，一个人只要有了坚强的信心和意志，就能经受住无数艰难困苦的考验和时光的洗礼，抵达自己理想和希望的彼岸。现实有歌曰："世上的路，有无数，最难忘的是童年的路。"歌中的情怀有，人们对快乐童年的美好回忆和向往。另一个角度：世上的路，有无数，最难忘是通往快乐与幸福的路。

记得鲁迅先生曾经说过："希望是本无所谓有，无所谓无的。这正如地上的路；其实地上本没有路，走的人多了，也便成了路。"也听百姓常说，条条大路通北京，条条大路通罗马。无论如何，只要是人所经历的路，都有一个历史的责任或现实的义务，那就是要引领人们走向理想的快乐与幸福。

水里的路是游出来的、也是漂出来的，它可以让水里的游鱼和地上的人们，利用水的浮力抵达心仪的天涯海角；天上的路是飞出来、也是想出来的，它可以让飞禽和人类，应用空气的浮力和宇宙的速度，通往梦中的天堂和快乐的王国；脚下的路是走出来的、也是跑出来的，它可以让动物和人物，受重力的作用，在觅食路上经常出没和不断思考、不断实践、不断求索；轮下的路是修出来，也是滚出来的，却需人们进行更多的修补、完善和精心的呵护，以提高幸福快乐实现和到来的效率与速度；心里的路却是想出来的，更需人们不断探索发现，不断修正曾经的荒唐与谬误，以实现人心所向的远大理想和宏伟抱负。

嫦娥之所以能够奔月，是因为她既拥有一双丰富想象的翅膀，又结识了一条通天的道路，才得以和心仪的吴刚结合，不再感到心灵的孤苦与寂寞；郑和之所以能七下西洋，是因为他和他的队员都不畏惧艰难困苦，即使像传说那样，不得不靠发明麻将和在海船上打麻将打发寂寞，也要用聪慧的头脑，让北斗七星引路，得以率领远洋船队，绕过非洲好望角，去将华夏文明和异国风情，久远传播与幸福收获。可以自豪地说，是丝绸的美丽，才使得过去的人们，在过去的丝绸之路上，撒下一路的丝路花语；是茶叶的茗香和保健功能，才使得历史的人们，在历史的茶马古道上，看到和听到"山间铃响，马帮来"沿途的美丽和天籁。

山里的人家山里的路

应当说，地处哀牢山腹地的玉溪大地，很久、很久以前就有了人类活动和与人类活动密切相关的道路，并且过去那上连玉溪昆明，下接普洱景洪的茶马古道，也曾因茶叶的兴起和盐运等事业的发达，恩泽了多少人们，感动了多少日月。至于那能够给人们带来更多方便和利益的公路，除了解放前所修的昆玉公路外，大多则是在新中国建立以后，才在玉溪这块土地上出现的新鲜事物。并且一路来、一路去地弯弯曲曲或直来直去发展下来，也才有了现实的彩桥跨长河、山间飘玉带的美丽景致。仅仅说"昆玉高速公路"和"玉元高速公路"，其带给人们的舒服、惬意和效率，那可是过去的玉溪人，想都不敢想的事情，它简直就是一条能够让人大饱眼福的流动风景！

"昆玉高速公路"，起点于昆明市官渡区鸣泉村，终点于玉溪市的红塔区高仓镇，它既是昆（明）曼（谷）国际大通道的起始阶段，也是国道 213 线的重要路段。它由云南红塔集团、省交通厅、昆明市、玉溪市四方出资，投资 19 亿元，于 1997 年 11 月 16 日正式开工建设，并于 1999 年 4 月 17 日正式通车，系云南省第一条六车道高速公路。

"玉元高速公路"，起始于玉溪市红塔区高仓镇，与昆玉高速公路衔接，落脚于元江甘庄"二塘桥"，与"元磨高速公路"相连，它既是国道 213 线和昆明至曼谷国际大通道的重要路段，也是国家交通部、云南省"九五"期间重点公路建设项目。它于 1997 年 5 月动工修建，并于 2004 年 11 月 12 日竣工验收，堪称迄今为止我国第一条真正意义的山区高速公路。

玉溪有了这两条主动脉血管般的高速公路，人们就可以搭上顺风快车，方便地嗅到"庄硚王滇"的古代气息，一睹那"岭东紫郡"的今时魅力和磨盘山上的杜鹃花海，以及"玉元高速公路"上的云南公路第一桥"化皮冲特大桥"、第一坡"'骆子箐'隧道出口处高 148 米的大边坡"、第一洞"练江隧道"的今日风采。可是，有许多人尚不知道，"昆玉高速公路"和"玉元高速公路"俩兄弟，就是得益改革开放的成果，在十多年前玉溪撤地设市后，让旧貌换了新颜的。

传说里，在玉溪刚刚有公路时，就有汽车沿着山脚的公路驶了进来，那时的人们尚不知汽车究竟何物，当场就有见了奇怪的人，手摸正停住的汽车的车头问车主："老大哥，你家这条大牲口咋个这种厉害？到底是给它喂些哪样饲料？"可以说在当时，玉溪人对汽车的兴趣，比传说中的"汗血宝马"还要稀奇，更不要说那些善于负重的毛驴和骡子。不然，人们怎么会说，人比人，气死人，马比骡子驮不成呢？

原本人们对事物的认知，就是摸着石头过河并循循善诱的。无论玉溪世居的汉族、彝族、傣族等，或是后来外来的其他民族的每一个人都不例外。但自从家乡玉溪开始有了公路，家乡的人们对公路和车子的认识，就开始有了一个从不知为不知到知之为知之、从知之甚少到知甚多的过程。于是，公路建设方面，玉溪便有了土路、弹石路、水泥路和沥青路等，由路面所表现的由低级到高级的公路，也有了由主体功能和作用所表现出的国道、省道、县道、乡村道路，以及专用公路的界限和标识。至于车子，更是由过去的人力车、马车、拖拉机、卡斯车、吉普

作者：新宇　于2017年5月

车、解放牌等，逐渐演变得形形色色和五花八门。让即使是家住很远的玉溪的山区民族地区的人们，也可以因现实交通的便利，很高兴地用那不太标准的汉语，对他的亲朋好友说道："老大，来玩我一回嘛！"或者是："弟兄，你来我家玩，我杀鸡给你吃！"

不久前，有朋友给我们吹来一阵清风，或提供一个难求难遇的机会，让我等在边听边看、边行边聊中，如游走的灵魂一般，在玉溪的青山绿水之间、在15285平方公里的广袤土地上，兜了一个很大的圈子，使我们不但领略沿途迷人的风光，而且还对玉溪的公路现状和路途的美丽发展前景，有了一个初步了解和感性认识。

"要致富，先修路。"这是经常挂在玉溪百姓口中的一句口头禅。但我以为，如要在玉溪这块土地上，修建一条真实意义的能够方便快捷的公路，还真不容易。因为玉溪毕竟是一颗或一个地域广大的高原明珠和山区民族地区。天堑变通途，说的是玉溪人的志气和志向；高山飘玉带，在玉溪的土地上，也是何等壮观和美丽；豪气贯长虹，更能显示玉溪人做人的豪爽与正气。但诗歌有云："书到用时方恨少，事非经过不知难，学如逆水行舟，不进则退，心似平原放马，易放难收。"在修路的事情上，平原地区与家乡玉溪相比，所需的人力、物力和财力，真是无法比拟。

记得近二十年前的那个夏季，虽然当天没有下雨，我们却因一个鸡鸣狗盗的案例，驱车赶往了磨盘山下的"老白甸"和"顺水沟"那里。但却越穷越见鬼、越冷越撒尿，事情越紧，心里越急，稍不注意，就让我们的吉普车，深陷进路途中的泥淖里，结果却用上当时携带的所有能用的工具，也请来当地的百姓，用石头垫轮、用松针铺地，齐心协力并用上"2020吉普车"的前加力，才摆脱困境抵达了目的地。想想当时大家那一身汗、一身水、一身泥的场景，至今还相当好笑和滑稽。因为我们并不是在玩猫捉老鼠的游戏，而是被雨水的余泥打劫，要怪也只能怪当时经济不景气，没能将路面进行很好打理，或怪那不得不拉货出门进门的手扶拖拉机等运载工具，是它们把本身路见不平和低洼积水的路面，抓成了一片狼藉。

于我而言，我已是近二十年没能去磨盘山下的"老白甸"和"顺水沟"了，相信随着时间的推移，你一定比过去变得更加稳重成熟和美丽。因为就在前不久，我们到山野之中兜风时，我力所能及地到达了，距玉溪市府所在地300多公里，虽然偏远但却民风淳朴的新平县平掌乡的联合村等地，让我不但采到风和雨、也采到花与蜜，并目睹和聆听、这产生玉碗绿茶的松涛里，那水泥路面的真实和美丽。此时我才明白，山里出灵芝、山中有美女、旧爱也可成为新欢的道理。所以，在公路事业上，也要滴水成涓、细流成河，并贵在坚持和一心一意。并且，在你东面不远处的扬武集镇，也还有一条国道213线，从其中穿越和在那里不断燃烧激情，不说你能如它一般整洁美丽，但至少你也可以如心向大海一样，很自然地投入她的怀抱或汇入她的洪流。

其实我还以为，玉溪的路既像一个由许多长短粗细和宽窄等兄弟姐妹，组合而成的一个幸福快乐的家庭，又像一个由许多长短粗细和宽窄的动脉血管、静脉血管和毛细血管，组合而成的一个已经时来运转或正在有效运转的快乐网络。它们寄希望于像大石头需要小石头铺垫一样稳妥，又理想于如人体内的血管一样，能够让红血球、白血球在血管里自然流淌和自由呼吸，还想象于如一首圆舞曲一般，让玉溪的每一个民族的每一人，都能像一个个快乐音符，充满幸福甜蜜。

有路就能带来实惠和好处

应当说，是路就能给人们产生希望和盼头，是路就能给人们带来实惠和好处。

为何玉溪的金色烟叶，能在红塔集团的领地，得到精深加工和资深处理，而以"红塔山"香烟的醇香和"红塔山"品牌，香飘万里、驰名中外，并让以种烟为依托的当地农民，得以用辛勤劳动，换回家园必需的真金和白银；为何玉溪山肚子里的矿石，能轻而易举投入滚滚热浪，并以各种形态和形式，不断出现在人们的生产生活里，让云南有色金属王国的称号，因为你的参与而受之无愧；为何玉溪特产的金色笋丝，能以黄花菜所不能替代的独特魅力和神奇功用，成为玉溪土地上家喻户晓、人人喜欢，进行婚丧嫁娶所必需的美味佳肴，并使人们不再像过去那样，将其视为奢侈品不敢触及，或是像现在一样被堵住嘴，不会再说"黄花菜都凉了"的风凉话语；为何玉溪的甘蔗，能以糖厂和小作坊的名义，或者是以优质红糖与白糖的身份证明，从玉溪土地出发，一路说着意味深长的甜言蜜语，成就一番甜蜜的事业，并让当地以花腰傣为特色品牌的傣族弟兄，都能够雷打不动天天喝上二两小酒；为何玉溪的核桃，能在中秋月圆的时节，成为人们礼尚往来的馈赠佳品，并以货真价实的真情实意，成为人们更加向往和更有意义的具有良好营养和保健功能的"脑心舒"与"脑白金"，而不再像过去那样，只能听到核桃滚楼梯的声音，却难见其身影；还有就是那靠农家肥哺育成长的"褚橙"和"高原王子"，又是如何像输液一样，被输送到寻常百姓家里。其实，所有这些以此类推的事情，都是一个个与道路密切相关的话题，而且都是因为玉溪之路的延伸和发展，也才使得我们今天的生活，比过去变得更加地方便和快捷。

人们常说，不行春风，难得秋雨；不经风雨，难见彩虹。想必，只要是发生在地上的事情和存在于地上的事物，都离不开阳光普照和春风吹拂，以及秋雨润物。因此，可以明白无误地说，是政策温暖和改革开放春风，才使得国家有了正确发展思路；是正确的发展思路引路，才使得国家和人民，正确选择和走向一条一条正确发展道路；也是一条条正确发展道路的惠顾，玉溪人民才会将玉溪幸福的道路，一条一条精心谋划和快乐铺筑。所以，我们除应感谢政策温暖和改革开放春风，还得感谢以苦为甜、战斗在玉溪公路事业上的公路谋划者和公路建设者的辛苦付出。

幸福的路需要爱心去呵护

"头发长了，请进来；头发不美，我料理。我的手艺是理发。"是一个理发师与顾客进行心灵沟通的忠实愿望和痴心话语。所以，当有人走进理发店，让理发师给他理了发后，也许他会吹嘘，那个老师傅，或那个小美女，用理发剪在他的头上推来推去，用剪子在他的头上飞来飞去，既像坐上奔驰车在路上飞奔，又像乘上直升飞机在空中迂回，真是非常开心和惬意。因此，我可以说，是眉飞色舞的美容美发师，为我们剪辑美丽，让我们的精神风貌为之一新，并倍感身心怡悦。

"心肌梗塞，我搭桥；肠道不通，我清理。"是一个医生的工作职责和生活规律。因此，当有人到了医院看医生，并让护士和医生给予了关怀和护理，也许他也会在出院以后，于人前感叹，他是如何在某某好好医院、被某某好好医生解除心中疙瘩和思想疑虑。我也可以说，是妙手回春的华佗神医，为我们解除病灶，让我们的患难之身再造了幸福快乐的血液。

我还可以说，是玉溪公路的管理者和养护者付出辛苦和努力，让玉溪的公路保持健康的肌体和青春的美丽，而使我们的生活，变得更加地方便通畅和自由。

天上有星星点灯，地下有心灵引路，我不糊涂。

心灵的地震

人们知道，造成地震的原因很多，有地球自身运动的使然，有地球板块漂移，发生相互撞击的结果，有地球自身能量积蓄太多的杰作，还有外星撞击地球的因素，等等。

如果系地球内部能量变化所致，则恰恰印证了那水满则溢、月满则亏的道理。

发生地震时，往往伴随有强烈的光辐射和冲击波。要么，导致山体滑坡而产生泥石流；要么，发生火山喷发，以引发许多不良的后果。在无人区，则往往挥洒出一幅幅波澜壮阔的画卷。在有人居住之地，则会给人们带来那惨不忍睹的重重灾难。

据说，发生地震前，自然界中则有许多征兆和现象。老鼠会出洞四处游荡、上蹿下跳，井水会突然干涸或四处流溢，动物会集体搬家……不能想象，从"少善蜀文，游于三府，观太学，遂通五经，贯六艺"的张衡，发明候风仪与地动仪至今，在两千多年的历史长河里，科学技术的进步发展，也没能完全解决，并提前准确预测到，那地震发生的时间、地点和震级等情况；以给那些置身于即将发生地震之地的人们，赢得充足撤离的时间，并快速逃离那即将发生地震之地，而搬迁到更安全的地域和空间里去。

谁都知道，发生大地震是会造成房屋倒塌、家毁人亡的。因此，地震并不是什么好事。对于那些麻木不仁的人来讲，也许其会把地震看成

作者：新宇　于2017年5月

一篇壮美的诗篇，以及一幅绚丽的画卷。但对于那些身处地震中心的人们，地震则能导致他们妻离子散甚至家破人亡。并让有妻子的人们成为鳏夫，有老公的人们成为寡妇。或是要媳妇的找不到媳妇，要老公的找不到老公，要儿子的找不到儿子，要女儿的找不到女儿。并让这些白发人，去送那些个黑发人。即使有那些心存怜悯之心、倡导仁者爱人的人们，向他们伸出了关爱援助之手，给他们以精神的抚慰，为他们捐上再多的钱财，其也只能是帮助他们，解决那暂时的生活困难，以及生存的环境问题。但却不能从根本上，为他们治愈好心灵的创伤，为他们找回那失去的妻子和儿女，以及哥弟与姐妹。

要不，人们怎么会常说，打虎离不开亲兄弟，夫妻是原配的好呢？也怎么会说出那"亲如姐妹，情同一家"的话语呢！

但对于那些身处于地震周边的人们，则也许会感到，其连睡觉也不得安宁，且于心里则同样产生那强烈的震感。也许还会随时担心于哪一天、哪一时、哪一刻，在什么地点，又要发生强烈地震了；担心那地震所造成大灾大难，随时都会降临到自己头上。所以，大地震给人们的心灵造成的伤害是巨大的，并且其还是一道不能完全缝合及完全治愈的伤口。

现今推行的改革，则是一幅波澜壮阔的画卷，则是一篇气吞山河的诗篇。改革是一场变革，是一场革命。它要改变落后的生产力和生产关系，它要改善人们的生存环境和生活空间，并不断丰富人们的精神、物质及其文化生活。它要实现"老有所终，壮有所用，鳏寡孤独皆有所养"的天下大同的目标。

用人制度的改革，却同样如此。它要改变机构臃肿、人浮于事的状况，以提高工作效率。它要推行干部四化方针，任人唯贤。它要唯才是举，人尽其才，物尽其用，有效开发与合理利用人才资源。

它是一件大快人心、利国、利民的好事。人们是会衷心拥护，拍手欢迎，并举双手赞成的。

但是，每一次用人制度的改革，则都会成为人们关注的一个重要焦点。虽然它与自然界的地震不同，但也很像自然界里所发生地震那样，也会在人们的心灵深处，溅起涟漪、翻起波浪、撞出火花。

自然界的地震，没有着眼点，而用人制度的改革，却是有目的、有步骤地进行的。一旦出台一项重大的人事政策，其都会对所涉及或不涉及的人们产生强烈的震动与震感。特别是身在其中的人们，那震感则更为强烈。并能撞击出心灵的火花，激荡起沸腾的血液。因为，其往往关系到他们那未来的前途和命运。

人们常说，铁打的营房流水的兵，那是就军队所言的。要实现国防现代化，要完成保家卫国的重任，理当应该如此。实行领导干部异地交流，是为了任人唯贤，而不是任人唯亲，并为解除那与领导相关的一切裙带关系。领导与一般干部不同，领导手中掌握着人民赋予的权力。权力运用得好，可以为百姓办实事、办好事；权力运用不好，就会成为其拉帮结伙、排除异己或为个人谋取私利的工具。实行一般干部轮岗交流，与实行领导干部异地交流一样，其也是为了更好地发挥人才资源优势，所进行的于用人制度改革方面的一种积极尝试。

近日，一些地方相继出台政策，制定和推行了一般干部轮岗交流的制度和办法。其要求在同一单位年满十年的一般干部，都要进行轮岗交流，并分期分批地实施。其目的就是为了，不断激发出那些公务人员的工作热情。这也许是考虑到一些人，在同一单位的时间长了、久了，上进心没了，工作热情没了，变得油滑了；也许也有通过轮岗交流方式，使被交流的人到另一新的单位后，能产生一些新鲜感，并能更好地投入工作之中去的愿望。

但如此消息一经传出，这些地方的公务员队伍里，便像那炸了锅一般。人们也议论纷纷，生怕轮到自己，甚至是四处活动与打听。

因为这毕竟与那被提拔重用不同，其怎么说也都是名声不够好听。如果某一位人，被从某一部门轮岗出来，那些爱"盘是非"，即爱拨弄是非的人，便会说某某人是因某问题被轮岗出来的，并给那被轮岗出来人，造成极坏的心理影响。

照理说，只要能领到薪水，哪里都是为人民服务。可有的人却不这么理解。他们要考虑去新单位后的工作环境，要考虑以后生活的待遇，要考虑其他很多很多的值得其深入考虑的东西。说直接一点就是，他们不情愿像王小二过年那般，一年不如一年。

按要求，此次轮岗交流，是由上级组织部门，根据相关单位的实际情况，并分配给各单位名额与指标，再由各单位按照公开、公平、公正的原则，以进行民主推荐，且按票数的多者进行轮岗，是无可厚非的。轮到好的单位，其自然实现了美好愿望；轮到不好的单位，其也只能是自认倒霉。但个别情况却不是如此，而有那人为的因素存在。

曾有一位"文友"，在工作当中，却因一位领导的态度骄横，而顶撞了那位领导。并且，于后来那位领导，还主动向这位"文友"作了自我检讨，并说他自己的态度不好。可在这后来的工作中，那位领导就让这位"文友"写工作材料。但那位文友，在将自己所写的工作材料拿给其审阅把关时，他却没有添加任何文笔，而只说上"可以"的评语。但再将此材料，拿到那会议上进行集体讨论时，那位领导给这位"文友"的评价，却是文字功底太差。

再后来，这位"文友"利用工作之余，则写了一些有关风花雪月的文章，发表在网络和各类书刊上，并在其文友中口碑很好，也受到一些读者的青睐与欢迎。

此时，那位领导又借题发挥了：此人文章写得不错，应当到那专管写作或专门从事写作的部门中去。并且，在那一般干部轮岗交流实施办法刚出台后，此位领导，又在其领导层之中进行宣传：某某同志能写文章，要调到某某部门工作去了。

在后来单位召集，全体干部职工参加的民主推荐会上，于会前发放了《推荐表》，又收回《推荐表》之后，却没有在会上公开进行检票和唱票。而只是在组织完学习，并宣布了散会后，才小范围地召集了几位领导，前去进行计票。这位文友的命运，便可想而知了。

难道，这真像有些人所说的那样"说你行，你就行；说你不行，你就不行；说你不行，行也不行；说你行，不行也行"吗？难道，世间就没有是非曲直和真理的标准呀？

但此"文友"则如是说：水到自开沟，天下没有容不下人的地方，到哪里不是找一碗饭吃。是呀！什么事情只要自己想开、放开了，那名啊、利啊！也就自然而然会被渐渐看淡了。

虽说如此，但自己却还是为他本人感到悲哀，也让自己看到了一颗受到伤害的心灵。这好好的经，怎么就被人给念歪了呢？这不是"事与愿违"吗？所以，未雨绸缪，未为晚矣！该堵的漏洞，还得堵上。要不，就会误人子弟。

何况按照那公开、公平、公正的原则推荐轮岗人员，是很难将那些优秀人才，推荐到其他用人单位的。许多时候，其只能让那些用人单位感到，那是上级和其他外单位，在给自己丢包袱、增负担。同时，这会使那些用人单位，在送走了老包袱后，又迎来了新的包袱。

但即便是公平、公正、公开地推荐，其也可能有那人为的因素存在。凡是聪明人都应当知道，只要有那么几个人，在推荐之前"碰一下头"，即事前进行简单扼要的商议，或者稍稍做出暗示与稍微宣传一下，就可以轻而易举，把那想推出去之人的事情给敲定了。

又何况自己的那个"文友"，怎么会在那文件没有出台和下达之前，就得知自己要被轮岗，并即将被轮岗到某一部门呢？并且最后，他还真的就被轮岗到了，其事前所说的那一个部门。事情又怎么会，如此一个"巧"字了得呢？

更何况这样你推过来，我推过去，却常常让各用人单位很不满意，甚至是会引发一些相互扯皮的现象。除非其领导与领导之间，于事前就有所约定和默契。不然，这就有可能造成单位工作上的被动，有可能让那被轮岗的人员，在到了新的单位之后，直不起腰，甚至是抬不起头，而感到其里外都不是人，并处处都受到了伤害。

或许，有人会说，这是正常工作变动啊！可他也可说：站着说话腰不痛！只是没有轮到你自己。如此看来，这不是制造麻烦，又是什么？这不是心灵的地震，又是什么？

因此，只要是用人方面的制度改革，都须相当谨慎；也很值得人们去认真探索与深思。

寻访情人谷

　　早听说我们"花腰傣之乡"新平的县城郊外，那彝族山村与傣家寨子之间的河谷内，有一个情人幽会的好去处——"情人谷"，却一直无缘光顾。心想，适逢周末，开着轻快的私家车、带上情人，投进"情人谷"的怀抱，感觉一定美好。城市喧嚣、案牍劳形、心中尘埃，通通可以全部洗掉。

　　曾经有人说过："上舞厅太贵，找情人太累，老同学最实惠。"舞厅是有钱人的天堂，自己还是一幅穷酸相；心仪的情人节已过，哪来心中的玫瑰；老同学实惠，爱她千万年，只能梦中相依偎。

　　想来，沿袭"小是夫妻，老是伴"的家乡古训，与妻子结伴同行，有何不好。原本指望上中学的小子一道前往，举家其乐融融！回答却是："有哪样'玩常'？亦即有什么可以让人赏玩的好东西？顶多是有山有水有石头。""'醉翁之意不在酒，在乎山水之间也！'山予气势，水添灵秀，石显神奇……"妻子岔话："人大了，心肝多了，还能任你摆布？"

　　都是工作单调枯燥的上班族，在办公室待久了，就喜欢四处走动走动。可眼下最时髦的是自驾车旅游，落后于时代的我们，却只能抓石头打天，邀约同样落后的挚友，骑上自己的"追梦"，去追赶那春天的脚步。

　　过去乘车下乡，不觉家乡山高坡陡；今日骑摩托，上坡无所畏惧，下坡却是越骑越心虚，速度也快不起来，哪里去找"追梦"的快感。感觉自己就像来自广袤的原野，从未爬过哀牢山的山坡，或喝过红河谷的泉水。幸好自己所带的是媳妇，要是情人，还不丢人现眼？

翻过山坡，进入峡谷深处，朋友相继停下摩托、面面相觑。都听说过"情人谷"，却没有一个能够真正将"情人谷"准确位置说出。好在一位好友说道，管它"情人谷"不"情人谷"，再往下前行七八公里，就是一个好去处。

于是，大伙又追随他前行一程，并在公路边摆好摩托后，沿着山间小路向谷底走去。这时有人对自己说道："你走这么快，是去撵麂子，还是去会情人？"事实是，自己从清风中，已听到一阵打情骂俏的声音。继续往下走，则远远看到一群妙龄男女，正在峡谷的溪水中嬉戏。一路走着，刚刚还猜想当中会不会有自己的相知，转眼就看到一位身着花腰服饰的女子，微笑着向我们转过身来。并惊奇发现，这位头戴"鸡棕斗笠"的花腰傣女子，即头戴名为"鸡棕"的一种山菌形状斗笠的花腰傣女子，曾是自己在傣乡工作时的老相识。本想与她重温旧梦，却突然意识到身旁还有媳妇存在，只好不自然地动一下嘴唇，做出欲说又止样子，以示与她打了招呼。然后又故作镇静，大声对着和她在一起的人们说道："走，和我们进情人谷潇洒去！"未等那一位茫然看着自己的相知反应过来，当中却有人回答道："不要去了。来和我们过'三八节'！""你们过吧！我们还要到里面去。"眼看他们正神情专注，为捉鱼而搬着石头和泥巴堵水，自己也不好再和他们啰唆。

感谢春风的剪刀，为哀牢山、红河谷缝制美丽花衣；感谢春风这支神笔，将哀牢山、红河谷彩绘得碧绿青青、充满灵气。远看和近观那些点点粉红的野樱桃花和白的、黄的、红的杜鹃花，以及那些不知名的小花，被春风掀动衣裙而尽情地摇曳绽放，自我感到就像走进春天的花园。

此时，身旁的一位好友嚷道："何须到美容美发厅，让小姐洗头按摩，这春风梳发、花枝抚摸，不是更加舒服惬意。"而我则聚精会神倾情于溪水滑过脚丫、流进心田，或青石抵触脚掌所产生的效应。并如头顶鸡蛋，身轻如燕、提心吊胆，在溪流中前行。也不断猜想，如果人们

作者：新宇　于2017年5月

天天都能这样，时下如火如荼的美容美发厅和"足疗中心"，还不门可罗雀。

蹚过一段青石自然铺就的河床和飘满青苔的溪流，自认为到了心中的"情根峰"下。攀岩而上，正欲以石而坐，偶然发现脚下的大石头，俨然一张为情人精心准备的"石床"，且还天然造就了一对高高凸起的石枕。

大伙都情不自禁站在这"石床"上，由远及近、由高向低瞭望，并凝视着眼前这一片山与水、光与影交融所形成的美景议论开来。而自己却仿佛隐约看到"阿狄丽娜"正在这山风中、丽日下的溪流里沐浴更衣。于是，忘乎所以吼了起来：

"我的美女！你在哪里？"

"真是'白眼狼'。吃着碗里的，看着锅里的，尽打歪主意。"媳妇奚落道。

"只要还是一个男人，谁不喜欢美女？"

"你这是日有所思，梦有所见，不可救药。"

"老大，你有情人吗？领来我们瞧瞧。让大嫂做姐姐，让她做妹子。"朋友媳妇添乱道。

"欲渡黄河冰塞川，将登太行雪满山，行路难！"

"是不是有那个贼心，没那个贼胆？不用怕，悄悄告诉我，在大嫂面前我们会守口如瓶的。"

这时，身旁的一位朋友，突然用手指着前方一个正被阳光照射着的山坳大声说道："看，美女晒阴？"大伙顺势一瞥，在场的所有人，无不将之与女性的生殖器联系起来。而那些女人们，更是抿着嘴不停闷笑起来。看着她们笑容可掬的样子，自己却正定自若地对她们说道："有啥好笑的？我们在哀牢山西面的景东县，还看到过许多一大根、一大根的大土柱子呢！像男性生殖器那样，顶天立地！"

我们就这样或站、或蹲、或坐，围着这块大青石板闲聊起来。渴了，喝一口山中清泉；饿了，将有备而来的凉拌黄瓜、莴笋和"酸腌菜"、火烧干巴及冷饭等揭开品尝。

把酒临风，石板上散发出的酸辣味，不时吊起我们的情调和胃口。

有人说情人像小鸟，随时要喂饱；有人说偷情就像猫吃鱼，吃过一回，就很难戒掉；还有人说起"憨公鸡吃闷头食"的风流韵事。不知不觉，已是夕阳西下。此时，山箐里响起的蛙声、鸟鸣声，又增添了无尽的情趣。

见天色已晚，大伙只好敛起余兴。原指望再去和捉"红尾巴鱼"的傣家少男少女见上一面，可待我们赶到那里，却只看到河床里留下的一片狼藉。

人这东西，说来也怪，不能得到时，盼星星、盼月亮地希望得到，但得到后，却不加以珍惜。并还常常抱怨，这也不行、那也不好。吃惯大鱼大肉，就想吃青菜、白菜，以调节胃口。

其实，对于那些时常将情人挂在嘴边，并自我吹嘘、自我张扬有多少情人的人，不一定就有情人；而那些寡言少语、谨言慎行的人，也不一定没有情人。人嘛，相互邀约、寄情山水，在一起吹吹牛，寻点开心，有何不好。何况，林子大了，什么鸟都有，生活不是白水一杯。嘴长在身上，头长在脖上，只要不违背伦理道德，人家喜欢说什么，那是人家个人的事。生活如果缺少希望和想象，那将变成啥样？

过去，看过一部《香格里拉》的小说，看了半天也不知"香格里拉"究竟在哪里。现如今，我们寻访"情人谷"，却没有弄清"情人谷"的真实出处。

想来，所谓的"香格里拉"，所谓的"情人谷"，只不过是人们梦想的人间美景和天堂罢了。在这里自己所要说的是，"香格里拉"和"情人谷"，在哀牢里到处都有，也随时等待着你来发现。只要它能让你感到健康快乐，那么你就找到心中的"情人谷"和梦中的"香格里拉"了。

家乡的土掌房

——家乡的"土掌房",一种形如手掌心的建筑物,一道道消逝或即将消逝的人居风景。其"土",就土到了家;其"土",则土得掉出渣来。

外话土掌房

"土掌房"是何玩意儿?"土掌房"当然不是玩意儿,"土掌房"只是一种适合于平民生活起居的建筑罢了。并且,它还是一种杆栏式的建筑。也许系自己视野不及,除了滇西南的一些外县乡村,有少量如此建筑外,其余则当属地处滇中偏西南的家乡新平,那"土掌房"的数量及其分布最为可观了。这主要是,在过去的家乡新平,除极少数人家拥有那四合院式的大瓦房外,其余的包括居住于当地,人口最多的彝族、傣族、汉族等民族的绝大多数人家,则普遍居住于这其貌不扬的建筑物里。因此,在这里则几乎可以说,这"土掌房",就是家乡新平的独有或专利。

但为何叫作"土掌房"呢?其实,它就是一个如小锅米线一般直抒胸臆的名字。并因其顶部全用泥土进行捶打而得以紧密坚实,以表现出平坦光滑的顶部和形如手掌的外观,才得以如此形象称呼。当然,有时人们也将其称为土平房,其也是换汤不换药的结果。

　　家乡新平，自古就是少数民族聚居的地区，在云南所有二十六个名族当中，则拥有了十七个之多。并且，其中还有八个民族，为具有自己独特传统民族服饰文化的世代居住的民族。

　　正因如此，家乡新平于 1980 年 10 月 25 日，则成了一个彝族傣族自治县。这就是说，分别聚居在高山和热坝地区的彝族和傣族，是新平的两个主体民族，其人口占据了新平的绝大多数。

作者：新宇　于2017年5月

彝族是一个崇拜火的民族，傣族是一个水做的民族，它们都是久居新平的土著民族。至于人口如今居第三位的汉族，则是几百年前才开始进入新平的。因此，既可以把它说成是后来新平的民族，也可以把它说成是新平的少数民族。但于久远过去，聚居家乡的汉族、彝族和傣族，其饮食起居，几乎全是在类似的"土掌房"里度过，因此可以说，新平的民居建筑，则以"土掌房"为主。

更为特别的是，生活在家乡的傣族，还因其习俗、服饰、崇拜等，与其他地方的傣族有着显著区别，并在其腰间萦绕有一条长长的自编自织的七彩花腰带，被梦幻般地称呼为"花腰傣"。有人说，他们是百越民族迁徙到红河上游后遗留下的种子，即殷商时期那"濮人"的后代；也有人说，他们是"古滇国"，即"庄蹻王滇"时期皇族的后裔；还有人说，他们是"濮人"与"古滇国的皇族"相融合的产物。众说纷纭，莫衷一是。

不知是"以夷制夷"的原因，还是"改土归流"及其民族融合的结果。家乡的地名和景物名称也很特别。有的是以其民族语言的译音命名。如："鱼都簸"，意译则为"有水的地方"；"戛洒"，即"嘎赛"，意译则为"沙滩上的街子"。有的则一目了然或直抒胸臆。如："一碗水""豹子箐""豺狗箐""芭蕉箐"等。有的又将原有名称变音变调。如：现今的"扬武坝"，即为过去的"养虎坝"；现今的"革棚"，即为过去的"狗棚"等。还有的则有相当诗意。如：现今的"照壁山"，则为过去的"大旗山"；现今的"小团山"，则为过去的"团山叠翠"；还有"二龙戏珠""金丝钓鲤""五桂联芳"，以及"滴水烟霞""山顶香泉""六祖垂虹"等。

当然，也还有许多不同情况、不同原因的命名方式，但其几乎都与当地自然环境、山水人文直接或间接相关。于家乡的"土掌房"而言，也不例外。最令人生怨的是，以当时的政治元素命名一个地方了，其难以经受住历史和时间的考验。如："文革"中曾使用过的"反修街""反帝街""团结街""胜利街"等，则早已被废弃使用，并且回归到了本真。

由于对家乡过去尚还缺乏必要了解，于此还不能准确追溯"土掌房"的来龙，以及其悠久的历史。如怎样被移植而来，经历怎样变化，出自何位建筑设计大师的奇思妙想，等等。故在这里只能依其相貌、按葫芦画瓢，对之说上一个大概。

于家乡的过去，那居住舒适的清堂瓦舍的大瓦房，可算是真正的奢侈品了，其一般都是名门望族和社会名流身份的象征，更不要说那使用珍贵材料、制作工艺精良的"四合五天"的走马串角楼了。对一般的平民而言，莫说是能居住那舒适舒服的大瓦房，即使是一般土木结构的"土掌房"，也是得来相当不易。如果真有谁家能节衣省食、自筹资金，建起一幢专属自己的大瓦房，纵然是当时的富贵人家，也再不会狗眼看人低，并将其当成异类看待。况且，这大瓦房还会如众星拱月一般，被那形如一块块大豆腐块的"土掌房"簇拥包围起来，让其如红花与绿叶相配，令人既感神奇壮观，又觉得相当美丽漂亮。

说来也怪，尽管家乡民族众多，尽管过去穷苦人家不少，但在家乡却很少有盖茅草房居住的情况。即使偶尔能目睹一两间茅草房，那也不过是守田、守地或放牧鹅鸭的人，临时休息或暂居的场所。

再说，由于家乡过去经济文化落后，劳动生产力水平低下，那砖坯和瓦块烧制程序又较为复杂，且生产成本较高，所卖价钱昂贵，也为一般平民百姓难以承受，并不是想建大瓦房讲究，就能讲究得起的。

好在家乡红土地上，那红土团子遍地都是、到处都有，采掘起来非常方便快捷，因此也才使之成为当地平民百姓起房盖屋的首选材料。加之，家乡新平四目全是绿水青山，收获木材非常容易，以故让这经久实用的"土掌房"，成了家乡过去的一道道美妙的风景。

彝家的土掌房

彝家的土掌房，依山而建，要么建在山顶，要么建在山腰，要么建在山坳。因为彝家的生产生活环境都在大山里，很少有像样的平地。不过，彝家的"土掌房"，则像一摞一摞大豆腐块，被重重叠叠镶嵌或摆放于满目的青山碧玉间，远远看去则很有层次之美感。特别是每当人们目睹到彝山的家家户户生火煮饭时，那于"土掌房"顶升入蓝天白云里的袅袅炊烟，更令人感到彝家的一切美好希望，都将由此快速进入那幸福美丽的天堂。

"土掌房"建于山顶，虽通风条件好，采光性能佳，却因山高风大、取水困难、收获艰苦等原因，常给居住在山顶的人家带来许多不便和麻烦。特别是进入雨季后，常于夜幕降临之时下起暴雨，则更能让人明显感觉到，其居住于山顶的不利。每当天降暴雨，那些"土掌房"房屋，则像是行将快要被狂风暴雨掀翻一般。雷雨交加、电闪雷鸣、风声雨声混为一团，有时还真让人被吓得不敢入眠。

"土掌房"建在山坡，更能让彝家安享清风、阳光赐予的清爽、温馨和浪漫。特别是早上太阳刚刚出山和傍晚余晖洒向青山，更凸显了这"土掌房"的光鲜明暗和高低错落的之美感。并且，无论其地处哪一个方向，都能收获大自然赐给彝族同胞的快乐、幸福与吉祥。也无论上下左右，这"土掌房"的房顶上，都是一个个娱乐、玩耍、取暖，以及晾晒物品的绝佳地方。

"土掌房"建在山坳，虽能较好遮风挡雨，却往往容易积水而使房屋受潮。并还会受到周围山势影响，造成房屋及周围环境日照量不足等不利情况。

一言以蔽之，无论将"土掌房"建在山里何处，都有不同的优劣。如能将之建在背靠青山、坡度稍缓、门前临水的地方，则是最为美好和理想。

由于海拔每升高 100 米，气温就会自然下降 0.7 度左右，彝家的"土掌房"建在高山，自然要经受高山赐予的寒意。所以，彝家的"土掌房"里，一般都有一个大大的火塘。既可以用于取暖，也可以用于烧水和做饭。并因这火塘里的火温不易人为控制，故往往令其所吃伙食，以煮食为主，炒吃次之。当然，也可以烧吃。如火烧干巴，用炭火、炭火灰烧烤土豆和红薯等。

同时，由于彝家所居之地天生气候冷凉，常常容易缺水，或远离水源，也从客观上限制和减少了彝家人洗漱与沐浴的机会。并且，在彝家所居的高山上或大山里，那紫外线的辐射也比较强烈。另外，由于他们经常要自觉不自觉地接受火烤烟熏，这彝家人的肤色，则往往显得稍黑一些。于过去的日子，自己常常听说，并且偶尔还能亲身感受到，那彝族人家的火塘就从没有熄灭的时候。作为一个外乡人，如果到了彝家，并巧遇彝族家生火煮饭，也许那干涩的眼泪还会被挤得滴落下来。只不过随着社会经济的发展和条件的改善，此等过往烟云，则早已一去就不再复返。

在家乡的大山里，彝家各家各户所建盖的"土掌房"，一般有一层、两层、三层之分，且以二层者居多，但却不见超过三层的情况。其房屋、房屋的层次及质量好坏，也依其经济和实力决定。并不是想盖就盖，想盖多少层就盖多少层，想盖多好就盖多好。

其"土掌房"的楼下，常用于圈养猪鸡和牛马等家禽与牲口。有的也从其中单独隔出房屋，用于做生火煮饭或煮猪食的厨房。其"土掌房"楼上，常根据用途的不同，而将之分别隔成一间间作为人居、储存家什及粮食等的理想之所。于当地的过去，曾流传"欺人莫欺头，做贼莫上楼"的口头禅，也从另一个侧面说明，彝家人的那些美好与要紧的东西，则往往藏在其屋楼之上。至于其"土掌房"的屋顶，既适用于晾晒衣物和谷物等；也适合于冬天烤背风太阳、平时闲话栽种与收获，以及进行挑花绣朵等，并且还适合于彝家婚丧嫁娶等宴请，以及从事跳乐等种种集体活动。也就是说，在水泥匮乏和玩乐方式单调的岁月，这"土掌房"的屋顶，则是彝家人心之向往的理想地方。

其各家各户的屋顶与屋顶，则大多是相连相通的。如果产生高低错落，则用那低矮的小楼梯支起，以供人们上下；如果平排、并有所间隔，既可将小楼梯平放连接，也可以用木板或其他木料搭起。其相互之间的往来，则多半在房顶上进行，很少有走正门的情况。每当到了收获的季节，彝家那"土掌房"的屋顶上，则经常是挂的挂、晒的晒、堆的堆、忙的忙，不失为一道充满田园诗意和丰收喜悦的农家乐场景。

有人曾说，过去彝家之所以要选择占山为王而居，则是为了躲避不断的兵灾与祸役；也有人说，彝家人勤劳朴实、聪明伶俐、善于节俭和精打细算，则是在缺水缺地等恶劣自然环境下，才自然养成的禀性；至于过去那《新平县志》所概括的"彝僳凶顽而难治"的话语，更是大汉族主义对彝族同胞的污蔑，或是其本身就有意要在民族之间制造不和谐与不团结。

"花腰傣"的土掌房

"花腰傣"的居住之地，气候炎热，水土肥美。"花腰傣"人家，喜欢如棋格一般，将一家一户的一幢一幢"土掌房"，分别建在海拔较低的红河谷亚热河谷地带并伴水而居。其房前屋后，既有清澈溪流不断淌过，又有勃勃生机的大冬青树遮风挡雨，还有红红火火的木棉花开怡悦心情，并有鬼头鬼脑的奇形怪石在村前、村后及村中矗立。因此，"花腰傣"的人居环境，却是美得不可比拟。如除去气候炎热等条件不利，就很难再找到其他不再适宜人居的理由。

家乡新平的"花腰傣"，都非常喜爱干净或清洁，并养成了良好的个人卫生习惯。其劳作之余，经常是一天沐浴一两次，甚至三四次之多。用他们自己的话说，"如果一天不冲上一两次凉，即为洗澡与沐浴，就会浑身上下都不自在"；而且，还不能用热水浴洗，如用热水浴洗，不但身体不舒服，还易患上感冒症状。好在"花腰傣"聚居之地，水好、水清，并有许多天然澡塘，镶嵌在村子之外或"土掌房"之旁，可让他们喜欢怎么搓、就怎么搓，爱怎么洗、就怎么洗。

特别到了炎热的盛夏季节，"花腰傣"男男女女，往往喜欢站在没有屋顶的天然澡塘里集体淋浴。那男女澡塘之间，也仅用一道高不过一米的矮墙相隔，不用踮起脚尖，就能轻轻松松目睹对方的脱衣秀。并且，在集体沐浴时，尚能远观与静静听到，他们打情骂俏、相互调侃与嬉戏的场景及其一些酸辣的话语，也给那美丽的田园，不断增添了那更多的诗意。倘若有外乡男子，一不留意而偶然从那些女孩的身旁经过，她们也至多是稍稍侧一下身体，以表示对你进行回避；但如果是与她们混熟的外乡人，她们却能把其当成傣族人家一般看待，而在搓洗之时则显得更加自然得体。反正是只要你不感到"害羞"，即羞涩，只要你不目不转睛盯着她们的身体，你甚至还可以与她们相互进行对视，而尽情去搓揉自己的身体。

刚到傣乡不久，正遇闷热天气，受好心的村干部弟兄邀约，与他一起前去冲凉。问去哪里冲凉，他则回答："去了就自然知道。"原想一定是到一个较为僻静的地方，但刚跟着他从一幢一幢"土掌房"旁走过之后，则突然看到许多男男女女正赤身裸体，相互玩笑着站在一排排的竹筒之下，让那竹筒里淌出的清水，不断冲洗他们的身体。曾吓得自己是再也分不清东西，还让弟兄追了一大截距离也不肯放弃……这则是"一方水土养一方人"之快乐结晶。

但说到"花腰傣"的"土掌房"，则是一层的很少，两层的居多。其"土掌房"的风格样式，就像一个个古堡那般。并且，其于开始建盖时与所建盖起来后，则都有一些讲究。开始建盖之时，要认准所下进"基沟"里的第一个"石脚"的石头；在建盖起来后，要于每一年选出一个吉祥美好的日子，杀鸡到那一个石头旁进行祀献，以祈求所建盖起来的"土掌房"四平八稳安然无恙，以及让居住于其中的家人个个幸福平安等。可是其功能和作用，却是与彝家的"土掌房"大同小异。所不同的则是，因傣家系聚居热坝地区，冬天常像春天一般温暖，因此在那"土掌房"里，就再不需要什么火塘。但如果抓到了很多黄鳝泥鳅，其至多也是生上一盆炭火，然后再用炭火又将其烤黄后晾干。

由于"花腰傣"所穿的服装、所盖的被子及其所垫的褥子，都是自己动手自染自织，因此在其所居的"土掌房"内，则往往有一间专用于织布的房间，并有一两台经黄道婆改良，并得以将技术一代代传承下来而制作出来的纺线、纺纱及织布机，分别摆放在其家中那女人的房间里。

并且，还因"花腰傣"长期生活在热坝地区，让他们在长期与水交道的同时，也养成了喜酸嗜酒的生活习性。因此，在他们所居的"土掌房"里，几乎每家都有一间专门的房间，以用于储藏那一罐罐罐装的酸辣肉食品。如腌猪肉、腌牛肉、腌鸡肉、腌鸭肉、腌鹅肉、腌鸭蛋、腌鹅蛋以及腌鱼肉等。所有这些，都是一些既能下酒、又能解暑的地道佳肴或美味。

另外，由于"花腰傣"人所栽种的是热带或亚热带农作物，故在其"土掌房"的屋檐下，则很难看到如彝家"土掌房"屋檐下那样，挂满辣椒、玉米、荆豆之类农作物的浪漫风景。而所能见到的，至多也只是一些穿在荆棘上的一圈又一圈的干黄鳝，以及一尾一尾的小干鱼等。并且，在其"土掌房"里的用于吃饭的篾桌上，人们经常所见的也只是一些，与热和水密切相关的酸辣食品及其水里所产的美好东西。何况在"花腰傣"的传说里，还有"'花腰傣'女人不会捉泥鳅黄鳝，则嫁不出去"的荒唐逻辑与理由。

其实，好多人尚不知道，这"花腰傣"的"土掌房"的房顶，除了与彝家的"土掌房"的房顶具有同样的作用外，其本身却还有一个特殊的功用，那就是于炎热的时节，除去天凉或下雨，那些"花腰傣"的老老少少、男男女女，可在这一幢一幢的"土掌房"的房顶上，不必担心有潮湿地气，而能滋滋美美在其之上，快乐度过一个又一个浪漫、干燥及凉爽的暗夜。

那些历经辛苦、洗净白天尘埃的人们，于夜幕降临之季，便会自觉抱上一床凉席、一块毛巾被及一个用攀枝花所做成的枕头，爬上梯子并上到那"土掌房"的房顶之上，去欣赏和享受月亮与星星为其所赠予的美好情意，并于这大自然赐予的凉意中，和和美美地自然睡去。当然，在这美好的夜晚，有时也会有人如那喜欢夜游而又四处飘飞的萤火虫一般，用电筒发出信号，以邀请他的情人前来赴约，或用手电筒光将她的心儿层层照亮。又或是从这个屋顶，又串到那个屋顶，去与人家的女人过了一个激情的夏夜，却还让人家的老公蒙在鼓里。……

过去曾有陋习，把"花腰傣"唤为"憨摆衣"，而让那些傣族人家很不服气："我们憨在哪里？我们还知道，哪里水土肥美，就到哪里定居！"并且，也有人说过："摆衣柔糯而无能"的话语，那则是对"花腰傣"的鄙视和污蔑。

况且，就在这土里土气的"土掌房"里，还能长出性情温和、皮肉粉白柔嫩，赛过刚刚辗出的大白糯米的"花腰傣"美女。也许，正是她们的存在，而更有利于构建和睦的家庭与和谐的社会。

汉家的土掌房

汉家的"土掌房"，则往往被一片片镶嵌在群山圈围成的高山小盆地里。其家家户户的"土掌房"，常被"滴水"，即"土掌边"与"土掌边"之间的短小距离相隔后，形如一只只神仙般的巨手，将那青灰色的掌印，按在了一片片碧绿秧苗或一片片金黄稻浪之间。

并且，其大多被建盖于平地或缓坡之上，常常是仅盖一层而很少有两层的情况。无论俯瞰、仰望或平视汉家的土掌房，其都缺少了参差错落的层次之感，更没有了那凌空欲飞的立体之美和玉树临风的高大形象。其一般排列得相当整齐，就像被刚挤压成形的大豆腐块，被利刀均匀分割成一小块、一小块的小豆腐块一般。也像一个个大火柴盒，被安然摆放于那平地或缓坡之上。但深入其内里，这汉族人家的"土掌房"，则主要有三种不同的结构和式样。

其形式之一的"土掌房"，叫"正三间"。虽然将其称为"正三间"，其实它却是"正三间"外带一个厨房。所谓"正三间"，就是正中的那一间为堂屋或正堂，左右两边的两间分别为父母和儿女睡觉和起居的卧室。作为家庭所收获的谷物等，以及其他家什，只能勉强在这两间卧室里进行存放。

其形式之二的"土掌房"，叫"正三间两耳"，也就是那正三间两厢。这是家乡的汉族人家，最为普遍的居住式样。所谓的"正三间两耳"，就是从正门进去，既有一个照壁，即影壁，又有一间主要作为过道的很小的房间。它既可用于放置农具等杂物，又可以阻挡由里看到外或由外看进里的目光与视线。并且，在这一房间的左边或者右边，一般都建有一个生火煮饭的厨房。

跨过这一房间的门槛，或者绕过这一房间的照壁后，便有一个在屋内上可透亮或观天，下可栽花养鱼或排水的"天井"。家乡的汉族人家，对其"天井"的制作都很讲究，其一般用那精心打制的青石条和青石板进行镶嵌与铺就。其形状则像一个左右两边及下边高二三十厘米左右、上边高八十厘米左右、长和宽几米不等的正方形或长方形大池子，并用那石制的暗沟连接，可将流水排到屋外。另外，不同的人家可根据不同的需要，在不同大小的"天井"里，打上一眼水井，并用考究的青石支砌起精制花坛和鱼池等。

"天井"的左右两边，各有一间供儿女使用的"耳房"，即厢房。

其"天井"的下端和左右两方，也有一条一米左右宽的相互相通的通道，并通过石级从两边向上连接一个长宽几米不等的"厦子"。并且，那左右两边以供上下"厦子"的"石槛儿"，即石级，还要根据不同需要或不同的落差进行合理的"三踩"，即三级，或"五踩"，即五级等之分，但常规的做法却又是，只兴单（奇）数、不兴双（偶）数。同时，在"天井"的正下方，还经常搭有一架楼梯，可供人们上到那"土掌房"的房顶之上。

所谓的"厦子"，其实就是一个可供一家人休息、聊天，或做针线、做家务的美丽场所和美好地方。至于从"厦子"跨进"门槛儿"，那便是一所"土掌房"的正堂。其两边的结构和用途，则几乎与"正三间"的"土掌房"一模一样。只是有了"厦子"的"土掌房"，其正堂两旁的每一个卧室的面积，都要对等地比正堂大上一定的面积。

其形式之三的"土掌房"，叫"正三间两耳下倒座"。所谓"正三间两耳下倒座"，其建筑风格与"正三间两耳"非常相似。

主要区别之一，是一进房屋的大门，便是处于"下倒座"位置的并排的三间房子。并且，这三间房子正好与被房屋的两个厢房及"天井"相隔后的最上面的那"正三间"房子相互对应及呼应。主要区别之二，是进大门之后，一般都缺少那可以遮挡里外视线的照壁。如果真有，也只是在"天井"的下端，非常简易地支砌起一小堵半墙，以让其作为一种象征或一种装饰。但在这"正三间两耳下倒座"的"土掌房"里，如真有这么一道挡墙，却反而会给家人造成诸多不便与麻烦。主要区别之三，是没有了"厦子"。即在那正堂的正面，失去了用于与"厦子"相隔的木门与窗子等，并让正堂的最下端与"天井边"直接相连。

并且，这"正三间两耳下倒座"的"土掌房"，一般都选择建盖在地势较平坦的地方。其上下落差，也仅仅是从"天井"上到正堂的三五道"石槛儿"；其功能和作用，也与其他的"土掌房"类似。只是房间多了，房间的功能和作用更细化了。至于其他形式的"土掌房"，因其不具普遍性，在此不再赘述。

其实，作为汉家"土掌房"的建盖，除"天井"较为讲究外，其他当数大门莫属了。特别是那"正三间两耳土掌房"的大门更是相当可观。

一是门向要正对低洼处，如能面南背北更好。即使其建筑位置地处平地，也要用石脚，将房屋的地势按层次进行整体提高，并用"石槛儿"进行连接。因此，许多人家的房屋大门外，都镶有五至七级的"石槛儿"。一般情况由屋外上到大门处有五级"石槛儿"，由"天井"再上到"厦子"又有三级"石槛儿"，按每级二十五厘米计算，其房屋的地势，则整体拔高了二米左右。如级数增加或减少，同样以此类推。二是讲究歪门斜道。也就是说，"土掌房"大门的门向，必须与房屋的整体座向形成斜角。人们在进入"土掌房"时，给其的感觉则像自下而上、由低到高，迂回曲折并渐渐进入天堂里去。三是其大门顶常用精制的青砖及瓦当进行镶嵌，并用精制的木雕翻成斗拱，而形成飞檐翘角之势。四是大门外的两个如"八"字的墙面，大多用青砖和打制有精美图案的石块进行镶嵌。五是在门脚的两边要镶上两个对称精美的石门墩，既可作为装饰，又可供人入座。六是在大门顶部的房屋顶上的正部，还要摆放上一个精心打制的石瑞兽，让其作为镇宅和避邪之用。……

还有那"土掌房"的堂窝或正堂，则是汉家人生活的一个重要场所。

堂窝的正上方叫"家'堂'（tān）"。"家堂"的最上方，则常常支摆放上一块距离地面一米多高、厚七八厘米、宽五六十厘米、七八十厘米不等，并与正堂正墙面几乎等长的"家堂板"，要么用一个高一米多的长长的"家堂柜"支撑着"家堂板"，两个高一米多、宽约八十厘米左右的"家堂柜"支撑起"家堂板"，"家堂板"的上面或上方墙面，则常常供奉或张贴有"天地君亲师"的牌位及其所代表的字样与画样。同时在其板面的平面之上，却经常摆放那烧香用的香炉和插香、插花用的插瓶与花瓶等祭祀用品及其装饰用品。于新中国建立至改革开放前这一段时期里，新平汉家正堂的正墙面上，所张贴的则多半是一些领袖人物的画像。至于那"家堂柜"里，自古及今都是常放一些日常所需的生活用品。

在"家堂板"或"家堂柜"的正下方，常摆放一个高八十厘米左右、长宽各有一米多的精雕大八仙桌。且在这八仙桌的桌面上，经常放置一些水壶和茶具之类的饮水用具。同时，在大八仙桌的正前方，则经常用一块绣花或印花的布帘遮挡着。其不但为堂屋增添漂亮和美观，还可像遮羞布那样，将桌下那丑陋的坛坛罐罐进行遮蔽或掩藏。

在八仙桌的下端，则摆放一张用于吃饭的桌子。在桌子两旁，则常对称摆放两张三四米长的精雕"春凳"，或是一个个细作的独立实木靠椅。

由于新平汉族，与先来此地定居的傣族和彝族相比，肯定后到或晚到了许多年轮和岁月。因此才导致了新平汉家的"土掌房"，与彝家和傣家的"土掌房"，既有许多相似之处，也有许多不同地方。

但仅从个人角度去认真评判，新平汉族人家的"土掌房"，其最大秘密则是：它更像一个古色古香的四合院，被移居新平的汉族，利用当地少数民族"土掌房"的式样，进行了悄悄粉饰和深藏。就是说，家乡新平汉族所居的"土掌房"，其实就是中原及江南地区的四合院，与当地少数民族的"土掌房"，进行巧妙渗透与美妙结合的一个重要产物和美丽结果。

我家的老土掌房

一、陈年流水

据《家谱》记载，本人的祖籍为南京应天府柳树湾，祖上是于几百年前，从南京迁居到云南，并最终落脚到家乡新平这条"夹皮沟"里的。按《家谱》推算，我这一代则是老祖宗进入云南后，所繁衍出的第九代人丁。后经家族成员认真考证，我们老尹家在南京郊外的祖坟，则是到"农业学大寨"时，才因开荒种地而被撬得无影无踪。虽然不知祖上因何原因来到此地，但毋庸置疑，一定是生活所迫才奔波至此。

过去曾听已逝两年多的母亲多次讲过，居家最后一次跨地搬迁，则是从临安府搬迁到新平县小东街那里。至于其所说的临安府，想必一定是指现今的建水，而不是地处江南的杭州。这也许是因过去的建水人才辈出，建水人才自命不凡，而要与杭州比上一个高低，或者是相互进行媲美；同时，居家自南京搬迁至云南后，则也很难与杭州扯上任何关系。

并且，于一百几十年前，我家曾在县城小东门坡坡那里，居住着一幢有两层楼、并有着几百平方米建筑面积的四合院大瓦房。不知系何原因，此房后来却变成了新华书店。直至二十多年前，这所青堂瓦舍的新华书店，才被销毁而重新建成了水泥平顶房屋。虽然之后水泥平顶的新华书店，现今又变成了民居，但于一些的人传说里，则是在拆毁那所大瓦房时，有人曾从此房屋的楼梯板之下，刨出了一大罐东西。但还未及务工人员将那个罐子开启，就有隔壁邻居跑来，并说那是他家的东西，而直接将那个罐子抱走。事到如今，谁也不知其罐子里，究竟藏有何种秘密。

至于我家后来，则是在爷爷的父亲与其哥哥分家后，最终才从小东门搬迁到过去的城墙脚下，那当兵人居住的营房那里，即现今的小西门之下的三眼井之地。但却不知爷爷的父亲，当时只盖"土掌房"而不盖"清堂瓦舍"，是出于何种原因。只不过，从爷爷的父亲直到我自己，我家却在那一幢"土掌房"里，一住就上百年时间。

爷爷去世时，母亲还很小，对爷爷的过去，只有零星的记忆。年轻时的爷爷，曾在锡都"个旧"做过锡矿的"二水老板"，其相当于现今的大老板之下的包工头。且从"个旧"回家时，总要用马驮回一摞、一摞的雪花白银。只是到了后来，爷爷却好上了大烟与赌博，才最终导致了家庭的贫困和潦倒。最后却不得不把家里的"土掌房"，也租给了他人居住，而携带着奶奶和年幼的母亲，去到新平的"戛洒街"上做起了小本生意。并且一去就是许多年，最终在家乡解放前，还把自己的尸骨，也遗留在了那"戛洒江"的江边，让家人至今却连他究竟埋在何处都无法寻觅与分辨。但稍微可惜的还是，当奶奶和母亲、父亲于家乡解放后，再回到了家乡那自家的"土掌房"里时，却发现离开时深埋于地，那存放于土陶罐里的家庭房产证明及其地契等，则早已相互粘贴在了一起，而令人根本不能看清其字迹。并让一大块据说曾属于我家，且与我家"土掌房"的菜园子相连，约有三四百平方米面积的土地，也因失去证据证明，而最终让其变成了集体的东西。

二、零星的记忆片断

其实，我对自家的"土掌房"最初印象，则恰巧源于三岁。并从三岁时的一天起，就渐渐开始对其有了一些零星的记忆。为什么是三岁呢！这也是依据奶奶逝去时的时间，于后来推断出来的结论。

主要记忆之一，则是三岁时的一天早上，母亲发现在那"土掌房"房里，已病得卧床不起的奶奶，突然停止呼吸而上山当了"护林员"去。

听到母亲的痛哭声，一家人都非常震惊。并在正准备进房察看之时，母亲却边哭边从房中走到堂屋里，向家人传递了奶奶已逝的消息，全家人都才匆忙进到奶奶房里看个究竟。只见奶奶紧闭眼睛，挺直身体躺在床上，则像是刚刚入梦睡去。

由于那个年月，家乡新平在家人或亲人逝去之后，尚还流行哭丧。于是整个家里，无论会哭与不会哭的，则都相互感染而几乎全部痛哭起来。其哭声震天动地，几乎将整幢"土掌房"的房顶，给予其一块块地掀翻起来。并且，从家人口里流出来的，不仅是一些断断续续的口水，且还有一些如"爱'嫫'，即爱妈呢中国娘啊！怎么舍我们而去……"的等等，这样那样不知是唱是哭的腔调及语句。母亲呢！更是一把鼻涕一把眼泪，如数家珍一般大声"号丧"起来，却反而将年幼的我，吓得目瞪口呆而又欲哭无泪。

主要记忆之二，则是自己每天睡在一个开有一道小木窗子的黑房里，而天天早上躺在床上，并模糊看着摆在床尾的一个雕花衣架，以经常听着母亲早起做活的声音。且在发觉或听到我的叫唤或哭喊之后，母亲则又常常从屋外匆忙进到睡房里，于嘴里说着"小乖狗！你醒了。'嫫嫫'（即妈妈）给穿衣裳。"等话语，就一边将我从床上抱起，一边给我从脚到头穿上裤衣。其印象最深的则是，当母亲那一双尚未做完家务活计的手，才又伸进我的被子里来抱我之时，却往往让我被她的手"'zhǎ'得"（即受到冰冷而刺激得），打起了"冷嚏"，亦即打起了寒战。

主要记忆之三，又是母亲经常领着自己串门子。并在从自己家的"土掌房"走出门之后，则总要经过一个大大的深水塘子。且还感觉在那个大塘子边，却经常有人在不断进行浣洗。而母亲呢！则又是常常要与那些洗菜、洗物的人说东道西。其言内言外之意，自己胡乱猜测，则大概就是：去哪里哪里，该如何走；去哪家哪家，人又会不会在家等话题。

而在自己渐渐长大后，又去认真追思，当时所见的那个大塘子，其实应当就在自家门前的那一个名叫"官园子"的菜园子里。

当然，在自己的记忆深处，也还有小时的一些更为零碎得不值再提的一些蛛丝与马迹。

三、记忆的房屋布局

从此之后，自己对自家的"土掌房"的印象，则开始渐渐清晰起来。

记得那时自己家，曾有一幢坐西朝东，且很大、很宽的"土掌房"。其"土掌房"的主体建筑，为正三间两"耳"。在其"天井"的东下方，即整幢建筑的正前方设有一个门庭；在其南边耳房的东下方，设有一个大卧室（于此前曾做过厨房）；在其北边耳房的东下方设有一个"灶'房'（读 fāng）"即厨房；在其北边"耳房"的北面，有一个被屋内巷道相隔的大猪圈；在厨房的北方，有一个很大的杂物室；在整幢"土掌房"的最上方，即在那最正的正三间房屋的北方那间房屋的西面，还有一间很大的茅厕；在大猪圈、正三间北方那间房屋及其茅厕所形成的大直角之间，夹着一个很大的园子。

并且，在整幢"土掌房"之中，尚有一条约有 1.5 米左右宽的屋内巷道，由"天井"穿过耳房及厨房之间后，再穿过正房及猪圈之间，而通达茅厕及整幢"土掌房"西北边，并用围墙所圈围成的大园子里。因此，家乡新平那时年龄稍大一点的人们，则往往将上厕所或去茅厕，说成"kè"（去）后首"kè"（去），就是因为其一家人的厕所，往往在那后园子里。

另外，在我家"土掌房"的南侧，也还有一个很大的菜园子，且里面既种着好几块菜地，也栽着一大篷酸石榴树及其他的一些果树等。

对于后园子里的猪圈和厕所来说，也许曾被翻盖了许多次。并且，过去家人也曾传说，那园子里曾有过许多石榴树等果树，但到我记事之时，则早已不复存在。据说那些果树，则是在 20 世纪的 1958 年、1959年县里拆毁城墙修成公路时，才最终被砍去的。到最后，在整个园子里，却只保留了一大蓬长得像"刺蒗巴"般的"臭菜树"。而且，过去还听家人常说，就在当时拆毁城墙时，我的大姐也曾爬到城墙上拆了一些砖瓦回来，其"飞天神王"，即"'爬高上低'（方言说法）则比那些男孩子还要厉害。但那些砖瓦后来的去向，自己却不得而知"。只不过到了自家需要取土脱土坯砌墙时，自己则在自家的后园子之外，即通到县医院的泥土公路上，发现了宽大的古城墙的石脚遗址。这也从中证明，我家则刚好处于古县城的墙城内边缘地带。

之后，自己也曾于 20 世纪 80 年代末期，在距离后来所盖的自己的"土掌房"的后山墙不足十米之地，也即在那之前曾为低洼田地，之后却变为平地之处砍破木柴时，却偶然砍破出了一个用十来厘米厚的大城砖所圈围成的、内径约有五六米的大圆圈子。这既可以从中说明，家乡的人们平时所说的"你这个人的脸皮比城砖还要厚？"究竟是何意思；也可足以想象到，就在那个大圈子那里，也许就是久远过去新平筑城墙时，为烧制出城砖城瓦的窑址。

四、记忆的房屋形象

那时自己家的老"土掌房"，则早已是如那人老得牙齿发黄后那样，而即将掉完了牙齿。

整幢房屋，到处是斑驳的痕迹。且作为房屋主要标志的外墙"石脚"很不规整，其基本上全用碗口大的"鹅卵石"镶嵌而成；出土也不高，仅高出地表几十厘米；外墙厚五六十厘米、高达三米多，也全用本地红泥土一层接一层夯筑而成；外墙体内表，虽经细腻泥巴及白色泥灰粉刷，但其外表则连细泥巴都没有用于敷衍；屋内隔墙的墙体，厚达三十厘米左右，高与外墙体基本相等，则全用"土墼"支砌；其两面分别用细腻红泥巴平整抿上，并在其表面粉刷上白色灰泥后，还让人觉得这老房屋稍感新鲜；房屋的屋架，全用木柱、木梁、木拉杆、相互连接和卯榫；房屋的内里屋顶，则是先在木梁之上、各间隔三四十厘米左右、分别搭上一棵棵粗细为十五至二十厘米左右的均匀木头之后，又在那些木头之上、分别铺上一块块厚一至二厘米左右、宽七八厘米至十几厘米不等、长一米多的"皮柴"（即比较薄的木柴）。

但是，这些所谓的木头与"皮柴"，则早已被岁月的烟火，熏染或煎熬得格外乌黑发亮，有些还由于受潮等原因，而变得发生酶变和腐朽。

另外就是"厦子"上的正堂屋、天井边的"耳房"即厢房等处的窗子，则全都是不用任何钉子等铁制品，而仅用松木精雕细刻和卯榫而成。只是备受岁月煎熬与火烟的烟熏，才演变成为那貌似李逵的黑脸。

还有则是那房屋的外顶，则全用当地的红泥土，并按三四十厘米左右的厚度，均匀捶细、捶实、捶板，而得以构成。

整幢房屋当中，最为精致考究的则要数，居于房屋正中部位的天井和标志房屋的整体形象，即那大门口上部的斗拱与大门之外的"石槛儿"了。

老"土掌房"的天井，则全系用那厚薄均匀的石条、石板，疏密有致地錾刻，并平整地支砌镶嵌而成；天井里的排水口处那立起的石板，还用铁錾子打制成了一个梅花形状的空心图案，以使其在淌水之时，能良好地挡住那些乱七八糟渣渣和残片；从天井的左右两边，上到那"厦子"上的各三级"石槛儿"，也全都是用一整条、一整条的石条进行镶嵌和铺就；天井之上最正中的那一条石条，宽约四十厘米、长约三米左右，则至少需要四个大男人，用上那皮条、扛子等工具，才能将其抬到相应的应当摆放的位置。

不然，家乡的人们则就不会常常如此对人发问："你给（是）想吃，给（是）想吃'皮条'、扛子"。其实，这弦外之音则有：抬石头与石板石条的活计，系一项需要经受得住吃苦耐劳的苦事，而好吃懒做之人不做事，又哪里会"有得来吃"，即哪里会有那吃的来源……你与我的关系不怎么样，想吃我的东西——没门等意思。

其外就是，在我家那老"土掌房"的大门口处的斗拱，则是用整齐的石块、大型的方砖、优质的方木，以及较好的板瓦、筒瓦与那具有漂亮图案的瓦当精心镶嵌并翻拱而成。

还有则是，在我家那老"土掌房"的大门口之外，却另有一块有五六平方米面积、并以体现歪门斜道特点，而用那一条条精心打制的石条所镶嵌和铺就成，且与大门呈斜角形状，而又斜对着人行道路面的七级"石槛儿"。并且，于那七级"石槛儿"的左右两边，还在用了一块块石块垒起之后、又用那精心打制的长石条，倾斜向上地将那些并列向上的七级"石槛儿"，一同夹在了其中间。

之外，在那大门的"门槛儿"两边，以及那两条所夹七级"石槛儿"的长石条的最下端，还分别镶有各两个既相互对称、又互相呈现长方体形状的石门墩和石墩子。而其上所雕刻则是一些，意表福禄寿禧等吉祥内容的图案。并且，从第一级"石槛儿"开始，按每一级"石槛儿"约有二十厘米的高计算，走上那七级"石槛儿"，其高低落差则已达到一点四米左右。

我家的新土掌房

一、我的新土掌房

一九七四年，上小学三四年级，即我将近十岁之时，我的两个姐姐，则早已工作多年，并成了两个姐夫的媳妇；最小的那个哥哥，也就是二哥，也已工作近三四年时间；于家中务农的大哥，也找到了一位一年能"苦"（挣）上四千多工分的勤劳媳妇。但此时，母亲则对大哥、大嫂说："人大分家，树大分枝。"于是，便把结婚刚好一年多的大哥大嫂分了出去，而让他们去过上了自己的那"小锅小甄子、婆娘小汉子"小日子。同时，全家人又共同商量决定，在二哥没结婚前，让二哥和我与父母一起共同生活。但对于家庭主要财产的分割，则是以老房子的"天井"北部边缘为界，在将"天井"北部边缘以南全部房地产分给大哥的基础上，又将"天井"北部边缘以北的全部房地产，包括后园子及猪圈等分给二哥。并同时决定，在将老房子南面的整个菜园子分配给自己之后，又由哥姐共同出力出资，而在园里建盖起新房子，以让我和父母共同居住。

因此，当时整个家庭的首要任务，则是全体动员分工负责地给自己盖新房子了。也从那时开始，自己就渐渐懂得，无论是建盖万丈高楼，还是建盖一般的"土掌房"，其都要从平地开始盖起；并还渐渐懂得和明白，自己那"土掌房"究竟是如何盖起来的。

（一）建盖的基本方法与环节

1. 挖基沟

根据所确定的建房方案，以及房间的间距大小等，在地上撒上石灰，以确定应"挖基沟"的宽度和长度。其基沟宽一般为80厘米至100厘米左右，其基沟长则应以所盖房子的整体长宽及房间大小确定。其房子、房间大，则所"挖基沟"就长；其房子、房间小，则所"挖基沟"就短。

请来农民工朋友，以白石灰线为参照物，不断垂直向下开挖土方，以挖出一条一条能支砌出房屋石脚的基沟。即将"基沟"挖了有一米深左右，并以挖到生土为佳。并且，由于自己的"土掌房"，并不像彝家、傣家那样盖成土楼房，因此如再挖深，则显多余。

其之所以要挖基沟，无非是要在基沟里下上石脚，并让那所下的石脚，从土地里就与出土的房屋紧密地连为一体。

2. 下石脚

买来与拉来各种大小不同的石头，即多数应大小适中的石头，并用大铁锤、小铁锤等工具适可而止地捶击修正之后，再用铁杆、木棒等工具，并大石头用小石头垫，就将那些石头一个紧接一个整齐地支砌，即由低到高地镶嵌和堆砌在所挖好的基沟里。

并且，在每向上支砌好一层石脚后，就用稀泥巴满满地灌进那些石头与石头之间的空穴里，再用泥铲等工具将石脚表面的泥巴不断抹平。如此多次反复，就能将基沟里的石脚，一层一层地支砌到地表之外。

至于那出土部分的石脚，由于其不像那基沟里石脚一般，有两旁的泥土相依托。并且，还因当时没有或非常缺乏水泥，而在对其进行支砌时，不得不用那泥巴进行黏合。故人们在对其不断向上进行支砌时，则更需要依靠技术，来将其支砌得精确到位和牢实稳妥，而力求使之尽量达到，既讲究美观大方，又注重防水性能的最佳效果。

之外则是，人们在支砌石脚之时，还有"只兴单不兴双"，即只兴单数不兴双数的传统与讲究。也就是说，人们在支砌石脚之时，应有三层、五层和七层等之分。即要么就是支砌三层，要么就是支砌五层，或是七层等。且每层石脚的层高，还需保持在三十厘米左右。自己的"土掌房"，大多也就是依据此种传统，共支砌了三层石脚。即深埋于地里的支砌了两层，出土于地表的支砌了一层。并且，由于在建盖那"土掌房"时，需要一定程度提高房屋的整体地势，因此在支砌房屋中部的石脚时，有时也会出现支砌五层到七层等的情况。

这就是说，无论人们盖什么式样的"土掌房"，其深埋于地下的石脚，至少应有两层，其出土于地表的石脚，至少应有一层。但就其常规情况而言，则以出土于地表两层石脚，并以高出地表约六十厘米左右的距离而最为适宜。但对于出土部分"石脚"的外表，及其所要达到的工艺水平，则是依据建房者与做工者的经济条件、欣赏能力和技术水平而定。

另外，在"下石脚"时一定要注意，在每往上方下上一层石脚之后，都要注意进行对所下石脚的宽度进行调节，以使所下的上一层石脚，比下一层石脚变窄一定距离，并直至最顶层的石脚，变得比所需支砌墙体、夯筑墙体的墙体厚度稍宽一些。如此所为的原因则是，可逐渐增大石脚的受力面积，并最大限度地减小所建房屋，对所下各层石脚的压力。

况且，这下石脚的真实意义，其实就是要将整幢房屋所产生的重力，以压力的形式来通过石脚，而有效地传递到那土地里去。

3. 打柱脚石

选择大小和硬度适中的石头，请来能工巧匠，将石头按一定的型制，认真打制成形和进行精深加工，并使其大小、高矮和形状等，相互统一而几乎一致后，就可将其作为房屋的柱脚石进行使用了。当然，对于"柱脚石"的型制，及其所需达到工艺水平等，则应依据建房者的经济条件、审美情趣和做工者的技艺水平确定。但无论打造什么型制的"柱脚石"，其都是为了增强所支撑木柱的防水效果。并且，如能讲求形状的美观与相互的对称，则其视觉的效果与文化的含量，就会理所当然地相应好上一点和高上一些。

这就是说，它不但要求所打制的"柱脚石"既要漂亮和美观，而且还要求其都是成双成对。按家乡的风俗与习惯，不同形状的柱脚石，在同一幢建筑物中，是不能以个体的形式而独立存在的。

另外则是，在盖房子时共需几棵柱子，则就需要有几个与之相对应和相配套的"柱脚石"。并且，那些"柱脚石"顶部的平面，一定要比其所支撑的那些柱子的底平面稍大一些。其目的，既是为了增大柱子对"柱脚石"的受力面积，又是为了增强柱子与柱脚石之间的协调性及其美观的程度。

4. 立房子

家乡人常言的"立房子"，其实就是立屋架之意思。其屋架立得端正及好丑与否，则如那书写汉字时而安排其间架结构一般，直接关系到那字体的重心平衡和稳定等美意。因此，即便是在建盖这种简朴的"土掌房"时，人们也不得不相应认真地对其给予重视。

并且，在盖"土掌房"时，当房屋的石脚和"柱脚石"下好、打好之后，则可请来鲁班师傅的那些徒子徒孙们，分别将事前预备好的各种大小木料，按照建盖房屋所需的各种长短和高矮等要求，进行斧劈、斧砍、锯断、刨推、凿眼和卯榫等。

继之，再将那所做好的一根一根粗壮的木柱子，放置于各个用于支撑大小柱子的"柱脚石"之旁，并丁是丁、卯是卯地用一根根先前所做好的木拉杆，将其进行串联而直至用绳索等工具，分别将其进行不断支撑和全部竖立及其串联、并联起来。

随后，又用绳索吊起并将那一根一根"木柁梁"，稳妥安装和连接在那一棵棵大柱子之顶部的稍下端。

最后再用粗麻绳等工具，将那几棵最为粗壮、并于一幢房屋建筑之中，起到非常紧要和关键作用的木大梁分别吊起后，又"稳稳妥妥""妥妥当当"，即"妥妥善善"地安放于那一棵棵形如丫口或碗口般的大柱子的顶端，并直至用大铁抓钉和大铁钉子等材料，再把那大木梁紧紧钉在或卡在那一棵棵大木柱上。

当然，于立屋架的同时，人们同时还要借助墨斗及水平尺等工具，而将大木梁和木柱子，不断地校以水平和垂直。

并且，按家乡古老风俗习惯，于房子立好之后，既要在红布上绘上体现阴阳风水等内容的八卦图案，并将之紧紧包裹于搭在正堂屋那间的两棵大梁正中的那一棵木头的最为正中之处；又要在那一棵棵大木柱之上，贴上"姜太公在此，诸邪回避！上梁不正下梁歪"等为主要内容的驱除邪恶的红底黑字的标语；还要在其中的一棵大木梁之上，挂上长长的鞭炮，而让其尽情燃放，以达驱邪避害或祈盼吉祥如意之目的。

在鞭炮燃放完之后，最后还要拿出那用木甑子蒸出的"高粑粑"，而在用以祭祀神灵的同时，再用以款待那些前来参与立屋架，以及前来凑热闹的大人小人们。

5. "砌土墼墙"

屋架立好之后，便是给"土掌房"砌"土墼墙"或"舂足板墙"，即土墙了。

于自己的"土掌房"而言，虽然家里也曾有过争议，但最终还是确定了使用"土墼"即"土坯"砌墙。

用"土墼"支砌墙体，则须于事前将"土墼"脱好，并在其风干和晒干到一定程度后，再将其一个个不断翻起，而用菜刀等工具以削去其盈余。且待其完全被风干和晒干之后，才能将其挑到或运到所建房屋之处堆放备用。但这"挑土墼"与用"土墼"支砌墙体的活计，既可同时而为，也可分别进行，需视具体准备情况而定。

于正式砌墙之前，还应在石脚的各个顶层面上，以及所立起的柱子上，用墨斗弹出所应参照支砌墙体的中轴线。

于正式砌墙之时，首先应在石脚的顶层面上铺上一层稀泥，再用"土墼"的侧面正中部位，呈"十"形对准柱子上和"石脚"上的中轴线进行侧立支砌，并将"土墼墙"的第一层墙体支砌好；其次是在刚支砌好的第一层"土墼"上端表面，再铺上一层稀泥，并分别采取一个压两个半多一点的方法，即当地人常说的"不要破缝"那样，并使其分别压着这两个"土墼"旁的前一个"土墼"与后一个"土墼"，而一个接一个地接二连三地居中对准第一层"土墼"的其中两个"土墼"内外表面，横向地分别对齐"支砌"和压紧；再次是在两路横向"土墼"的中空部分，即按本地人常说的"老鼠钻洞"之地，用土团子或小石头等进行填充与填满；并再用稀泥巴，将这横向"土墼"的上表面进行填满和铺平。最后还要在每向上多支砌一层"土墼墙"体时，再用那水平尺、"吊线铊"或"吊线砣"、对"土墼"进行不断校平与校正，以使整个"土墼"墙体随时保持基本持平或较为垂直。如此多次反复，就能将整幢房屋的一面面的"土墼墙"体全部支砌完毕。且待到那些粘合"土墼"的泥巴完全风干后，整个墙体就更加稳固，整幢"土掌房"的各个房间，也可被这些"土墼墙"体分别分隔离出来了。

当然，在给"土掌房"支砌"土墼"墙体的同时，还应当根据建盖"土掌房"所需，将那些提前做好的门框与窗框，按所应安装的门窗大小及其恰当位置，而事先用"土墼"将其压稳与夹紧，如此才可得以避免，在正式给"土掌房"安装门窗时，又再去拆除那所砌"土墼"墙体的弊病。

6. 铺木头

其墙体支砌好后，就应给"土掌房"的房顶铺设木头了。

建盖"土掌房"所用的木头，主要选择那笔直匀称的松木为佳。并且，其木头大头那端的直径，一般需在 10 厘米至 20 厘米左右；其木头的长度，大多也应在三四米到四五米之间，其主要是依据所建房屋的房间宽度来定。

但在挑选建房所用的木头时，倘若遇上那外观弯扭，内里纹绺也同样横扭；或是外观笔直，而内里的纹绺，却非常横扭，并从其表面即可明显看出，有许多细小裂纹的木头，即人们通常所说的"鬼见木"，则应当最好不用。其主要原因是，其在受到重压、风吹及干湿等之后，较易产生"吱、吱、吱、吱、吱、吱"的微弱声响。特别是到了夜深人静之时，则常常令人难以入眠，或是让人不断产生心理恐惧。

在铺设木头时：一是要将木头的两端，长短均匀及垂直地搭在墙体两边的两棵横梁上，并用长铁钉子钉在其两边的两棵大梁上以将其卡住，而使其不易发生摇晃与滚动；二是下一棵木头的铺设，要与上一棵已固定或铺设好的木头，均匀或平行保持三十厘米左右距离，并再次用长铁钉子钉在大梁之上，以将其夹紧或固定。如此不断让一棵木头大的一头搭在左边的大梁上，另一棵的大头又搭在右边的大梁上，则可在一定时间内，将建"土掌房"时所需铺设的木头全部铺设完毕。

在此需要说明的是：在给"土掌房"铺设木头、并将木头搭在房屋的横梁上时，切忌将木头铺得太虚，而过分增大房顶泥土对那木头之上的"皮柴"的压力；在将木头搭在"土掌房"的外墙体的木梁之上时，也一定要将木头的大头那端，伸出至横梁之外50厘米至80厘米左右处。如此也才能在铺了"皮柴"、上了房子土及敷了"土掌边"之后，以形成"土掌房"的屋檐，并对"土掌房"的外围墙体，起到遮风蔽雨的良好作用。并且，于"土掌房"而言，其真正所最惧怕的则是，那"'土墼'见水而又转本还原"。

7. 上房子土

给"土掌房""上房子土"，其实是一个在木头之上，将"皮柴"铺好、在"皮柴"之上把"丝毛"，即松毛或松针撒好、在"丝毛"之上、用稀泥巴敷好涂好、把土团子挑上房顶倒在稀泥巴上、又将其捶细捶板、并在"土掌房"顶四周将"土锅边"敷好、在"土掌房"顶后方边缘正中间部位将淌水瓦沟镶好等，连续不断、流水作业与环环相扣的过程。但有时也是指，人们在给使用已久的"土掌房"的房顶，再次添加房子土的过程。而在这里所说的"上房子土"，则是在建盖新"土掌房"后期，至少几十人，以流水作业方式，从早到晚连续不断、一次性将"土掌房"的房顶所捶好、盖好的全过程。

铺"皮柴"之时，要把那长一米多、宽十多厘米、厚一两厘米的"皮柴"，一块紧接一块、均匀整齐地平铺在屋梁之上的那一棵棵圆木之上，并对其进行厚薄与宽窄相互搭配后，而使之不易从其之上掉下泥灰。且为防止那些平铺在房屋边缘的"皮柴"，受外力影响而掉到地上，也可用钉子等材料，而将"皮柴"钉稳当或固定下来。

铺"丝毛"之时，要在那些"皮柴"之上，均匀平整地撒上一层不论干潮的厚实的"丝毛"，以让其能最大限度地阻挡房屋土灰及其泥巴的下掉。

敷稀泥之时，要将从水田里或淤泥塘里挑来的稀泥或淤泥，一桶一桶地倒在那平铺好的"丝毛"之上后，再用泥铲等工具而不断将其进行敷平和压紧，以让其能较为紧密地阻挡房屋土灰的下掉。并且，作为用于上房子土时所用的泥巴，以那长期浸泡于水中的阴沟泥或"塘子泥"最好。其主要原因是，那些长期浸泡于水中的泥巴，于风干和板结之后，其能不易开裂而较为紧密地结合在一起。当然，如果找不到那长期浸泡于水中的阴沟泥和"塘子泥"，也可用那水田里，表面的那一层细泥巴进行代替。

此时，如果有人走进那正在"上房子土"时的"土掌房"里，则会感到房子里，也能"噼里啪啦"地下起大雨来。其实，那并不是房子里下雨，而是人们在给"土掌房""上房子土"并倒稀泥巴之时，有泥水从那些刚铺好的"丝毛"的空隙中滴落了下来。而且，只有在那些所铺在房顶上的稀泥巴阴干了之后，才不会有水滴不断滴落的现象发生。当然，如果上天降雨，其所盖好的"土掌房"，也会因其房子土上得和捶得不好，而出现一次次的漏雨状况，那则是一个对"土掌房"未雨绸缪的问题。

准备给"土掌房""上房子土"之时，人们首先要从当地的红泥田里，即那为育秧蓄水，或在用水育秧之后，而被放干了水后晒干，且又被人们用"条锄"，即又扁又长且钢板较为厚实耐牢的锄头，将其泥土进行深挖，而最终使其变为一大坨、一大坨的"红土垡子"的红泥田里，即那一个有着十几斤重，甚至是有着几十市斤重的"大土团子"的红泥田里，精心挑选出那些质地细腻，且少有沙粒、石子和杂草，并相当干燥的大"红土垡子"，以把它一个接一个统一堆放起来。

要么，就地用大木榔头及锄头等工具，直接在田里将其不断打碎得有鹅蛋般大小后，再用"粪箕"（即那用竹篾所编成，而常将之用于挑肥料及其土巴等的工具。其明显有别于，词书上所言的那与簸箕相同的畚箕。并且，在新平家乡，那"粪箕"与簸箕更是风马牛不相及。也就是说，"粪箕"是可以用来撮东西或挑、装东西的，那簸箕则是用来晒东西或颠簸粮食作物的。其外，人们还可以采取不断颠簸簸箕的方法，借以从粮食作物中不断颠簸出或剔除掉杂质）、"谷箩"等工具，将其不断挑到所建盖的"土掌房"的房顶之上；要么，另用"粪箕""谷箩"或绳索等工具，将其一个个不断挑到所建盖的"土掌房"的房屋之下后，再用大木榔头及锄头等工具，同样将其不断打碎得有鹅蛋般大小，并用那"粪箕""谷箩"等工具装好，又一挑一挑地将其挑起，而沿着那临时所搭设的实木楼梯，以将其不断挑上所建盖的"土掌房"的房顶，继而又将其不断倒在那些刚敷上的"稀泥巴"，即那含水量较多的泥巴之上。

但此时，一定应当注意，一是要在房顶"上边"（即上面）一边将稀泥巴敷好，一边又将土团子倒在那些刚敷好不久的稀泥巴上；二是切不可用那未干透的"潮垡子"，以捶成那"土掌房"的房子土使用。

不然，当那些稀泥巴在房顶上被敷成了一大片之后，人们再去于其上倒上土团子，那些稀泥巴，则不但会令人裹足不前，且还会被人们胡乱踩得、蹬得一塌糊涂。另外，一旦用上了那未干透的"大潮垡子"，以捶成了那"土掌房"的房子土，则会很容易使"土掌房"的房顶，出现开裂的现象，并于天上下雨之时，又会出现那房屋漏雨的状况。

并且，人们在捶打那些相当干燥的大土垡子时，往往是一边用大木榔头和锄头脑，不断打击土垡子，一边又用手捡出其中的潮土团子及石头、石子和杂草等杂物，再一边用那锄头"撸土团子"，一边又用铁铲"撮土团子"，然后又用"粪箕"等工具，将其不断挑到那"土掌房"的房顶之上。此时，人们则经常是有说有笑，那场景好不热闹。

其中，当数用索子或绳子，拴起那大土垡子，一路走起后，而最为好看和风趣了。首先不说，人们肩挂扁担在田埂路上挑这土垡子，那一歪一扭或摇摇晃晃的样子，是一个如何鲜见与好看的场景。但仅从"人们在挑那大土垡子时，没将那大土垡子拴正、拴稳，而出现土垡子从所拴索子之上滑落；或是挑着大土垡子走田埂路时稍不留意，又因脚下踩踏而又从那田埂路上，连人带土垡子一起，骨碌、骨碌滚到那干田里去……"此两种事情来看：作为挑"大土垡子"的人，也许会由于相当地疼痛难受而啼笑皆非；现场目睹的人，也可以当场取笑其简直就是一个笨球；而不在现场的你，则可以尽情想象，那又是多么地令人好笑与滑稽。

当然，当人们在"土掌房"的房顶上捶房子土，或爬楼梯给"土掌房""上房子土"之时，也许还会出现，有人因粗心大意，或是"老鸹喜欢——蛋打烂"，而不知高兴哪般，要么从"土掌房"的房顶上直接摔下，要么于木楼梯上将楼梯踩空，而又掉下受伤或遇难的情况。此时，作为在场的人们，切不可再在其伤口上撒盐，或是幸灾乐祸而对其进行讽刺与嘲笑了。不然，他也许就会遇上一个自找挨打的份儿。

因此，无论是上自家的房子土，还是给人家"上房子土"，都应当特别小心，以免滋生出不必要的祸端与事故。

并且，人们在正式给"土掌房""上房子土"之时，还必须一边捶、一边倒那房子土，一边又将那"土掌房"的"土掌边"或"土锅边"做好或敷好。如此则可预防，在给"土掌房""上了房子土"之后，而发生雨水外漏或外泄，让水浸潮了那"土掌房"的"皮柴"、木头和墙体等情况。

但人们在给那"土掌房"敷"土掌边"或"土锅边"时，则首先应将所挑上"土掌房"房顶的那些鹅蛋般大小的土团子，倒在那"土掌房"四周的边缘以内，那敷了大概有着四五十厘米宽的稀泥巴上，并用那"小木榔头"，将其捶细、"捶板"，即捶了细密与坚实到一定的程度；然后再用那大土垡子或"土墼"，在距房顶边缘的十几厘米处，以把它们一个接一个地进行连接支砌，并将其四四方方地围了约有三四十厘米高；然后再用长"丝毛"掺杂后所拌均匀的、具有一定硬度的泥巴，而将其一连串地相互敷上、并敷得滑腻起来，以最终将它敷成如泥鳅身子一般滚圆的，那"土掌房"的"土掌边"或"土锅边"。

至于那"小木榔头"，其通常采用那松木与各种"栗树木"做成。用松木做成的"小木榔头"，因其质体较轻，在使用之时则感比较轻松；用栗树木做成的"小木榔头"，因其质体较重，在使用之时则感较为沉重。并且，其一般是采用长约30厘米至40厘米不等，直径约10厘米左右的圆形木头，先经刀斧将其前20厘米至30厘米左右一部的一个圆面，砍削成为一个平面，后经刀斧将其后约10厘米至20厘米的一段的上部，砍削成一节直径约有2厘米至3厘米粗，并正好可以手执、手握的圆形手柄，而得以简明扼要地做成。

如果条件允许，还可在将那一块块板瓦，横向罩住或遮住"土锅边"之下的那些"皮柴"与"木头头"，即那些"皮柴"和木头的顶端之后，再用土垡子或"土墼"及其泥巴，共同将之紧紧压住和黏住。并且，其瓦片安放的位置，则以能恰到好处地盖住露头的"皮柴"和"木头头"亦即木头的顶端为妥。其主要目的在于，使之能较好地保护其"皮柴"和木头，不易受到阳光风雨的炙热与腐蚀。当然也可在用土垡子或"土墼"及其泥巴，将第一层板瓦紧紧压住和粘住的基础上，再在第一层板瓦之上的泥巴上，又横向并斜躺式地连续在"土掌房"的四周"土掌边"或"土锅边"上，又紧紧贴压上两层板瓦，并最终在第三层板瓦顶部的泥巴之上，再用一层板瓦正正地将其罩住。

如此这般，这"土掌房"的"土掌边"或"土锅边"，就可达到最佳的防水效果了。但可惜的是，自己新"土掌房"的"土掌边"或"土锅边"，却只用了用于遮盖"皮柴"边和"木头头"的那一层板瓦，以至于在受了长期的雨水浸蚀后，每隔上一些年月，自己和家人都要组织一些人，用"松毛"拌上泥巴，再次给"土掌房"敷"土掌边"或"土锅边"，以保持其相应的高度和完整程度，而力求维护自己的"土掌房"的形象。

其实，在将"土掌房"的"土掌边"或"土锅边"敷到一定的程度时，人们就可以给"土掌房"不断"上房子土"了。因为在上房子土时往往需要，一边用锄头等工具不断扒平土团子，一边又用"小木榔头"对其进行不断捶打，这则很容易将刚糊在"土锅边上"的泥巴和瓦片震落掉。因此，人们在糊"土锅边"时，最好是在将"土锅边"先糊到一定的程度，并待将"房子土"完全上好、捶了好之后，再来将其进行全部垒起与敷好。

到了正式给"土掌房""上房子土"之时，人们则是一个个在那"土掌房"的房顶之上，一边往"松毛"上倒稀泥巴，一边用泥铲等工具，将稀泥巴紧紧地敷压在那些"松毛"之上，然后再将那些土团子，一粪箕一粪箕地不断倒在那些已敷了完好的稀泥巴之上，并再用锄头等工具，又不断将那些土团子进行扒平或刮平。如此则可，不致让人们裹足不前和拖泥带水，而又能进退自如或循序渐进、循序渐退，以将所盖"土掌房"的第一层房子土，给予完全地铺好了。与此同时，则也能让人们，一人坐着一个"草墩"，或是一个小凳子，并一人于手里拿着一个小"木榔头",各占一平方左右的土团子面积,而不断挪动着臀下的"草墩"或凳子,尽情尽力以给所盖"土掌房"的屋顶进行"捶房子土"了。继而直至,将第一层土团子捶打得如灰尘一般细小,或将第一层房顶的土层,捶打得如土地板一般坚实。

并且,在将第一层土团子完全捶细、捶了板结之后,又可继续在其之上不断添加土团子,以再次将所盖"土掌房"的第二层土团子,给予完全捶细和捶了坚硬板结了。如此不断反复,并待房顶的土层被捶了达到三十多厘米厚时,所有参加上房子土的人们,则可以全体上阵,以共同给那"土掌房""捶房子土"了。

此情此景,纵然是身处一二公里之外,那低洼处的人们,则也能清晰可辨地听到,盖"土掌房"人家于捶房子土时,所发出的比那燃放鞭炮还要响彻、还要沉闷的震颤、震撼声;而对于置身高处的人们,也可居高临下地明显俯瞰到,于盖"土掌房"人家的上空,正笼罩或升腾起一团火热的彤云。但对于那些身居于"土掌房"房顶上的人们,则是既可迷茫目睹到,捶房子土人身上所堆满的灰尘;也可深层感受到,自己的鼻孔和咽喉里正在堆积起厚厚的灰垢;还可于眼睛半睁半闭之际,朦胧意识到自己,就是一个正处于红雾弥漫的大蒸笼里的一个大馒头。这其中的辛苦,则只有那些曾经不得而已,以给那些"土掌房"捶打过房子土的人,能有较深的体会与感知。

待在房子土被捶打好之后,则只需再将那整个屋顶上的"土锅边"全部敷好,并在屋顶后中部把那排水的瓦沟镶好,则整个"土掌房"的房顶,就可渐渐变得清新明快了。

至于那排水瓦沟,则是在"土掌房"的后山墙上部,即在那"土锅边"上的正中部位处打开一个缺口,并用两根钢筋或两根质地坚硬的木棍,将其深深插入缺口旁的泥土之下,然后再用两三片板瓦,使它一块搭着一块地斜放到那两根深插于泥土、却又延伸到屋檐外的钢筋或木棍之上。并再用泥巴等黏合物,又将板瓦的边缘糊了压紧,以使其在降雨之后,能让从房顶上所汇集的雨水,流畅地通过瓦沟而流淌到"土掌房"的屋檐之外。

在当时,因自己的"土掌房"只盖了一所正三间的正房和一间附属的厨房，因此也只是在"土掌房"的后山墙上部，即那"土锅边"上的正中部位，还有那厨房顶部一边的"土锅边"上，各镶嵌了一个淌水的瓦沟。但对于"土掌房"盖得较宽较大的人家来讲，其所镶嵌的淌水瓦沟，则应当是需要相应地多上几个。

8. "抿墙"与粉刷

在给"土掌房"进行封顶之后，则可对房屋的内外墙体，实施"抿饰"及粉刷了。

但对"土掌房"的外墙体进行抿饰，其通常情况则是，将一些切断的稻草或切断与未切断的"松毛"，与刚收获水稻后的稻田里的泥巴进行均匀相拌，并在用泥桶装上后，又用泥铲等工具，将其平整而光滑地抿敷在其"土掌房"的外墙体上。

若是建盖房屋所需要"抿墙"的时间，与收割水稻的时间难以稳合，也可在将不再养鱼的水田或正准备用于育秧的水田里的水放干后，再把那些切断的稻草或切断与未切断的"松毛"，与田里的泥巴进行均匀相拌，并用泥桶装上后，又用泥铲等工具，同样将其平整而光滑地抿在那"土掌房"的外墙体上。

若所建房屋的房址，距水田或稻田较远，还可就近取土，并在将其就地堆起后，又在其土堆的正中顶部挖上一坑，并往坑里灌上适当的水量，以让坑中的水对所堆起的泥土进行长时浸泡后，再用所切断的稻草或切断与未切断的"松毛"等物，与所堆起的泥土进行均匀相拌，其同样可以将之不断光滑平整地抿了在"土掌房"的外墙体上。

至于用于对所盖"土掌房"的内墙体进行"抿饰"的泥巴，其泥土来源基本和"抿"那外墙体时所用的泥巴相同。其所不同的只是，要将与其均匀相拌原料，改成为比稻草和"松毛"还要短小的粗糠及麦壳等。

主要原因则是：用稻草和"松毛"均匀相拌成的泥巴，抿了在那外墙体上后，虽然其墙面不太平整和光滑，但却能经受住长期的风吹日晒考验，而不易出现开大裂及大块下掉等状况；用粗糠及麦壳等原料与泥土均匀相拌成的泥巴，抿了在那内墙体上之后，其不但不像"抿"在那外墙体那样，需要经受较多的风吹日晒，且用其所"抿成"的内墙体的墙面，则比那外墙体更加平整和光滑。

倘若稍微讲究一点，人们还可从较远的山坡上，拉来那含沙子及小石子相当少，且质地非常细腻而又颜色纯正的生红土，并用那水和粗糠、麦壳等原料与之进行均相拌和干湿相拌后，再将其不断抿敷在那"土掌房"的内墙体上。这样所抿敷出的内墙体表面，则比用其他的泥土所抿敷出的墙体表面，更加平整与光洁。

待"土掌房"的内外墙体被抿好及其风干之后，则可对其进行不断粉刷了。

对"土掌房"的内墙体进行粉刷，若条件允许，可用清水浸泡石灰后，再用刷子等工具进行不断粉刷；若条件不允许，也可用清水浸泡当地所产的细腻白沙土后，又用刷子等工具进行不断粉刷。其区别在于，石灰价格昂贵，需要用钱购买；白沙土来路较远，却要付出更多的辛苦。

自己的"土掌房"的内墙体，先是用清水浸泡细腻的白沙土后，再用刷子等工具进行不断粉刷；后是渐渐改成，用清水浸泡石灰后，又用刷子等工具进行不断粉刷。其感觉是，用清水浸泡石灰所粉刷出的内墙体，要比用清水浸泡细腻白沙土所粉刷出的内墙体，更加洁白。

如此这般，则既可较好保护房屋的墙体，又可增添那"土掌房"的整体美感及其魅力。

因此，不同的墙体，有不同的抿涮方法；相同的墙体，也有不同的抿涮方法。需要因地制宜，并依据实际情况而定。

9. 捶地板

在建盖自己的"土掌房"时，捶地板则是整个工序中比较靠后而又简单的活计。由于房屋已经封顶，故只需在屋内慢慢操作和进行。也不用请工捶地，当时的自己和自家的哥姐，全部年轻力壮。充分利用上闲暇或星期天等时光，就可将其不断料理完毕。

并且，在捶地板时，只需利用上"挖基沟"时所挖出的遗土，并将其倒在各个房间里后，再用锄头等工具将其不断摊平，然后又在其上撒上适当的水分，就可坐在草墩或小凳子上，用上"小木榔头"，以双手或单手拿"小木榔头"进行捶打的方式，不断将其捶细密与捶了板结。

但在捶地板时，稍微应当注意的却是，不宜将水洒得过多。水洒得多了，所捶了出来的地板则容易开出大裂。

10. 门窗的安装

这"土掌房"的门窗安装，既可在砌"土墼墙"时同时进行，也可于将土地板捶了板结后另行安装。但如需在所盖"土掌房"内，堆放盖房所需的物品及材料，则以在砌"土墼墙"时同时进行安装为妥。并于安装时，只需在将其门轴与窗轴，分别插入那事前做好的门头、"门脚"与"窗头""窗脚"里后，再用钉子或木楔子等将那门头、"门脚"与"窗头""窗脚"固定，则可让那所安装的门窗轻松自如地旋转起来。与此同时，再在所安装上的门窗上，钉上或安上门扣、门闩和"窗扣"、窗闩，则又可让这门窗起到挡风、挡雨挡光和调节空气的作用，或是对内、对外认真加强了安全性的防范。

但对于用于制作门窗的材料，则是越加坚固牢实而越为美妙；其式样与花样、花哨，则也是工艺越加精湛越好。这主要取决于，那盖房人家的审美情趣和经济头脑。

于自己的新盖的"土掌房"而言：其房门的门框，仅系用一般的松木方板，经锯断、刨推、卯榫和涮漆后制成；其房门的木门，则又是用一般的松木方板加分板、"寸"板所共同做成；其式样则为，当时在农村里较流行的"三丘田"和"两丘田"形式之中的"三丘田"的形式，并经涮漆后制成；其大门的两扇木门，则是用那两个一大整块的厚实的方木板，同样经锯断、刨推、涮漆等程序后做成；至于那大门与房门的门槛，则全是用那外表笔直，而内里又质地细腻，且纹绺还非常横扭的毛木树的方木做成；而其窗子呢！则又是用一般的松木做成窗框后，再在当中插上几根十六厘的钢筋后做成。

所有这些，其都仅仅是为了达到安全和适用而已，并没有什么得意之处值得吹嘘。

当然，在将所有的门窗安装完毕后，还得不断去问那"锁"（所）干何事？如此也才能让自己在所盖的房子里，自由地出入或自由地开关，以尽情体验和享受，家庭生活气息所带来的种种温暖与馨香。

（二）建盖的关键因素或手段

有歌所唱，"万丈高楼平地起"。因此，无论是建盖当今的摩天大楼，还是像自己的"土掌房"那样，只是盖上一个层面的"土掌房"，如想使其盖得如意周正和安然平稳，则自始至终却离不开"吊垂线"与"讨平水"，这两个最基本和关键的方式、方法及手段。

1. 吊垂线

在建盖"土掌房"时，从下石脚开始，则必须随时或于每下起一层石脚之后，就用上一个拿一根结实牢靠的线所拴起的小型金属圆锥体，即那专用的"吊线砣"，或因情因地取材，而用上一根结实牢靠的线，拴起一个小石头或者小秤砣等重物，来临时充当那建盖房屋所用的"吊线砣"，而对其进行不断地"吊垂线"，或根据所"吊垂线"的情况，以察看石脚上的石头是否被支砌得整齐和周正。

但在具体操作时，却需将那"吊线砣"的垂直线，尽量减少摆动地对准那所下石脚的各个侧面或各个石头，并让自己的双眼如瞄准射击那般，睁一只眼和闭一只眼，而对其进行认真的比对和观察，以从中观察出那"吊线砣"的垂直线，与各个石头或各层石脚的内外侧面，是否同在同一条垂直线上，或互在两条垂直的平行线上。当中，如果发现有不在同一条垂直线上的情况，或不在两条互为垂直平行线上的情况，则应当对石头与石面进行相应调整，以使其尽量达到和吊了形成的垂直线共同的垂直或垂直平行。如此，才能将所下的石脚支砌得更加端正、牢实与稳固。

到了那立柱之时，同样要用那"吊线砣"，将那所立起的各根柱子，用"吊垂线"的方式进行垂吊，并将所立起的柱子的依其中轴线，调整到几乎与所"吊垂线"，共同垂直或共同平行垂直的程度；另有则是，对所砌"土墼"及其墙体的各个内外侧面，还是要用那"吊线砣"的方式，将其"吊垂线"吊了调整到，几乎与所"吊垂线"共同垂直或共同垂直平行的程度；另外，在安装门窗等环节时，也同样离不开"吊垂直"这一个最基本的保障物体相互垂直的关键措施。

2. 讨平水

至于那"讨平水"，则是从石脚下好之后就必须开始进行。并且，只有采取"讨平水"这一基本的方法，才能使那所盖的"土掌房"，从石脚起始就能保持其整体的平行性与平衡性。

但在对所盖"土掌房"的石脚进行"讨平水"时，则主要应从"石脚"的几个大角及其各个小角等处，来对石脚的表平面进行不断校对，以确定出这石脚的表平面，究竟有多少的高低悬殊。然后，则是对所下的石脚进行综合性评估，并在做出评估之后，又在那石脚的侧面上，相应找出一个总的平衡点，再按照所确定的这一个总的平衡点，来给所下的全部石脚，讨出一条共同的平水线。最终则是按这条所讨出的共同的水平线，来对所下出的"石脚"表平面进行不断添补和取舍，以使全部石脚的表平面，都能共同保持在同一个水平面上。

在具体操作时：一是要找来一根细小而透明的长塑料管，既让一人用手指紧紧掐住其顶头一端，又让另一人用手指提起其末尾一端；二是要在一人用手指紧紧地掐住其顶头一端的基础上，另一人又从其末尾那端，往管内注入一定数量的清水；三是掐住其顶头一端的那人，要在不让管内之水溢出的情况下，将其即将出水的顶头那端，紧紧地按贴在那所下石脚的侧面上，并使之在原位保持不动，以确定出第一个总的水平点后，就可以画墨线等方式，在那石脚的侧面上画出第一个水平点标记；四是手提长塑料管末端的那人，此时则可在石脚上，不断移动那长塑料管的位置，并以那长塑料管内的水位，在石脚侧面上的各个位置，而保持其水位不动之时，来在那石脚侧面上，确定出一个个新的水平点，且以画墨线等方式，又将之在石脚上进行不断地标记之。如此，既可用墨线将那一个个水平点相互连接，或根本不用连接起来，而将整个石脚的平水，给予完全讨好了。

在将石脚的平水全部讨好后，则可依据在那石脚侧面上所画出的长短墨线，来对那石脚的表平面，不断进行平行增补或平行割舍，以使"石脚"的表平面完全处于同一个水平面上。

如此，则不但可将那所盖"土掌房"的石脚平水给予完全讨好，而且还可以理所当然并举一反三，将其他如房屋的各面墙体、那一棵一棵"木大梁"的平水，以及屋顶的平水与相对的落差等，给予完全确定好了。

也就是说，这"讨平水"不仅能为确定房屋层高、实施砌墙、夯墙，以及安装门窗等，提供诸多的定位方便；其也可在盖房之时，为建房节约出大量的工料和时间；并能从整体上，保持那所建房屋的平衡美观与对称。

（三）材料的准备与建盖的花絮

在此需要说明的则是，因当时我家的老"老土掌"房，已居住了上百年时间，而到了非推倒重建不可的地步。因此，于20世纪70年代初期，也就是我只有六七岁之时，父母及成年的哥姐们，则已开始着手准备盖房所需的建筑材料了。

1. 砍（破）皮柴

以自家人为主，并请上家人的好朋友介绍、引路及帮忙，一同去到离县城约八九公里之外的"望城坡"处，并在那里将一颗大松树砍倒，而为自家建盖"土掌房"砍（破）"皮柴"。至于那里之所以会被人们叫为"望城坡"，则是于自己成年后，才得以渐渐猜测和臆想到，其应当是"扬武"的"丁苴"和"平甸"的"丁苴"的赶街人，在前往县城赶街或从县城赶街回家途中，站在那"望城坡"上，则正好可以远远看到县城景象的原因罢。

刚开始去砍"皮柴"的那一天，当我和家人一起，早早赶到那森林密布的"望城坡"时，那一棵被自家选定为，砍了可作为盖房备用的"皮柴"，并相当地笔直和粗壮的大松树，则刚好被家人和家人的朋友们给共同锯倒了。

那是一棵多么大的松树啊！当时粗略估计，其树本身至少比家乡人用于装死人的大棺材还要粗大。因为当时自己才用眼光轻轻一扫，就知道其至少需要两个大男人才能将其合抱过来。并且，在将那棵大松树给锯倒的同时，其还将旁边的一棵长得弯曲，并有面盆般粗大的一棵当地俗称的"沙老树"给拦腰砸断了。

也清晰记得，用当时所砍倒的那棵大松树，所破成的"皮柴"，则是家人先从"望城坡"上，经过人挑并一挑一挑地挑到"大哨箐"旁的坡头上之后，再用那小推车又一车车拉回到家里囤积起来的。并且，其原本是准备在把我家的老"土掌房"掀开重盖时所使用的"皮柴",但在建盖自己的新"土掌房"之时,家人却将之全部都使用上了。另外,在用那一棵大松树所破出的一块一块"皮柴"里,却大多夹杂有一大块一大块的"明子心",即那松脂含量较高的木柴片。按当时家人的说法则是,如此夹有"明子心"的"皮柴",在用于建盖那"土掌房"后,则是于许多年代之后都不易变得腐朽。

虽然那时,我还不会使斧子砍(破)"皮柴",却于心里清楚明白,这砍(破)"皮柴"的方法则是:在目测确定出大松树的重心偏移或倾斜方向后,用大锯子从大松树的一方根部将其慢慢锯开,以使其按预想的重心偏移方向或倾斜方向倒地;再用大锯子从其根部开始将其本身,按每一节约为一米二的长度分别锯断;并在将其树的本身,用大锯子以将它锯断到那树枝较多的树梢时,则不再继续下锯,而是对其剩余部分进行舍弃;然后是两个大男人共同合力,并借助于破那粗大木柴专用的那些木楔子,而共同以破"对头斧"的方式,将其对半破开之后,又再一次次将其对半破开,直至将其一大丫一大丫地分别破开后,又再将其一小块一小块地依次破开。最终使那些所破开的"皮柴",都形如一块块由外及里渐渐变薄的小木板一般,且厚薄较为均匀地分别达到,长一米二左右、宽约十多二十厘米、外边厚两厘米左右,内边缘则利如刀口的那建盖"土掌房"所需的基本要求。

但于这里需加以说明的则是,家乡人所谓的"破对头斧",其实是指人们为了将那些内里丝绺横扭或质地硬而缠绵,并难以破开的木柴筒子,破成较好燃烧的木柴,所采取的一种能较易将木柴不断破开的方式。并且,人们有时为了省工省力,却同样采取"破对头斧"的方式,以将那些外观及内里丝绺都很标致、伸展的大树筒子,较为轻松地破开。

至于破那建盖"土掌房"所需、且较为匀称标致的"皮柴",之所以要采取"破对头斧"的方式,其原因之一,自然是为了节省时间和力气,以将其轻轻松松不断破开;其重要原因还是,由于那建盖"土掌房"所需的"皮柴"需要破得很薄,仅一个人则很难在一边破、一边让其外边缘立正好破的情况下,将其不断破开成那盖"土掌房"所用的一块块"皮柴"。但如果是两个人"破对头斧",其至少可以做到,在后一个人用斧头准备破入时,则有前一个人用其斧头已经破入,并可用斧头对所破"皮柴"进行扶正;在后一个人拔出斧头,准备再次用斧头破入时,又有前一个人用斧头对所破"皮柴"加以扶正。

其实,这"破对头斧"的方式,则是两个人相向地分别立于一根横躺的木柴筒子,或大木柴块的前后两端,并在前一人先用双手抡起斧头,用力将斧头破入于木筒子、大木柴块正中,或有意破入于其边旁的顶端后,用单手或双手扶住"斧把"或斧柄,并良好把持住其平衡与端正,以方便后一人再用双手抡起斧子,而用力将自己的斧头破进那前一人所破开的裂口之下的一二十厘米左右处后,且后破之人同样又手扶"斧把"或斧柄,以良好把持住其平衡和端正,再行方便于那先破之人,以让他将斧头从其里拔出后,又可继续双手抡起斧子,而再一次将斧头跟进式地破进,那后破之人所破位置前的五六厘米左右处。如此不断循环反复,则可让两个人的两把斧子,如同两个相互轮换的大铁楔子一般,以将其不断破开或者崩了裂开成为能够较好燃烧的木柴或是厚薄较为均匀的一块一块的"皮柴"了。

那时的自己,跟着大人们去到"望城坡"的砍"皮柴"处,图的仅仅是个好玩新鲜而已,或是不得而已以偶尔帮大人们做上一些力所能及的活计。但却相当记得,在砍"皮柴"那一天,自己的大姐夫,还在将一挑"皮柴"拴起和挑起掂量了轻重之后,则又将它歇下而对自己说道:"才有五十多斤(市斤)!老六,你来挑挑试试。"于是,自己则很干脆地迎了上去,并拿起扁担放到肩上,硬是咬牙切齿、脸红脖子粗,就将它给予挑了挣扎起来,并摇摇晃晃地走出几个小步。姐夫见之,就对我说道:"老六,'猴'呢嘛!即强硬能干呢!这'gē'(么)重的'皮柴',你都能挑得起来。"

随后,我又背起背壶,并陪同二哥,沿"望城坡"那条"平甸""小丁苴"的赶街人所走之路,走了现今估计约有三四公里的山路,又去到了那个名叫"大黑箐"的山箐里打水和背水。且切身感觉到,那被绿荫遮天蔽日而几乎看不到五个手指的"大黑箐"里,则阴森森地让自己一次次心里胆寒或心生畏惧。可预想不到的则是,就在七八年之后，我们却经常推着手推车去到了"望城坡"脚下，并肩扛绳索扁担和刀斧，而将那"大黑箐"的核心部位，砍柴砍得它心里渐渐亮堂了起来。

2. 砍运木料

自家准备用于翻盖"土掌房"所用的木头，虽然家人一个也未曾亲自参与去砍，但自己却于后来渐渐懂得了，那"七竹八木"和"砍断的木头好抬"等含义。

并且，自家的木头，其都是家人花上一元钱一棵，而请了不知是山里的哪个寨子里的寨子人，于旧历八月在山里，将那一棵棵自然生长、长得标致、且根部直径近约有二十来厘米的活松树，从其根部对其砍倒，并按作为木头应有的五六米左右的长度，再将其顶部一棵棵砍断，然后又在一棵棵去皮干净以及晒干晾干之后，而请了姐姐、姐夫的好朋友小黄师傅和当地之人，不断抬到车上，现时用那大卡车给拉了回来，直至将其堆放在自家的老"土掌房"的"墙埂脚"，即墙下备用的。只是到了后来，家人又将这些原本准备用于对家中老房子进行翻盖的木头，却大多改用在了建盖自己的新"土掌房"上。

记忆里，于拉木头回来当晚，家人们还整了夜宵陪客人们一道吃喝，并吃到了半夜三更。尽管当时自己是闻着香味而饥肠辘辘地躺在床上，并不时有意发出了咳嗽的声音，却没有哪一个主动理我，以叫我起床而让自己也吃上那么的一点点。

至于那些根部直径达三十多厘米左右的木柱子和另外的那几棵木大梁，以及那些准备用于柱子之上与大梁之下，并比一般的木头稍微细小，且更为匀称的"木栀梁"，虽然同样是请了那些寨子人砍后，并和那些木头一起用车子拉回来的，但其具体是多少钱一棵、而花了多少银子钱，自己则是一概不得而知。只是到了真正要建盖自己的"土掌房"时，家人却因为木大梁的使用问题而发生了一点点小小的争执。

盖自己的那一所正三间的"土掌房"，共需要用上四棵木大梁。家人的一方主张，将两棵粗大标致的木大梁和两棵稍为细小且很不标致的木大梁混合使用；家人的另一方却主张，将四棵粗大标致的木大梁全部用上。但争执的最终结果，还是把那四棵粗大标致的木大梁，全部用在了建盖自己的"土掌房"之上。

对于横空或横跨于"土掌房"的房子内，并用于连接柱子与柱子之间的那些木拉杆，则是大姐夫和二哥带着我，一起去到"平甸"红星的"老方寨"那边的大山上所砍的。

但是，只要一想起或是一提起，用于建盖自己的"土掌房"所使用的木拉杆，就让自己产生联想而非常"日气"，即生气。其原因就是，在自己小时不好好读书之后，家中的大人们，则有好几次既将那绳子的一头拴着我的身体，又将那绳子的另一头系挂在那木拉杆上，让我想挣、又挣不脱，想跑、也跑不掉，却还要自觉接受住，那"条子米线"，即用木棍子进行不断抽打的不断煎熬与痛苦。

砍木拉杆的那一天，原本我们是准备去大垭口砍干柴回家烧的。但却在我们推着手推车，并走到半路上那公鸡坡的三岔路口时，而临时打起了鬼主意，并决定去"老方寨"那边的山上砍砍试试。其结果则是，当我们一路寻到了"老方寨"那边的大山上之后，才发现在"老方寨"那边的大山上，则根本找不到那可砍的并于晒干之后而较为"经烧"，即能烧得时间长的潮栗柴，或那现实就可以用于烧火做饭的干松柴。

此时，深感无奈的大姐夫及二哥，就让我在公路边守护好自家的小推车，也不管那不准砍那活松树的规定，就直接爬到了那公路之上的不远处，三下五除二就砍倒了好几棵，其根部直径仅有七八厘米粗，其长度却有十几米长，且长得较为标致而又粗细均匀的活松树。并且，还在将其树梢砍断之后，又用上皮条和绳索等工具，将其一棵棵从山坡上拉到了公路上，以用小推车拉回家后，作为将来盖那"土掌房"的木拉杆使用。

可是，在将这些松木重心平衡、并相互交叉地一棵棵紧紧捆绑在了那小推车之上后，姐夫与二哥却发现，所砍的这些松木太长，而那拉松木的小推车的车身又太短。并且，那些长长的松木，还将小推车的那两根"拉手"即"扶手"压得很低。所谓"拉手"与"扶手"作用是，既可让人们用手拉车，也可让人用手推车。而家乡的人们，则习惯于，于空车时用手推车，于重车时则是两手用力捏住"扶手"和用力拉着"扶手"，并于"挣坡"、即用力爬坡之时，还要用肩套挎着那连接着车身的绳索，并同时用肩膀和双手用力，借以拉着车子而使其不断地转动起来。特别是在大人们拉着车下坡之时，则必须站在那小推车的两根"拉手"中间，而时时两手紧紧抓着那两根"拉手"，并非常"吃力"即非常耗费气力地，而以躬身勾腰的方式，才能不断拉着手推车慢慢前行与下移。

面对如艰难的窘境，大姐夫则对我说道："老六，你个子小，你来'掌'车，即驾车。不消（用）你出力，只要你用两手，好好地抓着小推车的'拉手'，而给小推车掌（握）好方向就行。我们会在车后扶着这些拉杆，以给小推车掌握好速度快慢和高低平衡的。"于是，我也很干脆地就去学拉小推车了。

但路人见了此种情景，则是好奇地夸了起来："这么大的'小鬼'（即娃娃），就会拉小推车了！"然而，正当我正得意地拉着手推车在公路上不断行进之时，却有一个大男人向我们迎了上来，并将我们的小推车给拦住了。并且，他还硬说我们是"乱砍滥伐，买卖青山"，而非要对我家进行罚款，并还要将自家的小推车及所砍的木拉杆全部没收。些刻，有路人见此场景之后，则又感叹说道："这回看你们'咋个整'（即怎么办）？这可是遇上你们的老祖宗了。"但大姐夫与二哥则不管那些路人说些什么，而只是很有礼貌，并非常客气地向对方进行了赔礼道歉。且还多次，对其说明了事情前后经过及缘由。最后，当对方进一步得知了大姐夫，正是他的好朋友的朋友之后，才好说好商量而情有可原地给予放行。

可那一次却真正是，自己由看护小推车到拉小推车的转折点。但在这之前，自己又为何要看护小推车呢？那是因为自家的小推车，曾经在去大垭口砍柴时，而被"老方寨"的人偷去过。并且，当家人从"老方寨"人打坝塘那里，将自己家的小推车找回来时，那小推车则已变成了一推不可再用于拉柴的废铁。要知道，当时自己家的那小推车，可是要用上大姐夫他们三个月的工资，才能将其买得回来的。而在之后，自己为何又要不断拉小推车呢？当中的原因，自己却怎么也不能够将其说得明白。

3. 搬运石料及所下石脚

过去自家准备用于拆旧翻新"土掌房"的石头，则大多是自家人从不远处的清水河里不断拉了并积攒起来的。只是到了后来，家人又在将其用于建盖自己的"土掌房"时，发现平时所积攒的石头不够，才重新请人用马车给予不断拉来。

曾经的清水河里的河水流量很大，并清澈透亮得可以直接饮用。其河床里的一个个大大小小的石头，却是圆润光滑并质地相当坚硬。

传说里，就在这清水河的河床之下，则深藏不露地潜伏着一颗能够"蔽石"的宝珠。无论那从磨盘山等山上下来的山水如何猛涨，并将那山中的一个个大小石头，不断冲击到清水河里而铺满了整个河床，其也再不会受到其他任何自然因素影响，而滚蛋到那与清水河的终端，即与那出水转折处相连的"平甸河"的河水里。

由于当时生产队的田地，则大多集中在小团山脚下的清水河畔，即那名叫青龙坎儿的风水宝地之上，而已在清水河畔农机厂工作的二哥和平时经常上青龙坎儿那儿干农活的大哥，以及回乡当知青又经常需要去青龙坎儿那儿，给群众记挂工分的二姐，则往往利用下班或劳作回家的一段时间，个别或共同协力，用上自家的小推车和皮条、扛子等工具，而不断将清水河里的那一大"gěr"、一大"gěr"的石头，即那大而圆滑的石头搬运到了家里。且日积月累就自然在自家的老"土掌房"背后，堆起了几大堆准备用于翻盖老"土掌房"，那源自青水河水里的圆滑石头来。

并且，因为那时的盖房人家，不像现在的人这么有钱，而只需随便花上一点小钱，就可用上方便的汽车，并能从那开山炸石的偏远之处，轻松自如地将其不断拉运到自己的家中而来。因此，于过去那些盖房子的人家来讲，为了省钱则是几乎家家如此。这又怎么可能不让那铺满清水河的整个河床的石头，到现今却可怜变得那么寥寥无几呢？也不知那清水河里的河水，又怎会渐渐变得如今天这般柔弱细小而毫无那冲击之力呢？也许，那潜藏于的河床之下的"蔽石宝珠"，也只是管得了自然，却管不了人为。

但在真正将那源自青水河里的石头，用于给自己的"土掌房"下石脚之时，时任生产队的队长，在见了自家所下石脚的石头，被"kāo"得，即锤打得"刺棱刺'角儿'（guǒer）"，即不太平整和光滑而难以支砌规整时，则对家人说过："尹××下的石脚，我实在瞧不着！"可在这里需要知道的却是，这位与自己的大哥年龄相仿的"尹××"，则是自己的同宗同族中的老祖啊！也就是说，他的祖先与我的祖先，原系哥弟俩，其都是一起从南京来到云南之后，才繁衍出了我家与他家的这两支尹氏的支脉。只是他们那一支到他那一代是第六代，而自己家的这一支到我这一代是第九代。想来，作为宗亲，人家能带上一伙人来给自己的"土掌房"下石脚，并非其下石脚下得不好，而是他作为一个当老祖的人，给予了我家一个天大的面子。

4. "脱土墼"与"挑土墼"

作为盖自己的"土掌房"时所使用的"土墼"，有的是自家人在红泥田里，将其脱好、削好、并风干、晒干后，从田坝心里不断走过那弯弯扭扭的细田埂路，而挑到自家的老"土掌房"之旁的；有的则是出钱和开"工分"请人，而在红泥田里将其不断脱好，并削好、晾干与晒干之后，又出钱和开"公分"请人，才从田里挑到自己的盖房之处的。

然而，"脱土墼"则是一桩又脏又累，但却是方法非常简单的活计。如果不是为了盖房干活，而仅仅是为了游戏玩泥，则比那打麻将进行娱乐还要有趣。

在"脱土墼"时，人们只要将泥田里的泥巴，一坨接一坨地用锄头挖了堆起，以令其晾干达到所需"脱土墼"的干湿程度后，就可将那木制的"土墼模子"，放到田地里的空场地上相应摆放好位置，并用双手用力以让两手掌深深插入那泥巴堆里去，再用两手掌及两手肘紧密配合用力，以将那一大"tuēr"、一大"tuēr"，即一大团儿一大团儿的那田里的泥巴，依次放入所需"脱土墼"的"土墼模"里，接着又用两个手掌的根部，将"土墼模"里的泥巴分别从"土墼模"四角到中间进行按紧，以让在"土墼模"里的泥巴间不存在过多空隙。随后，又将两手掌弯曲，而用单掌或双掌撸刮掉冒出到"土墼模"之上、之外的盈余之泥，并用弯曲的一只手的手掌或两只手的手掌，从预备好的桶里或盆里抄水、捧水，以撒泼洒到那"土墼模"里的泥巴的表面上去。然后，又将两手掌伸展开，分别再用两只手的手掌，如画那"八"字的一撇一捺一般"又左与又右"，即一面从左边和一面从右边，依次将"土墼模"里那表面之泥，进行不断"赶"（抹）平与"赶"滑，则可又用两只手的各个手指，紧紧抠住和捏住"土墼模"左右两边的那两个木棱，以躬身用力而将"土墼模"轻轻提起。那么，就可亦如女人生娃娃或动物"下儿"即生子那般，而从那"土墼模子"里脱出一个滑溜溜、水灵灵的鲜亮"土墼"了。

并在每脱出一个"土墼"之后，人们还必须用那搓揉成团而又浸泡在桶里或盆里之水中的稻草，将黏结在那"土墼模"内里及外表之泥擦拭得相对干净。随之，又可用这一次次基本洗净，并保持了潮湿的"土墼模"，继续去脱出那一个个的"土墼"。

且在让那所脱好的"土墼"被晒干、晾干到一定的干湿程度后，还需将那平躺着的"土墼"用力一个个地翻了立起，又用上一把大菜刀，再两手用力按着其背的两头，以将其底部及底部两个侧边的盈余部分全部削滑、削平，就可将其一个个抱了不断"码"（堆）起，而待其完全风干、晒干了之后使用。

至于当时所开的"工分"，其一般是以一个成年人的一个劳动日，算10分"工分"，并按实际做出或脱出、挑了多少"土墼"等活计，而相互商定算给其多少"工分"后，再将自家平时所做农活积累起来的"工分"，转记到帮自家所做活计的各个人头之上。待到那一年中间与年终分粮及年底"分红"时，那些给自家干活的人，即可按自家所付给他们的"工分"多少，从生产队上分得与这些工分相对应数额的粮食和钱财。也就是说，在我家请工盖房子之时，我家除了采取直接支付给对方工钱的方式外，也还以开"工分"给对方的形式，从生产队上的集体账户上，将自家所应分得财物一部分，又转移支付和分配给了那些帮我家干活计的人。

对于当时具体是怎么开"工分"和出钱请人，则因自己那时才有八岁，而只有大哥、大姐们才能够得以知晓。但作为挑"土墼"，我则知道，其大多是一分钱挑一个，出钱请人而不断挑来的。

并且，于盖房砌墙的那段时间，却有生产队里的许多大人和小孩都忙于给自家挑"土墼"。而且，当他们挑了并决定不再继续挑后，大姐就会很快现实给他们数了数后，又现实付钱给他们。可是那时，自己的大姐却总是又不断唆使自己说："你瞧，你的小'伴儿'（读音：bèr）都给我家挑了那么多的'土墼'，怎么你还迟迟不见动静。"但在大姐对我多次的催促和唆使都不见行动后，她却又对我说道："还不快点去挑，你挑多少个，我就开多少钱给你。"

原本自己知道大姐，历来是一个说话算话的人。听了他的话，自己也立即行动了起来。

刚开始"挑土墼"的那一天，恰好是一个星期天。在这一天的时间里，自己却一头（边）拴着每一个"土墼"有十市斤多重的三个"土墼"，一挑挑着六个共六十多斤重的"土墼"，并在那弯弯的田埂路上，来回共挑了二十多转，即一天就挑了一百几十个。但在自己"挑土墼"挑到天将发黑，并让大姐悉数进行清点之后，却迟迟未能看到，她有付钱给自己的意思。于是不断猜测，也许是她现在没钱，等过个两三天，其是一定会付钱给自己的。可在过了好些天之后，自己却实在沉不住气了，就吞吞吐吐地直接去向大姐要那"挑土墼"的钱。此时，大姐却非常生气地对自己说道："哼！还要什么钱？不知道这是在盖你的房子吗？"

是啊！虽然当时许多外人都曾怀疑，自己年龄还那么小，不一定就是在盖自己的房子。但听她如此一说，自己却真的相信，而灰溜溜地再也不好意思向大姐要那"挑土墼"的钱了。

5. 请工上房子土

于正式上房子土的那一天，自家却是请了好些男男女女来给我家上房子土的。而当时的规矩则是：不开"工分"，不付工钱，只供饭吃。其所做的，则全是一项互换人情的活计。基本程序则是：早上早早开工干活，到早上十点钟左右吃早饭；干活干到中午后，接着又吃那凉卷粉或凉米线；且在吃过之后，又继续接着干活，并于几乎快到天黑时，才能吃上晚餐。但晚餐的时间能否提前，却完全取决于干活完工的早迟。

而在当时，可以说是我家的小日子，则要比同生产队上的其他劳动人家要好过得许多。大姐、二姐及二哥相继工作不说，且还对整个家庭多有照顾。并且，于盖我的"土掌房"之前的两三年里，大姐、大姐夫他们，则已开始买江川的"杂交猪"来到家里，让自己的父母进行喂养和圈养。并使自家除由开始时养猪交售国家并杀了自己吃之外，转变为后来的有了盈余的猪肉拿到市场上卖。

因此，于上房子土时的那一天早上，当大姐看到参加上房子土的人个个精神抖擞并非常卖力后，便于吃早饭之时一时兴起，而在平常人家于上房子土时，每顿每席只提供给众人一碗猪肉吃的基础上，临时决定每顿多添加给所有参与做活计，并在一起吃饭的每席人半碗多的"香椿"炒腊肉吃。"香椿"即春天时节，本地所产的一种具有特殊香气，并味道相当可口，而名叫"香椿树"的树上所发出的树芽。另外，还当场表示，为其提供大量高度的"甘蔗渣酒"和"糖沫酒"，而让众人管喝上一个足够。

如此的结果却是，那些从来不沾酒的老婆娘们，也像那些男子汉们一般，而你逗我、我逗你地抬起大碗，尽情地干起酒来。以至于在后来"捶"即平平地击打房子土的过程当中，她们则"狂躁"地将自己的"土掌房"的房子土，捶得如雷声般震天响，并使那被捶起的尘灰，也将那丽日的蓝天，给堵在了她们的视野之外。

对于自己的"土掌房"来讲，虽说没像过去的老人们盖房那般，盖出了许多的花哨和名堂，但却使自己的"土掌房"与两个哥哥的老"土掌房"连成了一片，而形成了一大片平坦壮观的景象。并且，只要站到那房顶亲眼一扫，则前可一睹官园子那边及整个县城民居的参差错落，后可欣赏从三眼井至黄坡头的秀美田园风光，并还就可明显感应得到，我家的"土掌房"，则像一大块用心铺就，并有着一亩多柔美情意的磁板，而让我们可在其之上之下，安享温馨或浪漫。

但于此之后，我也不时会受到个别家人的调侃："你叫哪样？你的房子还是老子们盖给你在的。"然而，自己也会如此发问："我的是你盖的，那你的是谁盖的？"此时，也许他还会如此回答："当然是老子自己盖的。"可我往往又会如此反问："那你过去所在的老房子和房下的土地，又是谁盖给你或送给你的。"如此说了后，则往往双方都无话可讲了。只不过，所有这些则全是一些废话，大家在如此说话之时，其往往都是在"气头之上",即心情不好或非常生气之时。

可是,正因为绘制了这一壮观景象,却让哥姐们操了不少心,并耗去了许多难以解放或事多缠身的艰苦时光。并且,据大姐他们所讲,当时在盖自己的这所"土掌房"时,却花掉了全家人五百多元人民币的心血。要知道,在当时的生产队里,全家五六个农业人口,一年苦苦累累,还分不到一百元的红利。因此,无论他们如何言讲,自己都应对其深表谢意。

二、大哥的新土掌房

在我的新"土掌房"盖好一年多后,已分家出去并单独过上自己小日子的大哥大嫂,则硬是凭着自己的本事,把他们家的新"土掌房"给建盖起来了。

其所盖的新"土掌房",与我的"土掌房"的不同之处在于:我的是盖成一所正三间外带一个厨房和一个小院子,并坐西朝东的"土掌房";他家的则是盖成一所正三间两耳,并内设一个"天井",且面南背北的"土掌房";他家所使用的木大梁和"皮柴",虽然没有我的"板扎"和牢实,但其所使用的木头却比我的更加光滑、粗壮和舒展;并且,其所买木头的价格,也比我的一块钱一棵的价格而贵出了三角多;还有就是,其所使用的石料,则大多为山上拉来的红山石,虽然其硬度没有我那来自清水河的水里的石头硬扎,但纹绺却是比我的石头更加直来直去。也就是说,他家所使用的石头,能将其打击成较为平整和匀称的石块进行"支砌"与镶嵌,而我的则只能打击成一个个"刺棱刺'角儿'(guðer)"的方形石。如此说来,则是他家的石头,支砌出的"石脚"较为整齐美观;而我的石头所支砌出的石脚,虽然粗糙却更加坚硬。

但就在他家拆老"土掌房",而准备翻盖新"土掌房"那时,令人深感意外的则是:人们刚把那"土掌房"的房顶,掀倒塌或掀翻开,就从那"土掌房"的房子土里,抖落出了一个竹篾饭盒来,且在那已经散开的竹篾饭盒之外,又有几个"袁大头",即钱币上铸有袁世凯头像的银圆等大银圆,从那一个竹篾饭盒里散落出来,并让那些前来参与拆房子的人们，立刻哄抢了起来。与此同时，也让我那正在自己的"土掌房"里做家务的母亲，于听到"嚷嘛嘛"，即许多人说话声相互混淆在一起的说话声之后，而现实就忙到了那大哥家的拆房处，并将那些尚未被哄抢走，且还来不及装进那些人自己腰包的银圆，给大部分地收缴了回来。

根据在场所见及后来母亲的清点：此次拆房所抖落出来的那些一圆一个，即重七钱二分的大银圆，则已全部被参与拆房的人所哄抢走了；而那些"半开"，即半圆的光绪银币和旗子银币，即一个重三钱六分的银币，则不知被哄抢走了多少个；最后留给自家的，却只剩下了五六个半开的"唐头"，即那面上铸有唐继尧头像的开国纪念银币，以及其他的三四十个半开的光绪银币。

盖房子，自古就是一个个家庭的盛大之事。但我的那些老祖、爷爷、奶奶等已逝的亲人，则在未了之前也不忘积德阴功，以给后代更多的关爱。但令人想不通的却是，他们在埋藏之后，可为何到了"临了"，即那临死之时，也不愿告诉自己的儿孙们呢！另外，我那现实的家人，则又在自己刚上高中之时，悄悄将父母所珍藏宝贝的小柜子给予打开，并将那些祖上传下来的银项圈等，非常具有纪念意义的银饰品，以及后来从大哥家的拆房处所收获的银圆等，给全部拿去了贱卖。真是可恨！这又何不是一个大家庭的悲哀？

三、二哥的新土掌房

继大哥将其新"土掌房"盖起来之后的第二年，二哥又将其新"土掌房"给建盖起来了。

刚开始，二哥还想用本地红土"舂足板墙"，来盖他的新"土掌房"。并且，才将"舂足板墙"的大木模子，架在石脚上而刚舂好那一长条的"足板墙"的墙体后，则发现那刚"舂筑"起来的"足板墙"，比起用"土墼"所支砌成的墙体更厚，且厚得既不美观，也不太牢实。虽然"舂足板墙"更为省钱，但其工艺水平与时髦程度，在其进行盖房之时，则已明显显得已经落后。于是，其又临时重打算盘，而在建盖他那新"土掌房"时，全部改用成了"土墼"。

其所盖的"土掌房"，则还是常规的正三间两耳，并内设有一个"天井"的形式。其房屋坐向，也是依据地形地势而坐西朝东，并正好与我的相同、却又与大哥的区别。

并且，其所盖的新"土掌房"，与我和大哥的新"土掌房"相比起来，最大的不同点则是，其在盖新"土掌房"时，全部用上了山里的寨子人，用当地相当粗大的"椎'liēr'树"木所破成，那既相当牢实，而又相当耐用的"椎'liēr'皮柴"。

可是，于山外之人而言，却很少有人知道，家乡新平除了兴用松木来砍（破）"皮柴"建盖新"土掌房"外，却还兴用那非常粗大的"椎'liēr'树"木，来砍（破）"皮柴"而盖新"土掌房"的；也更难知晓，人们在用那粗大的"椎'liēr'树"木砍（破）"皮柴"时，则一定要趁其所砍倒树木正潮湿之时，而现实请人来将其不断破开，并又进行晾干和日晒。否则，待所砍倒的"椎'liēr'树"木，完全散失水分而全部干了之后，再来砍（破）那些"椎'liēr'皮柴"，则就像是从猴子嘴里拔那人能吃、动物也能吃的"椎'liēr'树"上所长出的野果，即干"椎'liēr'"一般，而相当不容乐观，或者是难以感动其初衷，而使其真正动容了。

此时，如果再想用斧头将其一节节砍断，则往往是树木未被砍进多深，那斧口则早已被砍得卷曲起来，或者是被砍得不断冒起了火花；如果还想用斧子再将其破开，又往往是，要么斧子被弹了起来而破不进去，要么即便破进去了，而又很难将斧子从其中拔脱出来。

其实，这砍（破）"椎'liēr'皮柴"的过程，有时则很像那从老虎嘴里拔牙，或者是从猴子嘴里拔"椎'liēr'"，而与其抢夺食物一般艰难。其所不同的无非是，在从老虎嘴里拔牙或向猴子嘴里抢夺"椎'liēr'"时，人们都能意识到其充满了危险；但在对那"椎'liēr'树"不断进行砍（破）之时，人们却又心里明知，那危险的系数则是那么较低或较小罢了。并且，只要砍（破）那"椎'liēr'皮柴"的人们，在砍（破）"椎'liēr'树"木时，自觉遵循"七竹八木"那砍竹、砍树的节令，并在使用斧子、锯子、楔子等工具时，能意识清醒和方法得当，则就很难发生那受到伤害等的意外。

但非常之事，又怎会仅仅如那砍（破）"椎'liēr'皮柴"一般，而只是相当艰难与困苦呢？不少时候人们，则经常要像那从猴子嘴里拨"椎'liēr'"，而与猴子抢夺"椎'liēr'"那般，明知充满了危险，却还要去与其争夺食源，或者是还是要去将其不该吞进去东西，再生拉活扯地去硬抠出来。

试想，谁又会愿意在将舌尖上的美味，或者是刀尖上的蜂蜜吃到嘴里之后，又再将其给吐出来呢？

因此，无论是盖房子，还是砍（破）"椎'liēr'皮柴"等，其都要克服重重困难和障碍，以攻克一个个的难关。而那从老虎嘴里拔牙，或是从猴子嘴里拨"椎'liēr'"，虽是另一回事，则更需要良好的方法和技巧，以及那不惧疼、不怕死等，大无畏的英雄气概和勇敢胆识了。

鼻子淌血各有路

作为自家的"土掌房"，虽为移居到家乡新平的汉族所盖民居，即"土掌房"民居中的一个典型代表，但其与家乡当地的其他汉族民居及其各少数民族民居相比，则是"鼻子淌血各有路"，而各有各的出路、不足及其惟妙之处。并且，其全都是相当讲究，因势利导、就地取材与节约成本的。

一、"土墼墙""足板墙"与木板壁

用当地红土所夯筑成的墙体，与用"土墼"支砌出的墙体，虽同样具有保暖防寒的功能，但用"土墼"来支砌的墙体，则工序更加烦琐和复杂，并还费工费时。即用工用时较多，成本又较高。用红土夯筑墙体，则工序相应简单，且省工省时而又相当节约成本。并且，用"土墼"所支砌出的墙体，则显得相当精干和美观；而用红土夯筑的墙体，则显得更加笨拙与粗劣。

另外则是，采用木板，并以刷漆的方式，来做成房屋的内隔墙。即当地民间常说的，以给那"土掌房""榨板壁"。但用木板来"榨成"

房屋的"板壁",虽然依其工艺水平和木材优劣,可以非常美观与相当考究,却成本很高,且很不隔音,并非用于房屋的每一个房间都相当可取。因此,人们在"榨板壁"时,则往往要选择那些位置显眼,而又不为人睡,或虽为人睡,但房屋里的房间与房间之间,却又拉开了相应距离的房间进行。如若不然,则会出现说上句小话或做上个小动作,都会让隔壁的老鼠们,都听得相当清晰的窘境,也让其根本不能存在任何的个人秘密。

但在用"土墼墙""足板墙"与木板壁,这三种方式方法来构筑房屋时,其最值得一提的则是,那用红土来夯筑墙体了。并且,它还是最为古老的筑墙方法,而不断延续到了如今。

虽然在当时我家盖"土掌房"时,我们三哥弟所盖的"土掌房",既没有"舂足板墙",也没有"榨板壁",而只是用"土墼"来进行了支砌,但于"舂足板墙"来说,自己也是多次通过父亲而所见识过了的。并因自己那早已过世的老父亲,在当时就是生产队里的筑墙能手,且每每在生产队里需要建盖集体公房而筑墙之时,则大多是让其进行现场指导与指挥。

但于自己眼中,父亲对于"舂足板墙",也没有更多的秘诀。无非是其在进行指导,或具体领着人们"舂足板墙"时,比他人更加细心和更有耐心罢了。可是自我总觉,这"足板墙"是一个古老的文化载体,于此则不免想多说几句。

于盖"土掌房"而需"舂足板墙"时,则需事前准备好"舂足板墙"所需使用的大木模子及其成堆的土巴。

"舂足板墙"所用的大木模子,即常言的"足板板儿"一般是由两块长宽各约五十厘米、厚约五六厘米的短小方木板;两块长约三米多,宽达五十厘米左右,并厚还是五六厘米的长方木板;四根各约七八厘米粗、七八十厘米长,并如插闩一般,可以穿过那两块长约三米多的方木板,并用于阻挡那两块小方木板的圆形木头或方木;及其另外的许多根被削尖后,既可插入那两块短小的方板的八个榫头之中,又可插入四根小圆木或小方木两头里的八个洞孔之中的"小木插闩"共同组成。

并于使用之时,既让那两块横向使用的短小的方模板的长宽程度,来体现出房屋的墙体厚度；又让那两块直向使用的长方模板的长度和宽度，以体现出每一次所"舂墙体"的长度与高度。

对于"舂墙体"时所需使用的土巴，如能就近取土，则更可省工省力而节约成本。倘若盖房时系拆旧建新，那就应当充分利用好，那些原本就有的老房子土。并且，只有在原有的老房子土，被用完了而不够用之时，才需另想办法，以进行重新获取与补充。

但在用红土来"舂足板墙"之前，则还要在那所建房屋的"石脚"上，确定好应"舂足板墙"的中轴线，并正对着中轴线，而用那手臂般粗的"圆木闩扛"及"小木插闩"等将那四块大方板进行相互"穿斗"，即将"榫头"插入"榫口"或榫眼之中，而相互进行卡紧起来。亦即将两块短小方木板上的八个榫头，分别插进另外两块长方板的八个方孔之中，以使两长两短的四块方板相互合拢而共组合起来；再用八根小插闩子，分别插进那两块短小方木板的八个榫头的方孔中，而使四块方板相互组合紧密；然后又将那四根圆扛或方扛，分别插入那两块长方板的八个大圆孔或大方孔之中，而将那两块短小方木板，给予分别紧紧阻挡起来；最后又用八根插拴，再分别插进那四根"圆木扛"或"方木扛"的八个方孔之中，以使这"舂足板墙"所用的大木模子，被紧密牢实地给予"穿斗"起来。如此，在往那大木模子中填土，而给"土掌房""舂足板墙"时，则不容易将那大木模子给予崩裂或崩散开了。

当"舂足板墙"的大木模子，被一次次地摆放与安装好后，则可一次次地不断往大木模子里填土、"舂土"，而一层、一层地给"土掌房"的墙体"舂足板墙"了。

此时，那些成年的男人女人们则往往是，一些人往模子里不断倒入土巴，一些人又用双手抱着一根根双手好捏的"长圆木扛子"，并用其顶端使劲用力，向所倒入的那些土巴上进行不断地"舂筑"，以使那些被倒入的土巴，被"舂筑"得越来越严实和紧密。并且，在不断用"长圆木扛子"进行"舂筑"土巴的同时，还要随时注意观察所倒入土巴的干湿程度。如土巴过于干燥，则要不断向土巴洒上适当水分；如果土巴过于潮湿，则又要适当地往模子里倒入干土。

如此不断往大木模了里倒土、"舂土"和洒水，并如放幻灯片一般，而不断移动和拆、装那大木模子，则可将整幢"土掌房"的墙体给予完全"舂筑"好了。

另外，在用圆形木扛子进行"舂墙土"时，之所以要掌握好那些，所"舂土巴"的干湿程度，其主要原因是：所"舂墙土"过于潮湿，其所"舂筑"出来的墙体，则较容易在墙体完全干了之后，出现那开大裂的症状；所"舂墙土"过去干燥，其所"舂筑"出的墙体，也较容易在墙体被舂好之后，出现那墙体比较疏松的情况。此两种情况，则都不利于那所"舂筑"墙体的牢实与稳固。因此，只有在良好掌握那些土巴的干湿程度的基础之上，再认真细致地对它进行"舂筑"，其所"舂筑"出的墙体，才会有那较为良好的命运与结局。

传说，于久远的过去，一些地方的人们，也用锯末、豆浆、糯米稀饭等，与泥土混合相拌，而夯筑出那围城所用的城墙墙体。并且，如此夯筑而成的城墙墙体，在抗战时期曾显示出了它那神奇的功效。亦即纵然日本人的飞机大炮，如何对其进行狂轰滥炸，其都是稳如泰山，并坚韧牢固或坚不可摧。如此之事，虽说自己未曾深究而仅只是一个传闻，但自己却从中得以较深感悟到，其也恰恰从一个侧面，良好反映出了华夏文明的无穷魅力及其文化精髓所在。

二、青松木与杂树木

自己相当清楚明白，自家于过去所盖的三所"土掌房"中，其所使用的木料，则几乎全都是松木。如果说使用了杂木的话，那也是在建盖自家的"土掌房"，并进行那门框的安装时，较好地使用了那质地坚硬细腻且内里的丝缕却又横又扭的毛木树木，来做成了一条一条的门槛。另外，也因在建盖自己的"土掌房"时，所使用那松树木头恰好仅差一棵，而不得不用上了一棵，用毛木树所砍成的木头以进行替代。

但于聚居在家乡的花腰傣而言，其在建盖平时生活起居的"土掌房"时，在杂木的使用方面，则就是非常普遍了。其主要原因是，并非他们不想使用松木来起房盖屋，而是他们所居之地，距离那生长松树之地太为偏僻遥远罢了。并让他们还不得不"随'wēr'就'wēr'"，亦即随意了事，就近在他们所处的干热河谷地带，尽量地砍来一些，相对标致的杂树木，来建盖起自己的"土掌房"的房子。

只不过，其用所砍的各种杂树木而建盖起来，并如古堡般模样的"土掌房"子，虽然观其外表相当好看，感其内体也非常牢实，但其内里显得是不那么的透亮和美观。并且，当人们走进那"土掌房"里之后，一看到那些铺于房顶的"弯几股扭"，即弯曲而不舒展的各种木料，则非常容易感到意乱心烦。

殊不知，到了近些年月，其傣乡村民在拆旧建新之时，人们也才渐渐发现，那些难以令人入眼，并被拆下后而随意堆放起来的各种杂树木料，在其历经了几十年或上百年的风蚀烟熏后，其不但没有变得腐朽不堪，却反而显得更加强硬和乌黑透亮。并且，在人们用那刀斧对其表皮轻轻一砍时，才突然发现：所有的这些于过去用杂树木而做成的木料，则全是一些尚可用于打制家具，或制作楼梯扶栏，并能雕刻成各种物件把玩的，那红椿木、黄阳木、黑心树、柴叶木即清香木等上好材料。

于是乎，在傣乡里则经常出现，还未等那些花腰傣村民，将那老"土掌房"的土楼房拆开、拆倒，就有人急忙前来，将所有需要拆下来的木料，给提前订购下来的意外。

三、"松皮柴"与"山斑竹"

自家过去建盖的三所新"土掌房"，其所使用的"皮柴"，除二哥的较为特殊，用上了那上好的"椎'liēr'皮柴"外，其余则全是使用那用大松树所破成的松树"皮柴"。

但在家乡的花腰傣聚居区，却有许多人家，在建盖自己的"土掌房"时，则是使用他们所称的那"山斑竹子"，来替代本应像彝山与汉家那样所普遍使用的松木"皮柴"。

至于何谓"山斑竹子"，则因自己只是观其本身，还没有那小孩子的小手指般粗；却尚未完全观其全貌，并进行理论研究，而一时不能将其道个清楚或说个明白。但据建房当地的"花腰傣"所讲，其一般都是自然生长于山脚之地，而距离他们的家园并不算太远，砍伐起来则相当方便。且在将其具体用于建盖"土掌房"时，虽然其不太漂亮和美观，但只要将它铺得较为紧密严实或疏密得当，其则更比那松木"皮柴"经久耐用，而不易变得更为腐朽。但无论如何，"花腰傣"之所以而非得使用它，这也是没有办法的办法。

四、青松毛与尖刀草

于久远过去，移居到家乡新平坝子里的汉家，当然也包括我们尹家，与长期居住于山里的彝家，在建盖自己所居的"土掌房"时，则普遍喜欢用上"青松'毛'（读音：māo）"，来铺陈于那些"土掌房"的松木"皮柴"之上。而在家乡花腰傣聚居的干热河谷地区，那些水性的花腰傣人家，在建盖自己的"土掌房"时，则普遍使用当地所产的"尖刀草"，即一种长得很高且具有像刀子一般的快口，并能较易划破手指的野草，来铺在那些松木"皮柴"或"山斑竹"之上。虽然在建盖"土掌房"时，其不能像"青松毛"那般被铺得疏密有致，也没有"青松毛"那般能较好挡住泥灰，但这同样是就地取材，而且是没有办法的法子。

五、"红土垡子"与"粉土垡子"

家乡新平大多数的汉族人家，其中也包括我家，在建盖自家的"土掌房"时，其所使用的"土掌房"的房子土，则几乎全是用当地的红泥田里的"红土垡子"，经"捶细捶板"，即捶了细小和捶了板结而成。亦即将那储备水量以用于育秧的水田，或育秧之后的水田里的水完全撤放干涸，待其表面全部干硬开出大裂，再用力将那"条锄"，即将锄头本身又窄又长，并且它的钢板厚而牢实的锄头深挖其中，以将其泥土一大坨一大坨地挖了翻起，且于其完全被晒干变成"红土垡子"之后，又再不断将其挑到那所需建盖的"土掌房"的房屋之下，用那大木榔头等工具，将其捶打到鹅蛋般的大小程度，又用"粪箕"等工具将其挑到所盖"土掌房"的房顶之上，并再用上那小木榔头等工具，而不断用力将其"捶细捶板"所成。

也就是说，这用于给"土掌房"上房子土的"红土垡子"，并非什么田地里的"红土垡子"都可以用上。它必须是使用上，那红泥田里让水长期浸泡，并被放干水以晒干、晾干，且又再被人们用"条锄"一大坨、一大坨地挖了翻起，而再一次被晒干、晾干后，所形成的"红土垡子"才行。

并且，用这红泥田里的"红土垡子"所捶成的房子土：其最好的一面则是，其被"捶细捶板"之后，其质体能变得相当坚硬，人踩其上却很不容易践踏起灰尘；其最不好的一面又是，其在经历了长时的雨水淋湿，而又重新被晒干、晾干之后，既很容易在其表体之上，产生一些细小的裂纹，也容易在二次下雨之时，使其"土掌房"的屋顶出现那漏雨的症状。

因此，人们在对其进行良好与合理的保护之时，则是经常于雨前，多次与反复地用上扫帚，以将其房顶之上所形成的灰尘，不断扫进到房顶之上所产生的那些细小的裂缝里。并让其在经历二次受雨之后，又让雨水将那些被扫进裂缝里的灰尘，与其旁边的泥土进行紧密融合，而使其不致出现，那"土掌房"屋顶漏雨的情况。

当然，如果出现房顶长草等，则更需即时对其进行认真的清理。并将拨了杂草之后，所产生的缝隙与空穴，给予不断填满和填平。如此才能，不让那雨水沿着那些植物的根系，流浸到那"土掌房"的房屋里去。

至于那些"粉土垡子"，则多半是居于山里、居于热坝或居于山脚，那彝族人家、傣族人家及汉家，在其建盖"土掌房"，并给"土掌房"上房子土时使用。其实，这也同样是因势利导而又就地取材的原因与结果。

但这"粉土垡子"，也并非随意、随地都可以获取。其也必须是蓄水育秧的粉泥田的水田里，以及那育秧之后的粉泥水田里，被放干水之后，而所挖取晒干、晾干的才行。

并且，这粉泥田里所挖起的"粉土垡子"，天生质地柔软细腻并容易板结。人们在将其用于，给"土掌房"上房子土之时，而又不断将其"捶板捶细"，其则既不易在其表体之上产生裂纹，也不易让雨水渗透，而出现房屋漏雨的症结。可说是，其更是一种用于给"土掌房"上房子土的上好原料。但由于其特性的原因，其又很难经受得住，人们的反复的践踏与蹂躏。且在经受了反复地践踏和蹂躏之后，又较容易在其表体之上，产生一些坑坑洼洼及尘灰，而不利于谷物等食物的晾晒与收起。

家乡新平的人们，之所以要将"红土垡子"和"粉土垡子"，作为给"土掌房"上房子土的原料使用，其主要原因在于，这两种土垡子的软硬度虽然区别较大，但其黏度却都非常高。如果人们不是使用人力，并用那条锄去不断深挖，而仅仅是采用牛犁的方式去犁，那则不易将之从那干田里，而给予一大坨一大坨顺利翻起，并不断进行晾晒的。其也很难从大自然中不断获取能量，以促进粮食的丰产与丰收。当然，对于将之作为"土掌房"的房子土使用，则可谓是各领风骚，或各有优劣。并相互共存共融，而于瞬间就纵横穿越了的人类进步与发展的千百年时光。

六、此"土掌边"与彼"土掌边"

追溯到20世纪70年代末期，由于经济条件的相应改善和人们审美情趣的相应变化，家乡的人们，在对其新"土掌"房的建盖方面，则有了一些新的改良措施。如有的人家，在建盖自己的新"土掌房"，并给其镶嵌"土掌边"或"土锅边"时，则是在那"土掌边"上，每列用上两块下斜的板瓦进行连接之后，又在每两列板瓦的结合部，满满粘上那用粗糠或麦壳所拌成的泥巴，再紧密地盖上两块比板瓦较长的筒瓦，以形成倾斜向下的一列列的淌水瓦沟；然后则是，又在这些淌水瓦沟顶部，再用上那一块块的砖头，既将其与淌水瓦沟的上端紧密粘连而堵起，又将其一层层横向地给予"支砌"起来；并在将其"支砌"至三十几厘米高后，又用一层直向的砖头对其进行紧密地压制，以此对"土掌边"进行了美妙的装饰。至于那给整块"土掌房"的房顶"败水"，即让雨水自然流淌而出的瓦沟，则是在其房顶土层斜面底部边缘的正中部位或是相互对称的位置，预留出一两个的大大的圆洞或方孔，以顺利地对"土掌房"的房顶进行"败水"即淌水。

这既与我家的"土掌房"，只用上一块块相互搭配连接的一层瓦片，遮盖了其"土掌边""周围团转"即四周的"木头头"和"皮柴"不同；也与其他一些人家的"土掌房"，却用了一块一块相互搭配连接的三层瓦片倾斜覆盖在了"土掌边"上，并还在其"土掌边"的顶部，再用上一层相互搭配连接的瓦片进行正盖的情况而有所区别。

另外，有的人家还在那"土掌边"下，即那伸出屋檐的木头头上，用一块一块宽度比"木头头"的直径稍宽的木板，相互连接并用钉子给钉在了那些"木头头"之上，以求让那"木头头"不易过量受到雨水淋湿，而较快地变为一个个老朽。

想来，这既是一件件陈旧事物，即将熄灭之前的突然闪亮；也是一件件新生事物，即将产生的前兆或美丽的开端。

"土掌房"的美妙之处与不足

一、自己的"土掌房"好丑

总的说来，自己那尽心用力，并付出诸多辛苦，且经历了多道工序与许多时日，才好不容易建盖起来的"土掌房"，却还是因当时那些帮做屋架的人，将其中一棵柱子的长度计算失误，并还让人难以或无法对其进行救补，而给自己和家人留下了积久的遗憾。也就是说，他们在将那屋架全部立起之后，却谁也没有意识到，应当去给那些立起的柱子"讨平水"，才导致了人们在把那房顶的房子土上好、捶好而将房顶盖起之后，让屋顶四个大角当中的一个大角，比其他的三个大角高出了几十厘米之多。

尽管如此，自家哥姐为自己出钱出力、操心操劳所建盖起来的这所"土掌房"，还是让我和父母居住起来，则明显感觉得到，其不但坚固牢实，且还吸热、散热效果较好，并连年呈现出那冬暖夏凉的优良状况。

倘若平时对其勤于打理：即多留意给屋顶除草，以让杂草不能在屋顶上发芽生根；于未雨前多清扫屋顶，以让那被扫起来的灰尘，再去不断填满由于干湿等原因所产生的缝隙，以最大限度减少房屋漏雨情况；且在下过"票（飘）雨"，即狂风吹时倾斜而飘下之雨后，经常用上一些泥巴去添补被雨水逐渐浸透而受到腐蚀和剥落的墙体，则能让自己与后人安居其中一百多年，都难遇到自然倒塌的危险或问题。因为我家的老"土掌房",则是明显可以作为证明的其中一例。

只不过,家人为我如此建盖的"土掌房",则成堆成堆地使用上了那上好的木材与木料。

二、其他"土掌房"的优劣

至于其他人家的"土掌房",其好处之一,则同样是冬暖夏凉。并因其墙体和屋顶都系用泥土进行粉饰和夯筑,而吸热性能较好,又散热速度较慢。白天它可以慢慢吸收强烈阳光,晚上它又可以渐渐释放白天吸收的热量。因此,不论春夏秋冬,人居其中,都不会让人有乍寒乍热的感觉。

其好处之二,还是经久耐用。其屋架全用实木进行卯榫连接,只要对其泥土粉饰和夯筑部分进行良好保护,却可让人安居百年的时光。

其好处之三,是其源于自然又回归自然。其所用主要材料为实木和泥土,无论新建或销毁,都不易像水泥那样形成固体垃圾,而给人类留下永久后患或遗憾。

其弊端之一,则是那泥土容易受潮变形。也就是人们常说的,"'土墼'见水,转本还原"之意。墙体受潮,墙体容易倒塌;房顶受潮,房顶容易开裂。因此,对"土掌房"未雨绸缪,则显得最为要紧。并于墙体受潮脱落时,及时对其进行修补;于房顶开裂时,经常用灰尘和泥土填充,而最大限度地减少那房屋漏雨的情况。

其弊端之二,则是泥土干燥容易产生灰尘。虽然泥土的本性无法改变,但人却可以,以勤于挡尘和打扫的方式进行及时处理。

其弊端之三,则是家乡的家家户户均如此盖房,却能在不同的时期,不同程度地毁坏,许许多多的那充满绿意,并能大量吸收二氧化碳和不断释放氧气的森林与植被。

可这用泥土、石头及木材等为主要原料,所建盖起来的一幢一幢"土掌房",则都是源于自然,并最终在倒了之后,却又能回归自然的混血儿。其自有的柔情及美意,却怎么是那些硬邦邦的钢筋水泥建筑,以及那高楼大厦等,可以相提并论和进行比拟的。

"土掌房"那家的味道

虽然我家的老"土掌房"，在历经了一百多年的雨雪风霜后，最终却变为了寿终正寝；哥三个的新"土掌房"，也于一九七四年之后的两三年里，而先后被盖了起来。但这"土掌房"的良好功用，也随着自身的成长而得以渐渐地显现出来。

一、门前游戏

小时候，自己很不懂事。常常与小伙伴们一起，坐在自家那大门外的门"墩儿"（方音：读 duēr）石上，或蹲在那些"石槛儿"之上，要么"扯东拉西"或说东说西，要么玩"补通补漏"及"撒尿做粑粑吃"等游戏。

这"补通补漏"则是：将泥巴反复捏塑成一个个一面封闭、一面开口的半空鼓状泥塑物，即为"补通补漏"。在具体操作上，那就是将其开口一面正对石板平面，而用力一次次地砸下去，以使其所蒙着的那一面的泥巴，受空气的强力外挤后，而不断炸开成花状；并反复以各人所做好的"补通补漏"，及其所炸开成的洞口大小，来判定谁做出的"补通补漏"最好、最佳。

其最为明显和最为重要与实在的，则是要充分展示出，个人智慧与创造力之伟大。

"撒尿做粑粑吃"又是：扯来各种树木的叶子，用上如瓦片、烂碗片等各种能使用的工具，从水沟里等处打上一些水来，但大人们却嘲笑说是撒尿出来，将那些铲来的泥土和成一大坨，具有一定硬度的泥团，然后又一次一次地用一坨一坨的泥巴，反复将那些叶子不断包起，以不断捏塑成一块块"泥粑粑"的形状。并且，在每一次将一块"泥粑粑"做好之后，则用手拿着那块刚刚捏好的"泥粑粑"，一边目不转睛地对其说着"粑粑——粑粑——'àng chǐ'！"即那张开大嘴地吃的话儿，一边又将那块"泥粑粑"送到自己的嘴前，并嘴动着以表现出那粑粑非常好吃的样子。然后在表示自己已吃过之后，又将那一块"泥粑粑"分别送到玩伴们的嘴前，以令其做出一个个假装吃粑粑的样子。这则充分表示，自己在用自己的劳动，以不断创造出那美好的胜利果实。并且，还非常乐意把这一所获的胜利果实，而与那些与自己要好和共同劳动的同伴们一起分享。

偶尔也还于玩饱、玩累之后，并坐在那大门两边的门墩石上，自觉不自觉地用上自己稚嫩的小手，向着"门墩石"后的门柱下摸索一番试试，以感应出大门之后究竟能隐藏有何种秘密？但就在这不太经意的随手摸索之间，却还是偶然发现了这所谓的门墩石，其实就是整体内外形成夹槽，并将那横向的大门门槛，紧紧夹在了其所形成的石夹槽之间。如果不是与大门和门槛紧密相连在一起，而单独将其摆放出来，这"门墩石"的样子，整体就像一个外墩子较高，内墩子较矮，并相互连接所成的石鞍子。并且，其外边的墩子较为高大，其正中及左右两面都有那石刻的如"马鹿"等吉祥图案进行装饰；其内里墩子较为矮小，则只能起到与外面的墩子共同夹紧那木门槛的作用。

并且，自己有时，也还经常为了方便，而"左右瞄瞄"，即左右看看两头不见来人，就悄悄站到那大门口的屋檐之下，即那石"槛儿"最高处的边缘地带，并依靠墙体而将身体向内一侧，就将内存的所有问题，给予轻轻松松和干净利落地解决掉。也惹得那嗅觉灵敏的大姐夫，经过一番观察与发现，才将自己那久存的不良行为或倾向，给予了及时与长久的制止。

二、有趣偷窥

童心的彩虹，则往往绚丽多姿，而又令人心生浪漫及其幻想。男人如此，女人何样？挺身一鼓作气撒尿冲天，淋漓尽致；何必弯腰磨"角儿"（guóer）擦痒撒尿浇地，自己给自己制造那么多麻烦？

恰巧一次，那些生产队里的大人，集中在自家的后园子里，给自家的猪圈除去粪便，并一边从猪圈里往外除粪，一边与母亲等人相互说笑起来。随之，则眼见母亲歇下手中活计，直奔那茅厕里去。自己也突生奇怪，并悄悄尾随而去。结果刚把那茅厕的栅门轻轻打开，头还来不及偏袒，却横竖也没分清，则被母亲一顿臭骂，而大声轰了出来。也引得周围除粪的大人，一阵笑话，让自己头都抬不起来。

三、做饭学问

大概到了五六岁吧，反正当时还没有上学。母亲则对我说："这么大的人了，应当学着帮大人做上点儿（方音：读 děr）事了。"于是，她就决定先教我如何做饭。

一开始她是教我如何生火，因为在我家那土里土气的"鸡窝灶"里，要想把那柴火燃着还真不容易；接着她又是教我如何往锅里放水，并让我明确在那大铁锅里所应放水的位置；然后她又指着家中的天井旁边，那照壁上的某一位置对我说道："一定要等到中午时候，公鸡叫上三遍，或是太阳光照到这一个位置时，开始烧火煮饭。"

继而她又继续"交接"，即嘱咐、吩咐与安排我道："到了'négē'（那个）时候，你要'们'（么）先把锅里的水放好，再去把锅洞里的柴火燃着，然后就去请'隔壁邻居'的大爹、大'嬷'（妈）、或'爱叔'（叔叔）、'爱婶'（婶婶）们帮忙，把这装着冷饭的大甑子，抱进这大锅里蒸；要'们'先去把大爹、'大嬷'或'爱叔''爱婶'们请来，让他们帮着把大甑子抱进大锅里后，再往锅里放水，并将那锅洞里的柴火燃着；待甑子上气，并有'气汗水'，即为水蒸气形成的水珠，从这甑子盖的'边边'，即从边缘上不断往下滴之时，又再去请人来把这个大甑子抱出来；到你'děi'（爹）我们收工回来，就能随便炒上一两个小菜，把一家人的饭菜给做好了。这'gē'（样）就能给家里的大人，'誉'（节省）出'一点儿'做家务活计的时间。"

一切遵照母亲大人的吩咐而为，如此烧火做饭，却让我一做就了好长好长的时间。

四、挡尘过年

年幼之时，每逢一年的春节即将临近，就是父亲为了给家里的"土掌房"挡尘而最为忙活的时候。可这时的父亲，最烦的就是我总是跟在他身旁或是屁股之后，而让他总觉得"拦脚拌手"。

那时的父亲，则总要砍上一些细细的竹枝叶，并把竹枝节和叶子，紧紧地捆绑在一根长长的竹竿上，然后就抬着那一捆捆有竹枝叶的竹竿，而如扫地一般，以给我家的老"土掌房"进行挡尘。

他挡尘时，则像那时他每天都要给我洗脸那样认真。挡尘的主要目的，又是为清除这"土掌房"，于一年来所沉积下来的灰尘和那蜘蛛所网结出的蜘蛛网等，以增加这"土掌房"于视觉方面的美观，并不断保持其来年的如意顺畅。

但却在他挡尘之后，那"土掌房"里的那些家具家什和地面上，却总是要覆盖起一层厚厚的灰尘和太多的脏乱东西，故还得花上一定的时间和精力，而将之不断统统清理或打扫抹洗干净。

并且，如果那时间和精力允许，还要从远方取回白泥土代替石灰，以将那"土掌房"墙面，不断粉刷白亮和清洁。如此这般，一家人就可神清气爽而不断地去辞旧迎新。

五、晾晒谷物

家在农村，自然有各种各样的农作物等收获，而所收获的东西，则经常是拿到那自家的"土掌房"房顶上进行晾晒。

如果是晒谷子，出门做农活的父母，则总是要"交接"闲在家中的自己，要么在"土掌房"的房顶上撵撵瓦雀，要么每隔一个时段，就上到那"土掌房"的房顶之上，以搅拌一下所晒谷子。或是待父母收工回家后，再帮着他们一起将那晒干的谷子收好，并让他们将其从楼梯上挑下，而放到家中的柜子里等处进行堆起。

如果是晒自家那用黄豆、玉米、小麦、高粱等五谷杂粮，经过炒黄、磨细、蒸熟、捂好、去酶、再磨细之后，并与盐巴、冷开水、辣子面等原料，相互混合均匀而所做的面酱，母亲则不忘叫我趁那早上天凉和傍晚回凉之时，去到那"土掌房"的房顶之上，以把那大酱缸里的面酱进行一番搅拌。并且，她还一再反复叮嘱自己，千万不要于那日头正辣，即阳光灼热之时前去搅拌面酱。不然，所做出的面酱，就会自然变质、变味和发酸。但倘若母亲在哪一方面惹恼了自己，自己也会趁着天热，而将那淤积于心里的"火气"，即那恼怒之气，通通发泄在那装满面酱的大缸里。

其外，自家每年也喜欢腌上一些卤腐，且在进行腌制之前，母亲都要将那所捂好了的豆腐裹上适当的盐巴与辣子，并放到簸箕里而拿到"土掌房"顶之上去进行晾晒，也总免不了要叫上自己，不时用那筷子去给予，那所被晾晒的豆腐进行四面翻身，以使其能够受热均匀而被晒了恰到好处。

当然，能够在这"土掌房"顶之上，所晾晒的物品却很多，无非是在那缺乏水泥地板的时代，这"土掌房"顶则比较平整、宽敞，而又方便操作的缘故罢了。

六、举办宴席

1972 年还是 1973 年，在大哥结婚之时，其所办的婚宴，除了有几席是摆在家中房间里的"丝毛"席上之外，其余则全是摆在自家的老"土掌房"房顶之上的"丝毛"席之上。并且，当人们把那"丝毛"撒在"土掌房"的房顶之上，而撒成一个个的大圆圈之后，人们就在所撒成的"丝毛"圆圈里，摆上"酒酒肉肉"，即各种菜肴八大碗，并"捅"，即搬动、移动上一些草墩、"草'饼儿'（biěr）"及小凳子等座具，则就围着"丝毛"席而尽情地开宴了。

二哥结婚，则是在一九八二年之时，即国家实行改革改开放的初期。那时，虽然自家哥三个的新"土掌房"早已建盖起来，其所盖"土掌房"的房顶，也连成了一大片，即有一亩左右的平面积，但还是不能将所邀请的客人，给予完全安排到哥三家的家中和所盖"土掌房"房顶的"丝毛"席上。于是，又只好到生产队上的行宫里，去安排上了好几席的"丝毛"席。并且，还在所有各席的"丝毛"席上，都摆上了"酒洒肉肉"十三四大碗，而让许多受邀前来喝喜酒、"吃喜饭"的人不断夸赞："这家人吃'呢'（读 nē；意为：得）好'呢'（nē；意为：得）'满'（嘛）！"

七、高祭明月

每年的中秋佳节，系全家人及我和小伙伴们最为得意与幸福的快乐日子。并且，在这一天里我心里最为美好的祈盼，就是那一个又圆又亮的大月亮，快快从天边之下，踩着梯子攀爬出山来；也盼望那一个又高又大、团团圆圆、且又香又甜的蒸"糕"（也可理解为"高"之意）粑粑快快蒸熟，并热气腾腾地从那大蒸锅里快速端抬出来。

那个年月，许多家庭的生活都很清贫。对于我们这些小娃娃来说，更是月饼为何物都难以知之。整个小县城里仅有的一个小糕点厂，其所生产的"'毛'（māo）三两个"，即数量很少的一块有大碗口般大小的月饼，也是不"消"（用）几"下"（hà）就被那些稍微有钱的人家给抢购空了。因此，能在那三五中秋佳节的日子，吃上母亲所蒸出的糕（高）粑粑，则是一件非常惬意与快乐之事。

但于我家而言，每年所蒸出的糕（高）粑粑，则几乎都是麻烦和劳累自己的母亲大人所为。并且，其在蒸那糕（高）粑粑之时，都是"不声不响"，即用心做事而很少说话地进行，且还不让我和他人在旁边乱说乱讲。按她的话说，就是如有他人在旁胡言乱语，那所蒸出的糕（高）粑粑，就会自然夹生而不能熟透了。至于何故，则不得而知。但话虽这般，而据自己在其身旁翘首以待并静心观察，那所蒸糕（高）粑粑的步骤与方法，则早已谙熟于童年的心间。

在蒸那糕（高）粑粑时：首先，要将那蒸糕（高）粑粑所需的糯米和"香米"，即当地所产的俗称的粑粑米，按一定的比例进行合理搭配，并在用清水将其分别浸泡到一定时间与程度后，再将其淘洗并用那"烧箕"滤水到一定的时候，直至分别拿去"碓舂"了后，既用粗筛子将其初筛后，再把尚未"舂细"的米面拿去重新"碓舂"；又用细筛子将其余米面进行细筛或不断过细。

其次，要将所有细筛过的糯米和香米米面相互混合，并进行多次搅拌而使其混合均匀。

再次，是将保持其本米颜色的米面，预留起来相应的较大、较多的一堆，并将其余的那较少、较小的另一堆米面，再等分成几个小堆。

又次，又用那不同植物的颜料，将那较少一堆所等分出来的各小堆的米面，分别染成绿蓝黄等几种颜色。

待将蒸糕（高）粑粑的木甑子，放入大锅里之后，又用那大火将放入锅中的大量之水进行完全烧涨，即将一次性放足于的锅中的水烧了沸腾起来。

紧接就是在那木甑子的底部的"甑'diěr'",即在当地所产的一种用竹篾所编成,而能够透过水蒸气,并可支撑米饭,且顶部尖底部空的矮圆锥形物体上,铺上一块可透过水蒸气的"饭帕",并在那"饭帕"之上撒上一层冷饭,以使那即将所蒸的糕(高)粑粑,不与那木甑子的"饭帕"直接"沾黏"。其目的在于,在将那糕(高)粑粑蒸熟之后,而使其能较容易地将那所蒸熟的糕(高)粑粑,从那"甑'diěr'"之上给轻松取下来。

最后,要将那些糯米面与香米面相互混合所成的白色米面,用双手不断搓揉,以使其被均匀地撒入那木甑子里面。且在进行不断搓揉时,一定要将那些已裹成小面团的米面团全部搓细。这样虽然可使那米面之间结合得更加紧密,且更不易将其蒸熟,但到了真正将其蒸熟之后,其所蒸成的糕(高)粑粑,则是更有韧劲和嚼头。

而在将那些混合所成的大量的白色米面,撒入那木甑子里之后,又可再用那双手不断进行搓揉,以将那些黄蓝绿等颜色的米面,按不同的颜色进行合理搭配,而分别蓝一层、白一层、绿一层、白一层、黄一层和红一层地均匀撒入那一个大木甑子之中。

另外,要将那些已刮削好的红糖,及其那些被炒黄的香芝麻,依次并分别撒入那些米面之上。既使其蒸糕(高)粑粑的表面一层,成为诱人的红色甜蜜,又使其蒸糕(高)粑粑的甜蜜之上,变得像天女散花一般烂漫与美观。

且在将那些红糖末屑和香芝麻完全撒入木甑子之中后,则可为了减少漏气,而再用一层白细的纱布,轻轻铺盖在那木甑子的顶部之上。最后才是用那木甑子的"甑盖"即甑盖子,将那木甑子给予较为严实地覆盖起来。

当那木甑子里的米面被蒸到足够的时间和足够的热量,即可在预感其被完全蒸熟蒸透的情况下,将那木甑子的"甑盖"给予打开,而进行相应地查看与验证了。

在确认了那蒸糕(高)粑粑,已被全部蒸熟蒸透之后,母亲则在将那"甑盖"继续盖上后,既吩咐父亲去将那锅中的木甑子给抱出灶台,又自行去到家堂屋中的家堂桌下或是其他地方,而将那平常用于腌腌菜的土陶罐子，或者是破"明子"所用的木墩子给抱了出来。

并在让父亲将那大木甑子的底部，轻轻正放置到那土陶罐子或木墩子的顶部之上后，又与父亲进行相互协调与紧密配合，既将那甑盖子给予打开，又将那木甑子给予轻轻滑落到那土陶罐子或木墩子的底部。如此，那蒸糕（高）粑粑，则像人们在盖房子"脱土墼"时一般，被父母协力而给予"滑涮"，即干净利落地整体脱落出来了。

此时，则可用双手捏着隔热的湿毛巾，并双手"端着"即抬着那"甑'diěr'"，而将那所蒸出的糕（高）粑粑，稳妥地放入那摆在旁边的甑子盖里。此时则可用，那一个甑子盖，"端着"即抬着那一个糕（高）粑粑，而顺着家中的木楼梯，再像月亮升空那般，踩上梯子并爬到那家中"土掌房"的房顶之上，以用于高高祭献那空中的明月亮了。

其外，在正式祭祀月亮之时：首先就是家里的大人们，把那家中的桌椅板凳搬上屋顶，并把那糕（高）粑粑正正地摆放到那大桌子的正中间。

其次，就是把家中早已预备好的瓜子、"常阳子"（葵花子）、煮花生、煮棱角、山核桃、山板栗，以及那"四花"即柿子、"撒'běr'"、即为一种可用于嫁接出柿子树的本地原生树木所结出的小果子、酸石榴等好吃可口的东西，全都摆放到了那张大桌子之上。

最后，母亲就把事先准备好的一枝玫瑰花，插到那蒸糕（高）粑粑的正中间，并面向月亮作三个揖后，而于嘴里"叽里咕嘟"地念起了一些祈祷的话语。

其念完之后，才是对那蒸糕（高）粑粑进行不断分解成块，而让我们不断尽情食之。

但这分解蒸糕（高）粑粑的过程，并非使用刀切，却只是使用一碗冷水和一根长达一米左右的牢实棉线。其原因则是，使用刀子容易使刀子被那黏度很高的糕（高）粑粑"粘黏"起来。而使用蘸水后的棉线，即那用水浸泡后的棉线，则可相当容易并非常简单利索，将那热烘烘的大蒸糕（高）粑粑，给予一块一块地不断分解与分开。

且在勒索那蒸糕（高）粑粑之时，母亲则是在用手指攒过冷水之后，先是用那根棉线，从其正中将那直径达四五十厘米不等，而高度或者厚度却达到十几厘米的蒸糕（高）粑粑，如给那棉线结疙瘩一般，但又不使那线头相互编入线圈之内，并将其均匀地勒成了两个很大的半圆；然后又在用手指攒过冷水之后，又用那一根棉线，再将那两个很大的半圆形的蒸糕（高）粑粑，均匀地勒成了四个大丫；继而同样是用手攒冷水，并用牙齿咬住那一根棉线头的一端，而另用上左手"端着"那其中的一大丫蒸糕（高）粑粑，以用右手拿着棉线的另一端，再将那一根棉线不断缠绕到那一大丫蒸糕（高）粑粑之上，就将其厚薄均匀达一厘米左右，而把那蒸糕（高）粑粑，一心一意地给予一块一块地勒索下来。

眼看母亲如此这般，一块一块地勒索那蒸糕（高）粑粑，自己则早已是眼馋嘴馋，并更加迫不及待了。

并且，自己吃饱了之后还想再吃，或是生怕吃多了"撑着"，则会约上那些要好的小伙伴们，拉着他们的小手，围着那张祭祀明月用的大桌子，既举头望明月、低头思蒸糕（高）粑粑，又相互前转、反转地绕起圈子，而"月亮——月亮——团——团，火烧——猪圈——房房，'爱'（外）婆——来'邀'（攃、赶）——'狗'（gěi）——'狗'，骑'的'（即：'着'）——花马——走——走！……"地反复唱跳了起来。

八、罐子空了

孩提之时，家中的大人们，经常早早起来就去出工，并于出完"早工"回家后，紧接着做早饭吃。且在吃过早饭之后，又去出工，直至很晚才能回家。但在其外出之后，却不放心将家里的钥匙，交给年幼的自己保管，而是将其直截放到自家"土掌房"的大门顶上的背面，给予隐藏起来。这却让我和小伙伴们，连自己的家都进不了，只好在外四处游荡和闲逛。

可在外自由散漫的时间长了，我那"老肠家"与"老肚家"，却经常因邻里不和打起架来，并在自己体内闹起了饥荒。于是，则一时兴起或急中生智，与自己的小伙伴们一起，相互"加起了马'hēr'"，即下蹲之后，让他人坐到自己的肩膀之上，再站立起来，以使之达到比自己的身高，还要相应更高的高度。亦即相互叠起罗汉，以求得能将可恶的小手，伸到大门顶的后面，并经过一番摸索后，就从那大门顶背面，掏出家中大门的钥匙，直至将大门打开进到家里，再从那土罐中偷捞出酸腌菜出来，相互解馋并不断尽情食之。

但在过了不到半个月的时间，母亲去那罐中捞腌菜来做菜时才自然发觉，腌在罐中的一大罐"洋甘露"（洋姜）腌菜，则早已空落下一大"半儿"。如此结果，按惯例则免不了要遭受一顿臭骂，并还是要用绳子的一端拴着自己的腰杆儿，再用绳子的另一端牢系在堂屋里的那一根"木拉杆"之上，让自己想避也避不开、想跑则跑不掉，又再吃上一顿鲜辣的"条子米线"。

九、队上杀猪

逢年过节时，我们那个生产队上，则不时也有肥猪和瘦牛老马等杀吃。对于年幼的我，其又是一件最为新鲜和快乐之事。并因如此，无论是按户数或家庭人口，自己家自然都会被公平地分到"一点儿"鲜肉食之。

曾有一次，不知是什么美好的日子，生产队上要忙于杀猪了。可又因那猪圈里关着的猪太多，且大多非常凶恶，并动不动乱咬人，让前去"拿猪"，即让前去抓猪宰杀的那些大人也觉得非常的害怕。于是，其中有一位大人，见我在一旁凑热闹，便对我说道："小东西，回家拿榔头去！猪杀了后，多分'点儿'肉给你。"

"哪样榔头？"我一边揣着明白装糊涂反问，一边又"眯斜"，即半睁半闭地用双眼斜视着他。其实，我不是不知这木榔头系何物，只是担心作为大人的他，说话算不算数。

"哪样榔头？你家'捶房子土'用的大木榔头。"见我无动于衷，他又补充说道："小伙子，我说到做到，决不放空炮！"

听他这么一说，我则快速跑回家。去来只是三五分钟，就"吃力"，即很需要出力地扛着家中的那一个大概有十多斤重，并有着长长木柄的大木榔头，一摇一晃从自家三眼井那里，经新箭道和行宫的大门前后，最终将大木榔头送到那位大人手里。于是，那些大人们，就用自己送去的那一个大木榔头，一次次击打在其所要宰杀的大猪们的脑壳上，并将一头头大猪给打晕后，就很快、很方便地把那几头大猪给宰杀掉了。

到了开始分割猪肉给各家各户时，那位让自己送去大木榔头的大人，只是按正常的情况，分给了自家"一点儿"猪肉。其在见自己分到猪肉，还一动不动的样子，才有所醒悟地又割了一团猪肉，扔到我的"提笋"，即当地所产的一种用竹篾所编制的可装提东西的工具里，让我高高兴兴地拎着"提笋"，快速回到了自己的家中。

十、下耗子吃

在苦工分过日子的艰难岁月里，全家人一年到头，在生产队上苦得即挣得不少工分后，却总要按家庭人口的基本口粮和所得工分多少，不断从生产队上，分得一些粮食作物回来。有时则会出现，家中柜子一时装不下，就直接堆放到屋内的墙脚下，并随意用几块木板将之围拦起的情况。

可是，在一个个收获时节的每一个夜晚，那些喜欢将"土掌房"土顶、土墙、土地板当成快乐天堂的老鼠，就会倾巢出动跑到洞外称王称霸了。其不但要偷食一家人劳动的辛苦，却还要让全家人睡觉都不得安宁。

于是，父亲就先用一块厚厚的大油布，将墙角那堆粮食遮盖严实和压紧。并找来一块大石板和几节木棍，再用刀子将木棍砍削之后，又用木棍支撑起石板，且在那木棍之上，紧紧夹上一串谷穗，或者是其他味美芳香的诱饵，以做成那专用于下老鼠的石扣子。

待夜深人静，在那些老鼠误以为全家人都睡熟之际，一旦听到有那石板倒地的"咚"的沉闷声响，家人们就急忙爬起床来，以进行仔细查看。此时，常常发现有那有米不吃糠的老鼠，由于嘴馋或贪食而闯祸，并最终命丧在那一块倒地的大石板之下。

刚开始那几天，由于石扣子支得不太灵活，只是压着一些不大不小而喜欢猖狂或逞能的土耗子。且在其被压死之后，家人就随意将之丢到那积肥的"粪塘"或厕所里。但在父亲对石扣子作了认真改良，并将那香诱饵作了巧妙伪装后，却有一次非常侥幸地压着了一只，如那小兔般大小，并约有一公斤重的大耗子。结果那一只大耗子，却让父亲不舍丢弃而最终成了父亲的下酒菜，以及自己和那比我只小六岁的小侄儿子的盘中餐了。

硕鼠能偷吃我家的粮食，家人则能用香诱饵换其肉食之。尽管火烤老鼠干巴的味道，难比那兔肉香甜滋润和鲜嫩，但在几乎见不到肉星子的年代，其不失为一餐奇妙不错伙食，又哪里管得这人世间，究竟还有没有鼠疫这一档事！

十一、猫见了鱼

日子过到家里刚刚开始有猪可杀时，我那大我将近十岁，在哥姐排行中列为最小的一个哥哥，也像猫见了鱼，假惺惺地说"不要""不要"那样，又闻到窗子边旁，屋梁上所挂着的腊肉等的香味，就垂涎欲滴而变得很不识数了。其经常背着家里其他大人，将那挂在窗子边旁屋梁上的腊肉、香肠、豆腐肠之类的上好东西，悄悄用刀子割下后，就将其不断切了炒而食之。

当然，其也不是只吃独食，却还是要在，让我与之共享的同时，强迫我将嘴角上的油腻，给认真擦拭干净。目的就是为了，在家中的其他大人面前，不暴露任何目标、不留任何痕迹。并且，他还当场捏起拳头，对我进行不断警示，若将此事告之大人，就会让我尝尝他那拳头的滋味。

自己的守口如瓶，则不等于挂于窗前的腊肉、香肠和豆腐肠等，不会慢慢蒸发或渐渐消失减少。父母等人对我进行刑讯逼供，则不能保证，自己不会吞吞吐吐或干净利落，将事情原委及前后经过全盘托出。

其结果可想而知：自己不免要被请吃上一顿"条子米线"，他不免还要挨上一顿臭骂。并且，他还要经常遭受家中大人，对其进行那"做大'不尊'，即不能成为榜样，头顶烂草墩"的思想教化。

十二、"掷小石头"

"掷小石头"，可说是自己不谙世事、不守规矩的行为表现之一。

并且，于相当长的时期里，则成了自己赛过功课学习的一个必修的课题。要么，看到目标就紧紧盯上，又有机会就捡起小石头快速出手，打得中、打不中，也许不当一回事情；要么，路遇规整的小石头就自然捡起，并在捡起之后，就捏在几个手指之间，不断左"瞄"（看）右"瞄"，或不断"翻转"，即上下左右转动着，以认真掂量与仔细察看，借以感觉其重量是否适当，其状态是否为扁平且近乎椭圆或半椭圆形状，而从中估量出，用力将其投出之后，是否能击中目标，以及能将其掷出的距离长短和远近；但有时，则是将小石头，捏在自己的手指之间欣赏与玩耍一番，才去不断搜寻目标，并在发现目标之后，又随心所欲向它掷了过去。总体感觉，只要所捡起的小石头，让自己感到称心如意，则可让其基本达到自己预想之目的。可是如此，则常常会有化险为夷或歪打正着的情况出现。

至于姐姐多次于自己面前提取的，自家的一个家住小河边的远亲，曾被自己用小石头击破过头皮，还让她领着上医院包扎的事实，却是无论自己怎么回忆，也不能将之想起。但却有一些，则是由于自己乱掷大小石子吓着人，或误将其击伤的小事情，至今却还记忆犹新。

曾有一次，不知是为探索自己手头准头，或是自己的哪"股"（条）筋抽筋。于一天中午放学后，刚背着书包走出城关小学后门口，自己就随意捡起一个约有土鸡蛋般大小的石头，向着距离自己约有几十米远的一棵大水泥电杆，用尽全力掷了过去；但在那一个石头，即将抵达那一棵大杆时，则正好有一个平时认识的成年女子，打开在那棵大电杆后面的一道厕所门，而从厕所里走了出来；结果她还算是反应灵敏，在预感到有危险来临时，立即将自己的头颅向左一偏，就让那一个向其飞去的石头，从耳边"嗖"地一下划了过去，并径直击打在那厕所的木门上，而发出了"嘣"的一声闷响；但在她惊恐搜寻袭击过来目标时，自己则胆怯地悄悄躲进城关小学的后门，并从那后门里就逃之夭夭了。

另有一次，则是为显示自己臂力，在老城区的一条深巷的巷头，"瞄瞄"即看看深巷中不见任何行人，就随意从地上捡起一块瓦片，用尽全力，并向着深巷的另一头掷了过去；但在那一块瓦片，即将到达深巷另一头的土墙壁上之时，则恰好有一个来人，从那深巷另一头的转角处走了出来；结果正好让自己所扔掷出的那一块瓦片，击打在其右脸部的胭脂骨上；当自己刚发觉那一个被袭击之人，正是好伙伴三林他妈时，其也发现了是自己将其击伤，而"小死鬼！小死鬼！你整哪样？"地大呼小叫起来；令我害怕得不但不敢前去救助，且还被吓得跑了闪躲起来；最后三林她妈，还是找到了我家，由我大姐领去医院里包扎了伤口，然后我家人向其作了深刻的赔礼道歉，才得以作罢；而自己呢！则是在被家中的大人找到之后，却又免不了一顿臭骂与挨打。

还有一次，却是在自己得知了知识重要，一个人静坐家中"土掌房"房顶上，即那"猪圈房"的房顶上，一边看书、一边以周围景致养眼时，偶然发现自己对面十几米远处，即自家围墙边的"臭菜树"有异常晃动。当即以为是，有一些家鸡在后面"耪土"，即不断用爪子扒土觅食，于是就随手从身旁抓起一个手指头般大小的小石子，向那产生异动的"臭菜树"掷了过去。结果却在突然听到"啊呀！"一声后，又紧接着就听到，有人哭声向着公路的上方渐渐远去。但没隔几分钟，就有一个家住小西门那里，头上还流着血的女孩儿，领着其父亲来向家人告状了。

那一次，虽然家中大人第一次没有"收拾"我，即用棍子打或拳打脚踢，但他们还是将那女孩领去医院里包扎，并向对方家长及本人，做了深刻地赔礼和道歉。自己呢！每逢遇上那一个漂亮女孩儿，并直至双方都成年后，却还是自觉非常面愧。

恰巧有一次，又是在自家的"土掌房"顶上，徜徉看书时。正好有一群小瓦雀，好像未看自己一般，叽叽喳喳飞到自家"土掌房"的房顶旁，即那老龚奶家后园子里的一棵杏子树上歇了下来。结果自己却立刻一手拿着书本，一手躬腰捡起一个小石子，向那一群小瓦雀，用力砸了过去，立即就有一只小瓦雀，被打掉了下来。此番情景，则偶然被自己的一个伙伴现时碰见，让其在忙去捡小瓦雀的同时，硬把自己说成一个神投手！

其实，自己非常明知，那不过是一次碰巧的事。只不过，由于之前自己，经常喜爱扔那小石子，则在刚进入新平一中，并在举行校动会之时，还顺手拿到一个投掷手榴弹比赛的较好名次。

十三、"下小瓦雀"

自己的童年及青少年时代，人们却把那些美丽精灵的"小瓦雀"，即小麻雀，当成"四害"之一残酷对待。其原因是，"小瓦雀"喜欢偷吃人们的粮食，人们则高兴将之撵跑，甚至是取其肉来改善伙食。

傣族聚居之地，经常在稻田里插上一根"达缭"，即用竹篾所编成的一种驱邪用具，以恐吓前来偷食谷子的小瓦雀们；彝族和汉族聚居之地，则采用扎"稻草人"等方式，吓唬那些小瓦雀。并且，还形似或神似"敲（方音读：kāo）簸箕吓雀"，即只能吓雀，不能吓人那般，经常采取满田坝"敲"铜锣转田埂方式，硬是将那些心生胆怯、却还要忙于不断偷食的小瓦雀们，吓得满天飞舞、成群逃窜。

想吃那"瓦雀"之肉，有条件的大人，则不时抬着装满铁沙子与黑火药的火药枪，将那些飞到大树之上聚会的小瓦雀们，一次性打上几十只、甚至上百只；小孩子却只能采取简单的方法方式，用上弹弓和"木楼梯"等工具，从各种树上等处打下，或从大瓦房的瓦片下的缝孔中，偶尔抓获"毛（方音：读 māo）三两只"，即很少的"小瓦雀"出来。虽然，那火烤或油炸"小瓦雀"肉的味道非常脆香，但于爱吃小瓦雀肉的小伙伴而言，若想抓获与打着擅长高飞和逃跑的"小瓦雀"，则很不容易。

自己呢！刚开始时，则是采用木制、铝制甚至是细钢筋所制的各种弹弓，打击小瓦雀。但却因多次付出辛苦，而无任何收获。即便到了成年参加工作，以及之后的 20 世纪 80 年末期，改用了气枪打小瓦雀，但辛苦一天，也只不过能打得那么的几小只。其主要原因，并非自己的手不准，亦即枪法不准，而是到了那个时候，家乡的小瓦雀，则几乎快要绝迹了。

虽然已记忆不起，自己是什么时候、向何人所学，用上两块砖头和几根小竹篾片，就可支成一个扣子，以下到那小瓦雀的方法与方式。但那能将飞得再高、逃得再快的小瓦雀，轻松"下了整吃"的日子，至今却还是能让自己感到很有意思。总体感觉是，那下小瓦雀的方法及方式，可算是比较独到、科学与巧妙。不然的话，怎么可能让自己，在现今又不断看到小瓦雀，于自己的身边驻足觅食，或从身旁走过与飞过之后，尚能将其联想起来呢？

首先，在做下小瓦雀的扣子之前，必须事先找来两块青砖或红砖，且需要做上几个扣子，就应找上相应的多少块砖头。同时，必须将这些砖块，全部搬到那"土掌房"的房顶上，并每隔三四米或四五米远，就将其中的两块砖头，整齐摆放在那里，以备"下小瓦雀"专用。

其次，则要找来一些竹篾备用。一是要将那些找来的竹篾，用刀子削滑成相同的几根，厚约 0.1 厘米，宽约 0.5 厘米，长约 6 厘米左右的竹篾片。并在其一端顶部之下，约 0.2 厘米至 0.3 厘米处，再用刀子浅浅刻上一道凹痕。二是要将找来的竹篾，另削出相同的几根，厚约 0.1 厘米，宽约 0.5 厘米，但长却只须 2 厘米左右的竹篾片。三是要用刀子再削出相同的几根，厚约 0.2 厘米，宽约 0.5 厘米，长约 3 厘米的竹篾片，并从正中再将其均匀破开成两半。如此，几套可用于做成下"小瓦雀"专用扣子的竹篾片，则算制作完成了。

最后，在支摆下小瓦雀的砖扣子时，一定要做到心静、意静，心无旁骛，并力求心到、意到和手到、力到。并且，在"支摆"每一个砖扣子时，于每一个环节都不能出错出乱。不然，则会因"支摆"不稳，让扣子不断倒塌，且要多次白费辛苦，而重复再来。

具体操作支扣子时，要将用于支摆下"小瓦雀"扣子的两块砖头，相互并排挤拢，使之上下左右整齐对齐。

要用左手的各个手指，从两块砖头正中接合部，将其下方的一块砖头，从其横向顶端侧部，让其下端不能移位地轻轻斜上抬起，并在使之呈 45 度左右的斜角后，又用右手捏着斜起砖头的右侧下部，而将左手的各个手指缓缓移动至，斜起砖头横向顶部的中间部位，以捏住那一块斜起的砖头。

要用右手的拇指与食指，将长约 6 厘米的那一根竹篾片，放置在斜起的那一块砖头的横向顶部之下的腹部正中间，并使其顶端与斜起砖头顶面完全持平。即如不完全持平，则可使砖头在倒下之后，被此一根竹篾片，给予"担空"，即担了悬空。且到那时，那倒下的砖头就不能压住前来偷食的小瓦雀了。然后再在用左手拇指按住斜起砖头顶面的基础上，并用左手食指与中指，将其稳稳按贴在那一块斜立起砖头顶面之下的那腹部的正中部位。

再用那右手拇指与食指，捏着那一根长约2厘米的竹篾片，以将其放置于那一根长约6厘米左右的竹篾片的顶端之下部。既用那左手食指与中指侧面，将那一根长约2厘米的竹篾片夹住，而使其顶端紧紧顶在那一根长约6厘米左右的竹篾片顶部下的那一道显浅凹痕处，又用左手食指与中指的正面，稳稳抬住那一根长约6厘米的竹篾片上段，以及那一块斜立起砖头的腹部的正中部。

再移动右手的手指，并以其拇指与食指，捏着那长约有2厘米的竹篾片下端，以将其稳当地抵紧在，其下方那一块平放砖头顶面正中部上端，那一条砖棱子之上。

在不能抖动斜立起的砖头，及其左手手指所夹着、按着的那两根一长一短竹篾片的情况下，再将左手小指紧紧向内弯曲，并将左手无名指用力斜向下端，以紧紧按住，那一根长约6厘米的竹篾片下段。

再改用右手中指与食指，夹着其中一根长约3厘米、宽与厚各约0.25厘米和0.2厘米，并如小火柴棍那么大小的竹篾片，以将其上端顶稳在那长约6厘米的竹篾片的下端，以及那竹篾片下端之上约0.5厘米左右的竹篾片的侧部棱子处。然后又将如小火柴棍子一般，那一根竹篾片的最下端，呈"斜倒'八'字形"中的那一"撇"一般，斜下插稳在那平铺砖头，顶面的中间偏左处。

采用同样方法，再用右手手指，将长有3厘米、宽与厚各约0.25厘米和0.2厘米的另一根竹篾片，又呈"斜倒'八'形"中的那一"捺"一般，既将其顶稳在那长约6厘米的竹篾片下端，又将其斜下插稳在那平铺砖头，顶面的中间偏右处。并使其呈"斜倒'八'字"形的那两根竹篾片，形如人们又开两腿撒尿一般，而将两脚掌横斜蹬在，距离"土掌房"的顶面，最高不超过2厘米、最低不低于1厘米的砖体侧面上。

此时即可相互用上左手拇指、食手、中指及无名指，一边紧紧按着、夹着砖体与各根竹篾片，一边又轻轻移动左手拇指、食手、中指及无名指，并用右手拇指与食指、食指与中指与其紧密配合，以不断调整各根竹篾片之间的受力情况。既使各根竹篾片所承担的各种力量达到完全平衡，又让其所承担砖体的重心达到完全稳定。

并且，在其扣子的受力及重心达到完全平衡与稳定之后，既可轻轻移开双手，而让那下小瓦雀的砖扣子，稳稳当当摆放在那"土掌房"的房顶之上，以缓缓舒上一口暖气；也可用手抓上一些谷子及其米饭等诱饵，而将其轻轻放置于那倾斜砖头之下，同时又用细长的棍子，将其扒入那呈"斜倒'八'形"两根竹篾的正中间。

继之，又去另将那一个个下小瓦雀的砖扣子给以完全支摆好。

如此，只要有"小瓦雀"敢于前来偷食，那放置于呈"斜倒'八'字形"的两根竹篾片的正中间的粮食等诱饵，则就会让它们必须用尽力，并伸长脖子去奋力啄食，或是必须将其头部斜插到那两根竹篾片之下，以用尽全力而不断索取或啄之。如果真是出现此种情景，"小瓦雀"们就非常容易触碰到，这"斜倒'八'字形"之间的任何一根竹篾片，而很快让那块斜立起的砖头倒下，以将其压得五脏俱碎。

此后，也可不时等待和上到那"土掌房"顶上察看，善于偷吃并受了引诱的小瓦雀们，前来"土掌房"顶上的砖扣子里上当受骗了。只不过，在那等待与观察之间，还必须保持一个良好心态。也就是说，既不能操之过急，又不能长时不去理睬。不然的话，前来"砖扣子"里偷食的小瓦雀们，其被压死，并臭在"砖扣子"里，则都根本无法知晓。

自此，自己也几乎每天可从下小瓦雀的砖扣子里，收获到两三只这小瓦雀的胜利果实。

并且，在那时候较好之时，特别是到了雨季或青黄不接之时，被雨水淋湿翅膀的小瓦雀们，往往是又冷、又饥、又饿，就跑到那些砖扣子里避雨或觅食。其也经常是，只要轻轻触碰到那呈"斜倒'八'字形"的其中一根竹篾片，就可一下就让砖头倒下，而将其压了再也喘不过气来。

此时，则也是自己的收获颇丰之时，往往是一天下得，不下六七八只。不需几天，则能将"瓦雀干巴"挂成了一大长串。

另外，对于如何整吃，所收获的小瓦雀，则也是非常简单容易的事。这就是：解剖那受死的小瓦雀时，根本不需要用上任何刀子；只管用自己的右手拇指与食指指甲，就可将那"雀的皮毛"轻易掐开，并将其皮毛，从头到脚干净利落地整块剥落下来；同时再用上自己的两手拇指与食指，就可将其胸部轻易掐了后再行掰开，而很快让那"雀的身体"变为两半身子所连成的雀肉一块；且再用右手拇指与食指取其肠道之后，也不需水洗，就可又在小瓦雀之肉上，擦上盐巴及花椒辣子面等辅料，将其如穿干巴一般，并用那削尖的棍子，给一只只穿了晾晒起来；到时，无论是火烤或是油炸等，其都能成为一道土色土香的美食。

可是却一次，就在自己上自家的"土掌房"顶上察看，是否有"小瓦雀"被压着之时，则恰好远远看到，与自家相邻的一个小伙伴，从他家的"土掌房"上，跳到我家"土掌房"顶，并在拎着我所下到的几只小瓦雀后，就想折头逃跑和离开，则让我追了上去，给逮了个正着。

于是，无论是再好的朋友，他也只好面愧地将手中的小瓦雀递到自己的手中。而我呢！也要名正言顺维护自己那理所应当得到的辛劳收获。

十四、因为合手

二哥是 1970 年或 1971 年左右，初中尚未毕业就直接从学校，去到离县城约三公里的清水河畔，即新平农机厂里当工人的。算起来，他工作那时不过十六七岁，还是一个"小半'截儿'（方音读：'jiěr'）"，即年龄不大，但也不算太小，且非常调皮与可恶的青少年。并且，在他参加工作前后，就有许多上海知青来到家乡农村插队及安家落户。

那时，在他们那些同龄人、或是比他们大上几岁的年轻人当中，曾流行一种名为"'合'（方音：读'huó'）手"的时尚行为方式。这所谓的"合手"，其实一方面是指，相互认识或平时比较友好的两个人，共同商量决定后，以"比划拳脚"即象征性地打架比赛的方式，来分出各自技能和水平的上下；另一方面又是指，无论相识与不相识的两个人，或两伙人相遇之后，如果相互发生口角，或是引起一些不必要的别扭、麻烦及矛盾等，他们就于表面上表现出非常"客气"，即那表面上和气及友好的态度，在双方共同商量决定后，以"格斗"的形式，来分出各方的技能和水平高低。当然，这所谓的格斗，并非真正意义上的决斗，其在很大程度上，则有一半左右点到为止的意思，亦即比点到为止还要用上更多气力，却又不能太过于伤害对方的身体。

倘若是两伙人相遇惹出事端，要么双方互选出一个或几个选手，并以一对一的方式进行拳脚较量，以分出一个胜负；要么双方全体都上，并同样以一对一的方式进行肢体触角，而论上一个输赢。假如一方出现人员多余情况，那些被筛选出来的所谓多余的人员，则只能站在一旁呐喊助威或两眼旁观，却不能加入其中，进行胡搅蛮缠或乱加捣蛋。但无论单打独斗或是群殴，则决不允许使用器械或过分使用暴力，以及用上那狠毒的阴招。倘若在"合手"中真出现此等情况，其就会受到双方人员的臭骂、指责，甚至要遭到众人不断地围打。

并且，在相互进行"合手"之时，只要其中有一方宣布认输，双方就应立即停止"合手"，且还要在相互说上几句好话与进行握手之后，才算不记仇恨而表示言和；但若是有一方暂时宣布认输，且又在暂时认输之后，又表现出很不服气的样子，那么则可在表示暂时言和之后，现时或另行决定，择时、择日重新再战，并再一次重新分出一个胜负。

正因如此，作为当时的二哥他们，也就是本地的地头蛇们，不知是具有排外情绪，或是其他什么原因，则常常相互邀约，去欺负那些到家乡插队落户的上海知青们。并还经常以"合手"名义，去寻找那些上海知青们的岔儿，或是故意去寻衅滋事。

可是，由于二哥他们与上海知青"合手"的次数多了，那就渐渐产生出了许多怨恨出来。曾有一次，二哥他们农机厂里及其县城与县城周边的许多年轻人，就在现今的老城区的中横街那里，并从上到下与从下到上，不守"合手"规矩地不断撵着那些上海知青们乱打。结果有一个上海知青，在被他们"群打"即群殴得实在受不了之时，就拔出了随身携带的刀子，并将那刀子捅进了二哥他们的一个朋友的肚子里。为此，二哥还因此事，躲在家里不敢外出了许多天日。

据传，当时的二哥，在他们农机厂的那帮"小年轻"里，于"合手"方面，还算是小有名气。因为在到自己上初中之后，自己的一位家住新平农机厂旁的同桌，在谈到我的二哥时，还不断夸奖他，并说他当时在农机厂里是何等地风光和体面。

至于二哥是怎样"猴"，亦即本领很大，自己虽不是很知，但在他们热衷"合手"的那个年代，他却利用在农机厂里当"铸工"的优势，悄悄做成翻沙的模子，并用上那公家的铁水，浇铸出了一些大大小小的铁哑铃及"铁杠铃"回来。并且，他一有闲暇工夫，就独自一人在家里拿着那些"硬（方音读：'èn'）骨'乒乓'（方音读：'bīng bāng'）"，亦即意机械僵硬的铁哑铃和"铁杠铃"等而乱翻乱整起来，且还经常"吆五"与"喝（方音：读'huò'）六"，亦即相互起哄、相互助威、相互打闹等，而领着他的那一帮狐朋狗友来到家里，并用上他的那些大大小小的铁哑铃及"铁杠铃"等进行反复操练和比划，以相互增强和共同增加个人能力及其集体实力，同时借以衡量出各个朋友的能量大小与高低。

且有一次，他还直接当着我的面，在小西门之下，即我们生产队的打谷场里，与那家住小西门外，并与他同在农机厂里工作，且据说也还是在农机厂里与他同为一霸的一位好朋友，进行了拳脚方面的切磋，即进行了那所谓的"合手"。相观下来，二哥力量较大，并于体力方面上占优；他的那位朋友，则出手更加灵活，结果却让他多挨了几下；但他的那位朋友，则是在被他打得于受不了之时而立即叫停，这"合手"才算是有了一个完美的收宫。

另有一次，则是在他和他的那帮朋友，一起去到老戏院坡坡之上的那老电院里"偷电影瞧"，即没有买票而混进电影院里看电影之时。当他刚把那电影院的一道大门打开，进入电影院里后，因没注意用手拉着那道有回旋力的大门，就让那道大门反弹了回去，现实就打在了其后面那人的面门上。结果那人却不分青红皂白，也不论那拉门人是谁，就快速迎上，并对着他的脸部就是一拳打了过来，并把他的脸部与腮巴骨，现时就打得快速红肿起来。可当他回首看到，打他的那人，虽不是与他同伙，却与他共在农机厂里工作，且正好是新平的霸主，平时又与他是井水不犯河水之时，他则只好既不服气，又怕打不过那人，而忍气吞声地回到家里。并"'lěr'（方音）着嘴"，即咧着嘴地向家人们诉起了痛苦。

吃了"哑巴亏"，即吃了亏却不能说出或不能进行发泄之后，他为了能在打架与"合手"方面赢得过别人，则常常在对我说上，那"人善被人欺，马善让人骑""打铁还须本身'硬'（方音：读 èn）"等话语的同时，还将他的那些哑铃、杠铃等那些铁家伙、铁制的东西等，全都搬到了自家的"土掌房"的房顶之上，并于一段时间的每天早上，硬是逼着我上到那"土掌房"的房顶上，以教我练功和陪他练功。为此，父母常不断指责他，并说他就会"领头百祟"和"疯三斜四"。即带头做出各种不好之事，或不做任何的正儿八经之事。

刚开始在"土掌房"顶上练功的那几天，他自觉，我也非常勤奋。并且，他还将那弓步、马步、压腿、踢腿、下弯腰等进行"合手"的基本功，向我灌输了一大堆。有时，他还在我的旁边对我进行指指点点的同时，又对我"敲边鼓"，即旁敲侧击地说道："就是要'zhí gē'整了"。亦即按这个、这样、如此等去做了。只要"下下"（"hàhà"）即经常"zhí gē"，即这样坚持下"去"（"kè"），什么'合手'、打架等，则根本都不在话下。"

可是，如此两人一起练功没能坚持多久，他就只是睡在床上，并仅用嘴巴唆使我去房顶上练功了。虽然我当时也心存那"你都不练，'光'叫我练！即只叫自己练"的怨言，但自己却还是在继他之后，而忍耐着那腰酸腿痛与天气寒冷等困苦，又自觉坚持了一段时间。

也从那时起，自己则在从事读书与劳动的间隙，由简单的练习压腿、冲拳、推哑铃、举杠铃等，而发展到了后来的练习"少林五形八法拳""鹤翔桩功""八卦掌""擒敌拳""捕俘拳"等，并断断续续地在自己家的"土掌房"顶上，练功练了许许多多的时日。

且在那一天天的练功之间，于自己印象最深的则是，自家摆放在"土掌房"顶上，那一个用于镇宅的小石狮子，则由在开始时，用双手都很难将之挪动，而变为后来的只需用上一只手，就可捏着那一个有着几十斤市重的小小石狮子的脚，以将其轻易地连续举过自己的头顶好几十次。

但就在这断断续续的练功过程与自己的成长之中，虽然自己从小到大，只是与别人打过几次架，而让双方的身体都受过轻伤，以及还让双方的头和鼻子等部位也淌过血，却是从来没有像二哥他们当时那样，与别人较为友好地"合过手"。只不过，在这"土掌房"的房顶上练功，却自我感觉到，其还是有益于自己的身心健康，并能不断给予自己那勇气和力量的。

可是，就在自己有意识地去找那个小石狮子，而准备将之作为收藏品和把玩的物件之时，却发现那个曾经给自家的"土掌房"起到镇宅作用的小石狮子，则于不知不觉之间，或者是在不知何时何日，就让我的大哥家，用那钢筋给编成笼子，并如神坛上那佛龛里的神像一般，而将其放入铁笼之中，且在他家新盖的水泥平顶房的二楼楼道外，以面向东方地给进行重点保护与长期供奉了起来。

十五、砍柴本事

人的一生，不苦怎么得吃呢？毋庸置疑，"一方水土养一方人"。无论是砍柴、"破柴"与挑柴的本事，还是那其他的生活本领与生存的本能，那一定是由人们自身的努力和所依赖的环境而决定了的。

穷人的孩子早当家，到快上学之时，比自己年龄稍大一点的小伙伴们，则已相继上山去学着砍柴了。其经常是三五成群，相互邀约去到县城附近的山上砍来烧柴。如此就很少有人与我做伴，并让闲居家中的自己，常常感到非常寂寞无聊。于是，自己也不甘落后，便主动请求小伙伴们，让他们在将来去砍柴之时，一定要一同邀约上我。因此，自己在六岁不到之时，便开始上山去学砍柴了。

并且，于自己而言，从初学砍柴的那一天起，则自我感觉到，自己于砍柴本事与技能等方面，则像那从娘胎里挣扎出来后，并呱呱坠地的婴儿一般，可谓是见风就长。

仅说那些砍柴用的工具，既有过由短弯刀到长弯刀，由小斧子到二号斧子，并直至大号斧子的多次更换；也有过由小扁担到大扁担的多次更换或被挑了所折断；还有那所用的绳索，也不知用断了多少根，或由用索子改成了以"皮条"进行挑担等。另有那所砍的木柴，也经常是要穷讲究一番。由"剔"即砍小松树上的细小的潮松枝儿，到"剔"即砍"大松树"上的粗大的潮松枝儿；再由刀砍那伐木所伐倒的干松枝儿，到刀砍那伐木所伐倒的干松尖头的树木本身；并由刀砍那干和潮的松柴，到刀砍那干与潮的栗柴；且又由刀砍不用破开就可生火煮饭的木柴，到非得砍那于斧破开后，才可用于煮饭炒菜的木柴等。其外就是身挑木柴的重量，则也是一年更比一年增多。并有其运输的方式，也由拨弄"11"号车双摆，而转换成了滚轱辘旋转。

其所产生的"快乐符音"与"苦涩旋律"，更是既无法用三弦、四弦等乐器来弹奏，也无法以自己那"沙哑"的歌喉，即没法以那声音低沉而又不清晰的歌喉来进行歌唱。

也可以说，在家乡砍柴挑担这档子事儿，并非完全如一些人想象那样，仅是一项"四肢发达、头脑简单"，只需出上大量憨包力气的活计。其不但需要经受脚手起泡、肩头红肿、腰酸腿痛等种种磨炼与考验，也同样需要反复运用智慧思考、绞尽脑汁，方能将其真正味道，给予不断体验或慢慢嘴嚼出来。这其中需要的本事与自有的苦乐，并非哪一个人天生就会，也绝非那些从来没有砍过柴的人，所能简单想象得到的。

并且，由于自己的家乡，自古就镶嵌在这满山铺满翠绿锦绣，且长有许许多多小树、大树，那横亘彩云之南的哀牢山的群山之中。因此，仅就家乡人砍柴、挑柴来讲，其根本不像一些电影、电视中所呈现的那些砍柴、卖柴人的模样，不用精制"滑刷"，即用推刨推得相当光滑的扁担，只用粗劣"gǎng"（方音）肩头，即那较能刮、刻、伤人肩头的木扛，直接穿插于两捆如"老鸹窝"一般，亦即相当细小又非常凌乱，柴又不像柴、草又不像草的柴火之中，而挑着不到几十市斤重的柴火，就在集市上游荡叫卖的样子，则正如家乡的那些妇女同胞们，拎着那"提箩"，"上街街，买小菜！"那样，干甩、干甩，即一摇、一摇地休闲逛街，那么轻松自然。

不说别的，仅说他们用那"愣头愣脑"，即相当粗糙的长圆筒形木柴或圆木棒棒，作为挑柴之用的扁担，就不可能让人们于真正的挑担挑柴之时，挑到其本人用那可让双肩有较为舒适之感的扁担，所能良好把握和应对自如的重量。

为此，能多砍、多挑一斤，就多砍、多挑一斤；能多砍、多挑一根或一块，则多砍、多挑一根或一块，这就是家乡砍柴、挑柴人的，那一切辛苦的理想与酸辣的愿望。

（一）工欲善其事

并且，于家乡的砍柴人说来，则是明显懂得那"磨刀不误砍柴工"的道理，也能对其加以严肃认真地对待。但在具体操作方面，其也还有着那通用与独有的许多方式方法与讲究。在此需要对家乡砍柴人进行砍柴，做出进一步声明的则是一些，于家乡原有和独有，且于多数外地人和少量当地人所不知，或难以理解的事实，以及方言的词儿。比如：这"扁担'zhèr'"等的那些，与砍柴相关的物品及人事。

1. 挑柴的扁担

先说这挑柴用的扁担，其一般情况则有这么三类或三种：第一类是用当地所产的甜竹、苦竹以及白竹等弹性较好的竹子，并选择其根部质体较厚的竹段，经锯断、刀劈与刮削光滑后，所做成的竹子扁担；第二类则是采用当地山林里富有的黄栗树、白栗树以及"轻干栗树"等牢实树木，同样经锯断、刀劈与刮削光滑后，所做成的"栗树"扁担；第三类则是采用当地山林里所独有，且既弹性较好，又相当牢实可靠的黄桑树树木，同样经锯断、刀劈与刮削光滑后，所做成的"黄桑树"扁担。

就其总体而言：那竹子扁担，虽然其弹性较好，且在用于挑不太重的东西时，比较容易向上弹起或闪动起来，但其却不如那栗树扁担与黄桑树扁担那般能承受重压；那栗树扁担，虽然其质体较硬，且在用于挑较轻或较重的物体时，却不易闪动，但其在受到重压之后，则比竹子扁担更加牢实而不易折断；至于黄桑树扁担，其不担质体较硬，且弹性又非常之好，在人们用之来挑那较重的东西时，其经常是即便被压得非常之弯曲，却还是不易被折断。并且，如是用之来挑那与其本身相适中的重量的东西，其不但能不断地"弹闪"起来，即弹了"闪动"起来，亦即弹了不断一上一下地上下摆动起来，且还能让那挑担之人，倍感精神振奋，自觉一路行走之中，自己正在不断创造或产生出，那一个个全新的动态及其平衡之美感。

另说那竹子扁担，如长期闲置不用，则非常容易受到虫蛀；如长期使用，则又会弹性明显下降，并越来越会变得，形如那上弦月与下弦月一般，中看却不中用。此时，人们则往往在其中段，给其加一个"背弓"，亦即"弓背"，来抵挡那些不断被其迎来送往的重担。并且，这竹子扁担，则是越发使用越发会被人们的汗渍等，不断浸透得黄中带红，且还更加鲜活透亮。

再讲那黄桑树扁担，无论其在刚使用之时，弹性如何之好，质地如何牢靠，色泽如何玄妙鲜黄，则也有一个水满则溢、月满则亏，而不能时时得意的时刻。但有一点则是，只要其不被压断，其则是越发使用就越发能，彰显出那岁月轮换的沧桑之感，并可积极演变得如那彤云一般地奇幻及美观。因此，纵然是到了即将寿终正寝之时，人们也还会念念不忘，其的青春美好和陈酿酒香。不但不忍将它立即抛弃，且还像善待家中的老人一般，以尽心尽力为其在即将折断之处，又重新用上黄桑木、细铜丝等原材料，以给其紧紧扎上一个或两三个"背弓"，来将其寿命给予一再延长。

但那些采用各种栗树所做成的栗树扁担，则是越发使用，越发显得陈旧暗淡。亦即其无论如何都难以体现出，历经肩膀与岁月打磨后，那理所应当具有的神奇造化之美感。只不过，人们为减免重做扁担麻烦，既可将其重新刮削、刨推，以给其增添新鲜的意向；也可在其即将折断之处，临时加上一个"背弓"，而借以让其又得以苟延残喘。

但尽管如此，家乡的人们，也包括本人自己，也还是会在不断地挑柴之中，而将自己的肩头，给予磨得红肿，甚至是像那小黄牛的肩头般，被扁担压磨得长出那"'luō hēr'（方音）肩头"来。即被扁担压磨了红肿得，长高出一个或两个小肉肩头包起来。

至于那"扁担'zhèr'"，则应当系家乡土生的一个方言词汇儿。于自己虽不能用汉字对这"扁担'zhèr'"的"zhèr"字进行准确书写，却也深知这"扁担'zhèr'"的那真实的本意所在。

其原则是：用钻孔的工具，自扁担两顶端以内约四五厘米左右处，各分别打通出一个圆形的孔洞后，继而于与此圆孔相距约四五厘米的距离处，再分别各打通出一个圆孔；接着采用较好的木料，应用上刀子等工具，分别刻削出四棵如插门的门闩一般，并上端直径约有一厘米，整体长度大概有三分多，且还上大下小的小圆锥体形木柱；然后将此四棵小圆锥体形木柱，如钉钉子那样，用斧头及铁锤等工具，分别将其紧紧钉进那在扁担两端所打出的四个圆孔里；最后又将扁担的背面翻起，并将那小圆锥体形木柱的大头一端紧抵在硬物之上，且用斧头及铁锤等工具，再将那露出于扁担背面的四棵小圆锥体形木柱的顶端，分别打紧、打扁而附着在这扁担的背面之上。如此，这扁担的"扁担'zhèr'"，则可算稳妥地镶嵌在那扁担上了。

当然，也有稍微讲究一点的人们，则有时会用上那粗铁丝及其细钢筋来进行代替。更有胜者，则是用上四枚子弹壳，并将其紧紧镶嵌在那扁担的两端上所做成。

其主要作用则是：它能让其牢实挡住那在扁担两端，所系挂着的"绳索扣儿"或"皮'条'（方音读：'tiāo'）扣儿"。并且，其既能使之不易从扁担两头向内滑入，以打破那所挑的木柴等，重物的重心平衡，而让人们在挑着那重物之时倍加受罪；也能使之不易从扁担上向外滑落，让被挑的那重物快速下坠，或让肩上的扁担因受到力的反弹，非常容易打在那挑担之人的身体上。这就是本地方言中常说的，那"'勾担'，即用专于挑水的扁担挑水——两头塌"，一样好处都捞不到的意思。

2. 捆柴的绳索

再说那捆柴的绳索，人们所常见的就有这么三种：其一是"麻索"，那是用当地所产，一种名叫麻树的树皮，经搓揉和相互扭裹后，才得以制成的一种较为牢实的索子；其二是"棕索"，那是用其叶片可用于捆绑粽子的棕"皮"（方音：读pī）树的棕"皮"丝，经搓揉和相互扭裹后，所制成的一种既非常牢实，又防水效果最佳的绳子；其三是"皮条"，它却是用那杀牛时所剥下的牛皮，经晒干与晾干后，用清水对其进行浸泡回软，再用刀子等工具将其切割成条状，又将其内层进行均匀削平，并将其穿入两边都有手柄，那专用牢实木制工具的方孔中，且将其两头拴紧和固定在较高物体上后，还在其内外两层面之上，一边搽抹上生猪油，一边又用两手捏住赶"皮条"专用工具的两端手柄，如那用推刨推木板一般，以不断用力对其进行反复地前推后赶，才能得以将其不断赶了柔软，并再将其晾晒到那油脂深深浸透到牛皮之内后为止，所制成。

当然，除这一般的两种比较牢实的绳索和那"皮条"，可经常用于捆绑木柴外，也还有最不牢靠并非常容易被拉断的草索，以及那采集于山里的牢实树藤，能够临时替代绳索，以用于捆绑木柴。并且，那种多用于抬运石头的铁链子，则也可临时用于对木柴进行捆绑，只是人们在对其使用的过程中，却不是那么方便自如。

况且，于常用的两种绳索及"皮条"来说：那麻绳虽然较牢，却最忌受潮和水"zāo"，即为被水长时渗透与浸泡；那"棕索"同样牢实，且还防水效果最好；那"皮条"最为牢靠，却同样还是忌讳水"zāo"。只是在其受潮时，其又比那"麻索"更显得耐用持久与可靠。家乡的人们，于具体应用之时，则以"棕索"的使用频率最高，并以"皮条"的普遍使用，尽显方便、快捷与牢实之奇效。但对于那化学形成的尼龙绳等索子，则又是随后工业的发展才有的。

3. 挑柴的方式

对家乡汉族而言，其挑柴的方式，则一般有"皮条担"与"狗头担"这两种基本的形式。并且，男子多以"挑皮条担"为主要方式；女子却又多以"挑狗头担"为传统形式。对于山里的彝族妇女，于过去则多采取用背箩背柴背物的方式。此种背柴背物的方式，则更有利于其在准备将那木柴和物品，不断背起来与"歇"即放下去之时，可借助于那倾斜的山体，以将所背的"柴物"等进行较好地停靠。于此，则仅仅多说上一些，为本地汉族、彝族和傣族所习惯，那"皮条担"与"狗头担"这两种挑柴的方式。

所谓的挑"皮条担"，则首先是把那长条形的"皮条"，拉伸摆放在较为平整的地块上；其次将所砍的木柴一根紧接一根，或一块紧接一块，于大头朝上而居中整齐摆放在这长"皮条"之上；再次将"皮条"或绳索末的尖端，横跨过整齐堆起的木柴堆，并把其穿进那长"皮条"最前端的"皮条'kuò'"或绳索之方孔以及绳索扣中后，再将那"皮条"或绳索不断拉紧方孔，并使那堆起的木柴，被其给紧紧捆绑起来；

最后则是将所剩出的"皮条"的末尾部分，按人们所需挑担的合适长短，即按将木柴挑在肩上，两手可自然伸开，并可恰到好处抓住"皮条'kuò'"或绳索扣而所需的长短，以在扁担两端的"扁担'zhèr'"上（之中），各打上一个"皮条扣儿"。此后，人们就可躬身将扁担搭在肩膀之上，以将那所捆起的两捆木柴，挑了挣立起并一路挑着回家了。

但是使用索子时也可直接将绳索结成两个疙瘩，并将其拉到扁担两边的"扁担 zhèr"之中。

但于此所言的"皮条 kuò"与"皮条扣儿"，则分别是家乡的一种特产和一种独特的结绳、系物方式。

其"皮条 kuò"，一般是用当地所产的名为"牛筋'果儿'（方音：读'guó'）树"和黄栗树等牢实树木，经刀子砍削成长七厘米左右、宽约四厘米"团转"，即"左右"后，再用凿子将其中部，凿成一个长约三厘米、宽约二厘米半，并可自如插入或抽出"皮条"的长方形方孔。并且，最终还要将其刻削成，那前尖后齐的小快艇形状。其好处则是，既方便人们将长"皮条"穿入其中，又方便人们在挑木柴之时，能够用两手紧抓着"皮条 kuò"，以对身挑的木柴进行良好地把握与掌控。

此外就是那"皮条扣儿"，其结与系的方法为：首先躬身分别垫起左右两脚的脚尖，并先后分别用上左右大腿的膝盖骨以上部位，再先后分别顶住那扁担的前后半部分的背面，接着又用左手的肘部及其手掌、手指，再分别压住和抓住，所需拴"皮条扣儿"的那扁担前后半部分的扁担正面；然后用右手先后分别将"皮条"或索子的末尾部分的一段，按所需挑担的长短，将其紧紧搭在那扁担两边的"扁担'zhèr'"中间；并在将其向下，以左边扁担按反时针方向，右边扁担按顺时针方向，紧紧绕上一圈，以绕过那扁担下端直立起的皮条后，再将其"皮条"的最末尖端，斜上穿过所压迫在"扁担'zhèr'"中间的那一节"皮条"，并将其穿了拉紧与压紧，而使那所穿的"皮条"变得较为舒展和不易自然松开。如此，两个于"扁担'zhèr'"上端，各伸出一节剩余"皮条"，于"扁担'zhèr'"下端，却又各被结成一个圆锥体形状，并可用于那挑木柴的"皮条扣儿"，则算是得以"结系"成功了。

所谓的挑"狗头担"，其实就是使用两根长长的索子，并将这两根索子的前后两头分别合拢，而各结成一个死结；然后再将其中已结为"两股头"，即两根索子合并成一根索子的那一根索子的前一方，像结"猪蹄扣儿"，即猪越发挣扎，那扣儿就将猪蹄拴得越紧那般，以分别绕成两个交替的大大的比柴堆要大了许多的圆圈后，再使此两个大圆圈的绳索相互交叉起来，以合并成一个大大的圆圈；并在将其套进其中一堆，那已整理和堆了整齐的木柴的前端适当处后，再一边用脚踩、一边用两手将其两边的索子用力拉紧，并一边又用两只小腿将木柴堆的后半部紧紧夹住，以使其不能因前面被拴紧，后边却又散开；紧接着就是又将那同一根索子的另外一端，再如前端那般绕成交替合拢的两圈后，又将其套进那前端已拴好的木柴堆末端的适当位置处，而再经脚踩手拉，同时用力，从两边分别将其索子不断拉紧；随后，则采用同样方法，再将另一堆已堆好的木柴，如前一堆那般给予完全拴紧拴牢；之后，就可将已经捆好的那两小堆的木柴，所余出的各两边的索子，分别从木柴的前后端，拉扯到其木柴的正中部高处，并根据所需挑担的适当高度，将每捆木柴上端的两根索子合拢，以各结成一个活结后，再分别将其挂到或套在那扁担两端的"扁担'zhèr'"中间；最后，则可躬身将扁担搭在肩膀上，并将这"狗头担"，给予挑了挣扎起来，且如那挑着两只四脚朝天的死狗一般，以不断行走或行进起来了。

其实，挑"皮挑担"最大的好处却是，无论是将木柴捆起或解开却都非常方便，且在将它挑了走起路时，则能够比较跑得起来，亦即能走得飞快；但其最大的不足则是，在将自己挑之柴，歇了放下之后，稍不留意就很容易让其自然散开，并不断产生须得重新堆好，而又要继续拴紧的麻烦。另外，若是如此挑着柴在密林里闯荡，那所挑之木柴则又会，被那些"枝枝、杈杈"，绊了挂得张牙舞爪，可它却又是，较为适合男人风格的一种独特的挑柴方式。

至于那挑"狗头担"的最大好处则是，无论是将木柴挑起或是放下，其都是难以自然散开，并因其被挑起以后，不断受到重力作用，自然会被捆得越来越紧；但其最大的不足是，在将那木柴挑起后，只要稍稍走快一点，那所挑的"两只死狗"，则会坠得那所挑之人与其一起共同摆动与摇晃起来。因此，一起挑柴的小伙伴们，在见了那些小女孩们，挑着"狗头担"，而快步走起路来的样子时，则往往会用手指着而笑话她们："'球'（看），那些'小骚 liēr'"，即小骚货，"比拐'慢三娘'（'娘'读：'niāng'）"，即比扭秧歌、崴花灯等还要难瞧。

当然，在挑柴、捆柴之时，既需认真估量、掂量，肩挑的两边木柴的重量，又需仔细把握好所捆木柴的平衡关。若将木柴捆得一头轻、一头重，那在将木柴挑起行走之后，则会出现"'wǒ'头"的现象。亦即在挑着木柴时，需要一手用力提着较重的那一捆木柴的绳索，另一手又用力压着较轻的那一捆柴的上端的扁担。若是将木柴中心与重心结合得不好，则又会出现那"抬头"和"勾头"的现象。这"抬头"的现象，则是柴捆的前端高高向上翘起，在挑着木柴时需得用手提着这柴捆的后端，或是用手按着木柴的顶端。那"勾头"的现象，又是柴捆的前端过分向下倾斜，在挑着木柴时，不但需要用手用力压着那柴捆后端，而且还常常出现，让身挑之木柴拦绊着自己挑柴走路的症状。并且，一旦出现此等情况，如是在那开阔平坦之地，则比较容易立刻歇下肩上的柴捆，以对那所挑的木柴及所用的绳索进行调整；如是在那连柴也歇不稳的陡坡或草深林密之地，则只能再咬牙坚持一阵，并在到了较好歇下木柴之处，才可将木柴歇下，以对那木柴及绳索等进行不断调整。不然，则会出现那越发调整，而越加凌乱的状况。

此三种现象，家乡的人们，则常常称之为：挑"'wǒ'头担""抬头担"及"勾头担"。其不但能让所挑担之人倍感脚痛腰酸，也能给那所挑担之人，制造出许多麻烦，并难以让人找到那份滋生幸福快乐的快感。

只不过，自己始终觉得，家乡人们那咬紧牙关、目视前方而肩挑柴捆，并双手紧紧抓住扁担两边柴捆之上，那绳索扣儿及"皮条 kuò"儿，以一步一步艰难向前移动脚步的样子，则正好独特体现出了，家乡人那吃苦耐劳的对待生活的方式。其恰如那一个，既表形象、又表其意的"奔"字儿。是呀！一个人只有肩负重担，不断艰难与勇敢地前闯，才会有那充满希望的"奔头儿"！

（二）自己那砍柴的活儿

刚开始学着砍柴那时，自己则是经常于每天放学后、或是星期天，尾随小伙伴们，腰"bí""弯刀"，即往身腰后的裤带中插入砍刀，肩扛扁担和绳索，去到距县城约三四公里或四五公里的小横山、大横山、老五山、"bēi tiēr"（注：系一个地名）瓦厂之上，亦即后来那武装部打靶场的上方，及其当时的炸药厂附近和炸药厂之上的三七山等山上，并爬上那些直径仅有十几厘米粗的小松树，以用上随身携带的弯刀，接连剔下一些或砍下一些，只有成人的两倍手老拇指般粗的"小潮松枝儿"，即那细小的潮湿的"松'枝儿'（方音读：'zhēr'）"。

并在将树上的松枝儿，剔了下地之后，又再用弯刀将其按那一般约有一米左右长的常规柴节儿不断砍断。亦即按家乡过去所使用的，灶堂之下无通风口可以通风的土"鸡窝灶"，或后来改进的灶堂之下有洞口可以通风的"风炉灶"，那刚好适合燃烧的柴节儿进行砍断。然后就是再用绳索或"皮条"，将其按"挑皮条担"或"挑狗头担"的方式，捆成两个圆圆的小捆。

另外再将捆柴时预留出或剩余出的绳索及"皮条"的一头，分别按所需挑担的长短，要么结成死结，要么系成活扣，要么系成"皮条扣儿"，直接挂在或系拴在扁担两端的"扁担'zhèr'"上。先以"挑狗头担"方式，后以"挑皮条担"的形式，且一天挑上一挑，并有着二十多市斤、三十多市斤、四十多市斤不等的潮松枝儿，一路不时放下或用肩头挑起"柴捆"，不断歇上几个"尖儿"，即休息上几次，就可没鞋子穿地"打着赤脚"走下山坡，并反复脚踩着泥土公路上，那些细小的沙子与石子，才一摇一拐地慢慢将它挑了回到家中。

特别是到上小学之时，自己则几乎于每天放学后，都要上山去"剔上"，即砍上一小挑"小"即细小的"潮"湿的松枝儿，而"挑"即担着回家，并将其一挑、接一挑堆放在，自家那比"土掌房"正房，还要低矮一些的"猪圈房"的房顶之上。目的就是为了让所砍回家的潮松枝儿能被快速晾晒干透后，即可在家中的锅洞里，不断燃烧起热情的火焰。并且，每逢到了暑寒两个假期，即学校放暑假与寒假之时，更是几乎天天都要上山砍柴回家。这也让家中那靠"直力顶起"千钧而支撑起来的"猪圈房"的房顶，不久就被变成了一块堆放自己所砍的那小松枝柴的重要场地。

如此结果，既让自己有了一份劳动光荣的自豪感与使命感，也因自己受到邻里的经常夸奖，又让父母对自己更加地放心和感到心宽。

但在如此过去了两年多后，即到了家里给自己建盖"土掌房"那时，自己却已经能够从县城附近的山上，一天就砍上或挑上一挑，共有四五十市斤左右重的潮湿的"松枝儿"木柴回家了。倘若是距离较短的话，即仅有几百米的距离，自己则可一挑就挑到六七十市斤的重量。这就像家人在给自己建盖那"土掌房"之时，自己却因受到姐姐欲给自己银子钱的鼓励，硬是一挑就挑上了六个大概有着六十多市斤重的"土墼"，并于一天下午就挑上了一百几十个，而堆成了方方正正的那么"一小码"，即一小堆。

此后，自己尾随小伙伴们，又经常上到离城约有五六公里，或是六、七公里的老文笔的山上，去"砍上"一些被人们伐木而砍成木材之后，所遗弃下来的、已经干透了的，并约有大碗口般粗的松尖头，以及那松尖头上的约有手腕或手臂般粗的"干松枝儿"柴了。而那些已经干透并"走心"了的松尖头及其干松枝儿，即干透得其内里已变为部分柴色或全部紫色的松尖头及其干松枝，在被自己和小伙伴们砍了挑到家里后，就可让家中的大人们，用上斧子以将那较粗的松尖头给予破开，并与那些干松枝柴一起，就可直接放到锅洞里，且让其由小火燃成大火了。

如此砍柴坚持了一年多后，自己和小伙伴们，则道听途说地听说了，玉溪人在当时家乡所烧（办）的小土碗儿厂与那修建社所烧（办）的砖瓦厂里，正在收购大量的木柴，以用于烧制出家常用的砖瓦块及其坛坛罐罐等。于是，大伙就不顾有无人看山，你学我、我学你，人做亦做地成"一窝蜂"，亦即如群蜂般一拥而上，以上到那离这两个厂的不远之处，即两厂上方的那大小横山之上，乱砍滥伐起那些"密麻见杆"，亦即几乎密不透光的松树林里的，那一棵棵，且一棵约有碗口般粗的小松树。

并且，其他的人则往往是，一人一天三四挑，甚至是四五挑，并砍了、挑了而卖给了那两个厂。于当时年龄相对较小的我呢！则是先用弯刀，将一棵棵小松砍倒；再用弯刀，将其按常规的柴节砍断；又按那两个厂所需的要求，另用弯刀将那些直得不能再直的"松柴节"轻松破开；并最后用上索子扁担，这两种简单得不能再简单的工具，就一天三四挑，一挑八九十市斤，且一天接一天，以不断砍了、挑了而卖给了那两个厂。如此一天天下来，自己则可于每天收到那约有三四元不等的人民币了。

但如此美妙的时刻，却没隔上多少时日，那两座山上的茂密的松树林，则几乎全被我等这些小人和大人们，而给予砍成了一个精光。以至于时隔四十多年后，在那两座山上，才重新长出了那么多多，即许许多多的松树。并还让人们在其中已被砍光，而后来则变成了玉米地的小横山上，又改种出了许许多多的桃梨果子之树。

差不多，又过了一年多吧！自己那经常出外，并为单位采购物资的大姐夫，则从外地顺带远购了一把式样与当地所产土斧区别明显，即比那成人"用斧"（所使用的斧子）小了和轻了将近一半，并还小巧玲珑的"小洋板斧"回来。并且很快，他就心灵手巧地用上了一根外观性情直爽，内里则质地细腻的"牛筋果树"树木，而给那把"小洋板斧"，合情合理地配上了一根，既为椭圆形的长条形状，又相当让人可以良好把握的斧柄，以赠送给自己于砍柴之时使用。在当时却让自己喜欢得爱不释手，并让其从此开始，就成了自己的美好伴侣，且一陪就陪伴了自己好些的年月。

"新挖的茅厕三日香"，刚开始用上那把小斧子上山砍柴时，自己在山上则不时会兴奋得"一把斧子两块柴，婆娘跟着汉子来！"，"一把斧子两块柴，婆娘跟着汉子来！"，并常常不断"乱七八糟"，而借以多次重复地叫唤了起来。可是，再好东西用久了，则也会让人心生出"一丝丝"的厌烦情绪。因此，在一些天地暗淡的日子里，每当自己扛着那把小小的"斧子"，以及"皮条"、扁担上山砍柴之时，则往往会在爬坡爬到，那被人们反复脚踩得，且又让雨水冲刷得相当光滑，而一不小心就容易让人"掼倒"，即跌跤的山坡路面上之后，自己却往往一边爬坡，一边又反复用上手里的那把小斧子，去不断砍破那些身前、身旁的土地。并还于嘴里"又如磨斧，不如'zhuǎ'土！"，"又如磨斧，不如'zhuǎ'土！"，即为那如果真是要用手进行磨斧，还不如用手把斧子拿了破（砍）土！以不停地叫唤起，那令自己无聊，也令旁人心烦的顺口溜。

此时此刻，偶尔就会惹得身后，那与自己同去砍柴的女孩子，对自己说起："不'烂烦'抬们，拿来给我'跟'你抬！"即为那："你不愿意扛，就拿过来让我给你扛！"的话语出来。而自己呢！却又"巴不得"她，即非常希望她能够如此。于是，就对她说道："你'跟'我抬可以，到那砍柴处以后，我就破'白块柴'，即用斧头将那圆筒形的木柴破开后，所重新形成并有着白色一面或两面的木柴给你挑。"但那女孩听了，则又"巴不得"如此，却反而"样都不出气"，即暗自高兴，而默不作声了。

自此以后，亦即从那一次大姐夫，让自己学着"掌"，即驾驭了手推车，以拉了准备用于拆旧建新自家的"土掌房"的木拉杆回家之后，自己则渐渐改成了，于星期天或节假日的早上，一大早就起来，并早早炒过、吃过早饭后，且每次包上一盒冷饭，要么独自一人，要么约上一两个与自己要好的同学与伙伴，就一起推着自家的手推车，去到离县城较远，即那"马鬃岭"之上的"光头山"脚、"望城坡"斜对面的"'牤'（音）子大坟""望城坡"里边的大"大黑箐""公鸡坡"之上的"大垭口"，以及"滴水箐""火头田"等大山上或大山里，以把所"需砍获"，即需要砍了收获的木柴，砍了拉回到城里后，或者备用于自家烧火煮饭，或者在保证家里暂时够烧的前提下，又将其拉去卖到那些专门出售饭菜和米线等给众人所吃的国营饭店，以及其他集体所开的那些馆子铺里。

并经常沿着进山的土公路，将手推车推到距家六七公里或七八公里，甚至是十几公里的大山上或大山里，且在把手推车推到距离砍柴地不远之处时，则又把手推车推到泥土公路旁的一些树木之下，以及那乱草丛里，而用上树枝、树叶等进行简单盖好；然后再将那所包着冷饭的

"竹篾饭盒",存放到那阴凉的较高之处隐藏起来;接着就是肩扛斧子及"皮条"、扁担,再上到或下到附近一两公里或两三公里的山上或山下,以将那所"需获砍"的木柴砍好、破好,并一挑一挑地挑到那手推车旁;最后又把那些"所砍获"的木柴,一根接一根、一块接一块地整齐放在小推车上,以将其不断装好和捆好,且于吃过那所包的冷饭之后,就用手推车拉着木柴回家。此后,则要么将所拉回来的木柴,用于自家燃烧;要么就直接拉去那馆子铺里卖掉。

其一天则经常是,要拉上至少两挑、甚至三四挑的木柴回家。并在到了自己刚上高中不久,自己就可独自一人从大山上或大山里,砍上、挑了和拉着三四挑、并约有三四百市斤的木柴回到家中。因此,那时与自己同去砍柴的同学与朋友,则往往会对自己说上一些,如"勤汉砍三挑,懒汉砍两挑"等,那不是夸奖却又是夸奖的话语。当然,有时自己于山上"忙不得"即没时间破时,也会直接在将那些木柴筒子砍了挑了并装车后,而用手推拉到家中,以"另抽"即重新找时间用那斧子,将其不断破开。反正是,在自己上到高中之后,却早已将那一把"小洋板斧"束之高阁,并改成用那成年伐木工人专用的"大洋板斧"了。

曾记得在自己学会用那手推车,砍柴拉柴的日子里,即应当是自己刚有十三四岁之时的一天或一次,在自己领着两个过去从未领过的同街人,一起推着自家的手推车,去到那让人的小腿,可以在马鬃岭的陡坡之上,"弹起三弦"的那马鬃岭的高山上,砍那手推柴时,令自己不曾想到的却是,他俩则是比自己还要能挑与好强。并在自己将三人所砍之柴,全都装到那手推车上后,那些木柴就将自家手推车的轮胎给压扁了许多。

并且,在自己准备"掌着"即驾驶手推车,下那"红抱垴"之下的一条非常之陡的陡坡之前,自己就非常清楚无误地提醒他俩,在自己拉着手推车下那陡坡之时,一定要在车后用双手紧紧拉住车上那捆绑木柴的索子,并还要用双脚紧紧踩在,那手推车之后于装车前现实自制的木刹车上,而以此来减缓那手推车下坡时的速度。

可到了真正下那一条陡坡之时,他俩却没把自己所说的话,当作一回事儿,并让自己如马拉车一般,所"掌着"的那手推车,在那一条陡坡之上快速冲动起来。但尽管当时自己如何用尽全力，以将那手推车的木拉手向上抬起，而让那手推车的木刹车紧擦于地，却还是不能将手推车的速度减缓下来。

结果当那手推车，快速冲到陡坡上的一个左急转弯之处时，则因自己的脚底一时被滑，而让自己现时失控，并无法对那手推车进行良好把握，且还令自己即将要快速滑跌倒于地。好在当时自己，反应还算灵敏，并于那即将倒地的同时，则干脆一边用双手和整个身体，用力按下和压下那手推车的木拉杆，一边又顺势向下扑倒，并用双手紧紧抱住自己的头颅。

此刻，才让那装满木柴，并快速前倾和下冲的手推车及其两个车轮，在从自己的身体旁两边滚过之后，又反转而翻了反罩于，离自己才有四五米，即那一条陡坡之上的那一个弯道之外。

自己呢！于跌倒爬起之后，除了一身全是黄灰，就是在那两只手的手臂和两只脚的两个膝盖，以及那身体的腰杆之上，被那地上的泥土和前倾后的手推车的木刹车，给轻轻留下了五小块伤疤或者伤痕。

原本出现此等情况，于家乡的风俗和习惯，则是要告知家中老人，并让家中老人，用手掌不断轻轻拍打着他的后背和肩膀，于口里又反复念叨着那"'mēi mēi'即小娃娃，宝贝，跌倒们，爬起来！吓'的'们，爬起来！即吓着们，爬起来！……"等话语，而将他那似乎已经失去的魂魄给重新叫喊回来。可是当时的自己，则是在将那些木柴重新装车，并用手推车又拉了回家之后，却在家中的大人面前，一如既往地表现出那"平安无事"的状态，并对那刚发生不久的危险及受伤，却一样都不肯吭声。

其外就是，在我们拉着木柴，去卖给那些开馆子铺的单位时，却不时故意将自己的木柴块，在那"板秤"，即平板秤上对其给予高高地"堆尖"，即高高地堆尖起来后，并在那称秤之人，稍不留意，或正忙于应对别人，以及准备去看那"秤花"等时，则偶尔悄悄轻轻用上自己的手指或脚尖，以按在或踩在那些木柴以及那平板秤之上，而给自己所砍的木柴，适当添加上一点点的重量，以此证明自己也不算太笨或者太憨。

　　至于自己在成长过程之中，如何让手里的弯刀变成小斧子；并由那小斧子，再变成大斧子；且既能用"斧"（斧子、斧头）"砍柴"，又能用"斧""破柴"，却还能给那外观看似笔直，内里则是绕来、绕去的木柴进行"抽丝剥茧"；也能于短距离内，挑上或背上两百多市斤的木柴或大米等，则都是一个个已经过去许久，而不值再提了话题。

停泊的港湾远行的航船

　　人把小时过，史从古时来。而这低矮与粗劣的"土掌房"，则自然成为了自己那停泊的港湾与远行航船。

　　并且，在自己不断从那冬暖夏凉，并如春天般温暖的"土掌房"里，走出走进家门，进进出出山里，爬上爬下高山，走上走下山坡，并将那地处高山小盆地的家乡，及其"周围团转"的一个个高山山峦，给予不断攻克，或不断习惯了，那山上的一条条山路，一条条山溪，一棵棵树木、一丛丛山草、"一蓬蓬"（相当大的一簇簇）的荆棘，一道道坎坷之后，则切身感觉得到，自己小时那早已变得发黄、发霉的砍柴、"破柴"及其挑柴与拉柴的等破事儿，则如那过世已经两年多的母亲，在其过往的岁月里，所经常推磨磨豆腐卖，以供我上学那般，其总是希望自己有朝一日，能够山重水复如她所盼，让那所推的石磨，一圈圈、一天天"时（石）来运转"。

　　幸好是当日子轮回与旋转到，自己1984年参加工作，1989年与女朋友结成连理，让女朋友最终变成自己媳妇之后，而当她见到自己，于1991年初去"他拉村"下乡工作期间，花了整整100元钱，即花了当时比自己一个月的工资还要多上一些的人民币，以请人从"他拉村"的"山苏箐"伐木地远道砍了、拾了、抬了，且用东风车满满地拉了一大东风车，那长达五六米、六七八米不等，粗达10多厘米至四五十厘米，并干潮相混、而又粗又长的木柴回到家后，仅用两天半的时间，就拿着家里的那一把"大号"，即比一号还大的大斧子，以将其全部砍断与完全破开成为燃柴，且还在自家那"土掌房"屋檐下，最终给予全部"码好""堆好"，即堆起来的架势，也曾让其于心里暗自感慨："嫁给如此男人，即使将来不当干部，只做农民吃饭，其小两口子，也同样能够过上，那幸福美满的小日子。"

但让自己不曾想到的却是，于当时辛辛苦苦所砍、所破的那么一大堆木柴，却在自家不久改用"液化灶"与"液化气"燃烧之后，就不能再为自己的那个小家庭，做出相应的奉献与服务了。此刻，就有已和我分了家的哥哥认为"此柴""划得来"，而愿出上150元钱的人民币，与自己进行购买。但结果却让父母，没隔多少时日，就按自己的意愿，并以近500元的价钱，将其统统卖给一个靠"蒸卷粉"与"榨米线"卖，来长期维持生计的人家。

为此，却让自己深有感触：这所付出的一点点辛苦，则也能让自己成就一些如意的事儿。比如：可以将其积攒下来，以买上一个当时刚刚流行上市的18英寸至21英寸的彩色电视。

尽管如此，自从那山外山内、山上山下，涌动起了改革开放之风后，在家乡新平，无论是哪个城镇还是乡村，那新盖"土掌房"的人家，则已显得越来越少。特别是又经过一些年月的时过境迁之后，那新盖"土掌房"的现象，更是几乎为零。还有那些已经陈旧的老"土掌房"，则也是一大片一大片，或一个村一个村地被就地销毁，或者是被给予搬迁以进行重建。现今所存留的，则也大多是为了免去那防水漏雨、以及那检修的烦恼，而在其一块块的屋顶上，如贴那狗皮膏药一般，被人们给贴上了一层一层用那石棉瓦所进行掩盖的外衣。并且，其还一所一所，或一幢一幢地日显孤独，在历史风雨中变得摇摇欲坠。现今取而代之的，则全部是用那坚固牢实的钢筋水泥建筑，且又用清洁卫生进行美丽装修的一个个全新的结合体。

那自家大哥于20世纪70年代中期，所建盖起的"土掌房"子，则于20世纪90年代末期，被其拆旧建新，以建成了"两楼一底"，即两层楼房再加一个底层的水泥平顶房。其所建筑的面积，则比原有的"土掌房"子，增加了几乎一倍半左右。其房屋的功能，则更显细化多样，并让其家人居住起来，更加感到舒服与心宽。

二哥呢！则是初为超前、后为落后，并于20世纪80年末期，就将其在20世纪70年代中期，所建盖起的"土掌房"进行拆旧，并建成了现今仍还在沿用的，那"一楼一底"的瓦顶及其砖混结构的房屋。现如今，它虽然稍微显得陈旧一些，但其建筑面积与舒适程度，却还是能让他居于其中，仍感绰绰有余和住得安逸。

至于自己，于成了公家人后，则是居无定所，并在公家那清堂瓦舍的大四合院里，以及那一套套的钢混结构的水泥平顶房里，一住就居住了许多年月。

直到20世纪90年代末期，自己方才听从家人那"金窝、银窝，不如自己的茅厕窝！"的话语，像小时于水田边"练老约马'liēr'"，即用大雄性蜻蜓，去勾引大雌性蜻蜓，或将那大雌性蜻蜓的生殖器部位巧妙掩饰后，又用其去引诱同性的大蜻蜓一般，于田间"刚转、刚转"，即转过来、转过去地转上一番或绕上一圈圈之后，就"水打烂皮柴，'kèkē'（去去）又回来"（注：此语为小时练"老约马liēr"时，于口里所经常念叨的顺口溜。并有叫唤"老约马liēr"，去了前方之后，则还要转折回来之意），以回到了老家的三眼井那里，则将那家人于20世纪70年代初期，为自己所建盖的"土掌房"，给予完全掀翻了事。继而在原有的土地上，又重新建盖起了一幢白色瓷墙、红色瓦顶、占地约有两百平方米左右、建筑面积有三百多平方米、一共有"两楼一底"，还镶有石墩形外墙、装有铁格栅栏以及围栏之内设有栽花之地的独体别墅。并且，其让自家人沿用至今，却仍感其尚未过时落后。

断言家乡的"土掌房"，则如山岗上的云卷云舒，当中自有的奇幻与美感，可惜即将飘过高高山梁，而躲藏到那青山的后方。尽管其也能令人望眼欲穿，则还是不能让其在原地踏步，而将那飘移前行的步伐，哪怕是暂时地阻挡，以让人们能够再次多加欣赏一番。这其中的味道，如用"酸甜苦辣与咸麻"，所"混煎"、即混合煎出的一块大粑粑，无论从哪一个边缘下口，总觉得其都不是一个滋味。

是啊！木材可以用钢筋替代，水泥可以不断代替石头，时代也可以不断更换。自己呢！则如那家乡的"土掌房"一般，不说能成为一道消逝或即将消逝的风景，则也可变幻成一粒迎风歌舞的尘埃，自然而然离开人们的视线，而根本不能让人听到，其尘埃落定后，那孱弱得极其微不足道的声响。

但于此时、此刻，或此时、此地，于自己心中则激动涌起，于自己耳畔又恰巧回荡和飘过，20世纪80年代初期，自己正年轻时，曾风行于祖国山河大地那一曲，《年轻的朋友来相会》的歌儿……

为泥鳅黄鳝报仇

人的一生往往和缘分紧密相联，有了缘则有了美丽的初始、良好的开端，有了分就找到驶往终点的驿站和收获甜美果实的良方。仅有缘，则只能将之怀揣在记忆的收藏夹里，既有缘又有分，那就是上对了车、坐对了位、进对了站，并可高枕无忧、坐享天伦之乐了。所以，为人要多行善事、积德阴功，方能让美好的姻缘不至与自己擦肩而过。

（一）结缘

不知何时，老家三眼井那里，就有了一个"官园子"。它不仅是大人种菜的地方，也是小朋友经常出入和玩乐的场所。小时自己对"官园子"的理解，则是"关着门的园子"的意思，把它叫成"官园子"却是长大以后的事。过去因整个园子都被刺篾巴和"圆井杆"，即一种带刺含浆的植物圈围着，并仅有一两道小栅门供人们出入，所以自己就把它想象成"关园子"了。后来听说自家所在地，于一百几十年前，却是一个当兵人的驻扎之地，这一个园子又是那时的当兵人的种菜之所，因此自己才联想到有兵就有官，最终将之称为"官园子"的。

虽然自己不能想象古时的"官园子"，究竟是什么样子；虽然现在的"官园子"那里，已经面目全非，变成车来人往的河流。但小时对"官园子"的记忆，却深深蕴藏在心海里。

　　曾经的"官园子"里，有着上下两个很大的用青石垒就的池塘。在这两个池塘里，都种着许多叶子高高的"芄瓜"，亦即一种既可生吃，也可熟吃的菜肴；池塘的外围，却种着各种各样的蔬菜。但人们为收获蔬菜，则经常从这两个池塘里取水。也许由于这两个池塘，上有源头活水流入，池塘之内又有人长期取水给菜苗浇灌粪便，并有小孩子经常在池塘里放牧鸭鹅等原因，使得这两个池塘里的水既臭又肥。当人们在给这两个池塘"掏塘子"时，即将池塘里的水弄干涸后，以清除其中的淤泥时，也常常发现，从这两个塘子里所掏出的黄鳝、泥鳅和螺蛳，是出奇的粗大。

　　由于当时嘴馋，我们则经常在放牧鸭鹅的同时，爬到这两个池塘的边缘，要么从池塘的淤泥中抠出"芄瓜"洗了生吃，要么摸上一些螺丝，拿回家让大人加工后用以当菜、下饭。

　　曾有一次，正当自己爬在园子的下部，那个大池塘的边缘，一心一

作者：新宇　于2017年5月

· 155 ·

意地伸手去石洞里摸螺蛳时，不知是被石洞里的什么东西给突然咬了一口。虽然当时感觉不是很疼，但却以为被水蛇咬了，直吓得不断哭喊起来。

有大人闻声赶来询问，自己就一边哭泣、一边一五一十，向其诉说事情的缘由和经过。但那位大人在听了自己的讲述后，却二话没说，就按自己所指的位置，如自己一般俯身爬在池塘边缘，并用双手轮换着往石洞里不断触摸。看他那费劲往石洞里触摸的样子，自己还以为真的就是水蛇，而止住了哭泣，并定睛观看其所触摸的结果。

只见他在水里摸了一阵后，却突然一只手用力往池塘外甩，直把自己吓得躲闪到一边。待人们围拢进行观看，却发现那被他从池塘里甩出，并在菜地边缘活蹦乱跳的东西，原来是一条又粗又长，且至少有一市斤多的黄鳝，人们见了，都有些愕然。

有人说："这哪里是黄鳝，分明是一条化骨龙。吃不得，吃了会死人的。"

又有人说："它是'黄鳝官儿'。"并且，那人还用手指着其身上说道："看它身上有三道花纹，和老虎眉心上的'王'字非常相似，也是'王'者标志。哪来什么化骨龙？"

另有人说："这根本就是一条黄鳝，无非是塘子里的水太肥，其又多年未被人们捉到，才会长得这么粗大。"继而，那人又对自己说道："'五月冬五'，即五月端阳节刚过，正是黄鳝产卵期，你去惹它，它当然要咬你了。"

人们激烈争论时，那位捉到黄鳝的人，却一声不吭地拎着那一条黄鳝走了。大家见了，则在背后悄悄议论："你们瞧瞧，那才是真正的'黄鳝官儿'呢！这么大的黄鳝，也能'抠'（方音读：'ōu'）得出来。"

这之后，有他家隔壁的小朋友告诉自己，那一条黄鳝真的被他拿回家后就宰杀煮吃了。并且，自己再一次见到他后，看到他依然身体健康的样子，也知道他吃了那一条黄鳝后，并没有出现意外。但自此以后，自己对黄鳝却始终心存余悸，以致到如今也未能学会，从黄鳝洞里"抠"出黄鳝的本领。

（二）"钓黄鳝"

人的胆量不仅是天生的，也是后天练出来的。由于生性顽劣，自己对黄鳝则由开始时的惧怕，渐渐转变成后来的热爱。并在小学快毕业和上初中后的一段时间里，与玩伴们一起学起了"钓黄鳝"。

要"钓黄鳝"，却免不了要制作出"钓黄鳝"用的"黄鳝钩"。于是，我们找来废弃的汽车轮胎，并用明火将轮胎上的胶皮烧尽，使轮胎里的钢丝露出，在其冷却之后，又用刀子削去未燃尽的胶皮，以取出轮胎内的钢丝；然后再用钳子，将一圈圈的钢丝剪断成每节长四五十厘米左右，并用小铁锤不断敲打钢丝一端，以使钢丝的一端变得既尖锐又有棱角；继而将钢丝的有棱有角的一端，放到青石之上将其磨制锋利，并用"钢火"较好的铁宰子，在尖锐锋利的钢丝一端，宰出一个俗称"倒挂刺"的缺口；接着又用钳子将这些钢丝的"倒挂刺"的一端，扭转成斜钩状；最后把钢丝的另一端，用钳子扭转成可以方便于手拉的环状，那"钓黄鳝"专用的工具"黄鳝钩"，就制作成功了。

"黄鳝钩"制作好后，就可找来蚯蚓穿在黄鳝钩上，于每天中午下课放学后，或星期天等休息日子，相互邀约，去城附近农村的秧苗田，以及稻谷田里"钓黄鳝"。

"钓黄鳝"时，要沿着田埂细心观察田埂脚下，有无黄鳝的洞穴。一旦发现黄鳝的洞穴，就要通过黄鳝洞洞口的水温和水的清澈程度，判断洞穴内有无黄鳝的可能。然后根据自己的判断，将穿有蚯蚓的"黄鳝钩"，横向或斜向轻轻放入洞穴之内。同时，还得用"黄鳝钩"伸入洞中轻轻探试，以判断洞穴大小、深浅，以及黄鳝所处的深度和位置，从而确定"黄鳝钩"应当伸入黄鳝洞的距离和所应放置的具体位置。在将"黄鳝钩"放置好后，就可静静地守候黄鳝前来上钩了。

如果等了两三分钟不见动静，就可收"钩"走人。但有的黄鳝非常狡猾，短时间不会轻易上钩，如有信心，可继续等待。如果"黄鳝钩"产生轻轻扭动或颤动，则说明洞里的黄鳝开始咬钩，此时就应做好拉钩准备了；如果"黄鳝钩"发生轻轻扭动后，又不见动静，则说明洞内黄鳝，也在对外试探，那时就更要耐心等待最佳捕获时机；如果"黄鳝钩"轻轻抖动几下，又突然被拖入深处，则需赶快抓住"黄鳝钩"后圈，均匀用力试着往外拖，这时就可将穴居的黄鳝慢慢拖出洞外。

但"钓黄鳝"时却应注意：不要错过黄鳝咬钩的最佳时机，让黄鳝将钩上蚯蚓悄悄褪了吃进肚里，并逃之夭夭；不要视觉麻木，让洞里的黄鳝，将"黄鳝钩"上的蚯蚓狠狠吃进肚里，并连同"黄鳝钩"一起，将整个"黄鳝钩"拖进洞内；更不要在拖黄鳝时用力过猛，将黄鳝的嘴丫撕破，让其奋力挣脱。那时就不是你钓黄鳝，而是黄鳝钓你了。

如果洞里的黄鳝被"黄鳝钩"钩住，则需用左手试着用力拉"黄鳝钩"，将黄鳝从洞内慢慢拖出，然后用翘起中指的右手，等待在洞口之外，待黄鳝被拖出洞口，让右手中指与其他四个手指紧密配合，以紧紧掐住那又滑又硬的黄鳝的上部腰身，然后用左手蜕去黄鳝嘴里的"黄鳝钩"，并将被右手紧紧抓住的黄鳝，用草藤穿起，或放入装黄鳝的工具里。多次反复，就可收获一顿美餐。假如"钓黄鳝"的人是一个"左撇子"，抓捕黄鳝的手法则正好相反。

（三）"夹黄鳝"

初中快毕业和上高中时，玩的兴致依然未减。自己与同学或伙伴，也经常相互邀约，于晚间到城附近农村，那刚撒进谷种不久的秧苗田里夹泥鳅、黄鳝。

夹泥鳅黄鳝的过程，就是照泥鳅黄鳝的过程。并且，我们照泥鳅和黄鳝，不需电源或电池，不需灯泡之类的照明用具，只需一盏"黄鳝灯"、一两个"黄鳝夹"和一两把"宰子"，并带上装泥鳅黄鳝的工具，以及背上一些点"黄鳝灯"用的柴火就行。但所有这些燃料和工具，都需要亲自动手，并认真准备。

"黄鳝夹"的制作，非常简单。想法找来竹子，将竹子劈成等宽三四厘米、等长两三米的条状，并将两根竹条同一端，用刀子相向削成尖状，再将其刮削光滑使之不易划手，然后分别将两根竹条尖顶部的另外两面相向刻削成锯齿状，并在木齿之下近十厘米左右距离的竹条中央，分别抠出或钻出一个圆形小孔，最后又用铆钉或粗铁丝等，沿小孔将两根竹条分别铆钉或连接起来，使之可自由转动，这就可做成一把像大剪子一般的长"黄鳝夹"了。但其与一般剪子不同的是：一是又大又长；二是制作工艺简单；三是所用的主要材料为弹性很好又不易折断的竹条；四是在其顶部则多了一些既可将黄鳝卡住，又不易将黄鳝夹断的木齿。

"宰子"的制作，同样简单。找来废弃牙刷，将牙刷的"牙毛"用刀子剔除干净；找来老人纳鞋底用的"大底针"，或等长四五厘米，并被一头磨尖且不易折断的钢丝，用钳子捏着钢丝或"大底针"中下部，将钝的一端用火烤热，再按间距每格半厘米左右，将其深浅基本一致，并一根一根、并排插入废弃牙刷之内；待插了十多根，并使之连贯起来，而有十厘米左右距离，以及使之渐渐冷却固定后，再用细铁线将之固定在一根约有两三米长的细竹顶端，一个宰泥鳅或游鱼用的"宰子"就制作完成了。

制作"黄鳝灯"，也不复杂。找来粗细适中的铁丝，将铁丝进行粗细搭配，并编织成一个如大碗一般大小的网兜状，按三角形稳定性的原理，将三根等长和粗细适中的铁丝的一端，分别从三个方向将其固定在这个网兜上，同时又将这三根铁丝的另一端，相向固定在一个铁环上，然后再将一根长度与粗细适中的铁丝的一端拴在铁环上，最后又将这根铁丝的另一端，固定在一根长长的细竹竿上，那照黄鳝用的"黄鳝灯"，就如此制作好了。

有了"黄鳝夹""宰子"和"黄鳝灯"，还需准备好充足的照明燃料。所有的燃料，则是平常生活所用的干柴，点火所用的松明和橡胶皮等易燃物。

那时我们每当放学回家，则几乎什么家务事也不做，或是大人叫吃饭也顾不上。要么，从林业局车队或汽车修理厂找来废弃旧轮胎，用刀斧将其宰割成宽两三厘米、长十多厘米的条状；要么，将家中的一根根柴块，用刀斧一节一节地砍断，再一节一节均匀破开成宽两三厘米、长二十多厘米的条状；要么，把松明也破开成很小的细长条状。如果有废机油，还可把那一小块一小块的柴火，蘸上适量废机油。松明得来不易，胶皮更不好找，只能作为引子，在柴火不旺之时用以助燃。照明用的燃料被劈好后，就可将之分门别类、整整齐齐装入背箩里。

但"夹黄鳝"不是想去就去，其只有在天气晴朗的日子，或夜幕降临后，天上有星星闪烁时才能去夹。据说，雨过天晴后的晚上时辰最佳，那黄鳝、泥鳅就喜欢在那时钻出洞外看星星。

盼来好日子，几个平时要好的伙伴，就会于夜幕降临之时，分工明确地抬着点燃的"黄鳝灯"，背着点"黄鳝灯"用的柴禾等燃料，拿着捉泥鳅黄鳝用的"黄鳝夹""宰子"、鱼篓等工具，沿着弯弯曲曲的田埂小路，前往撒了秧后不久的秧田里"夹黄鳝"去了。

如果去的人多，则可分工更为明确细致；如果去的人少，则必须由一个人承担几项职责。无论如何，去的人却不能少于两人，因那抬"黄鳝灯""照黄鳝"的人，根本不可能放下"黄鳝灯"，去"夹黄鳝"或拿黄鳝。不同的是，去的人多，分享收获的人就多；去的人少，分享收获的人就少。

在用"黄鳝灯"照射到刚"撒秧"不久，即撒稻谷种不久，那水田里的泥鳅、黄鳝和游鱼时，那些"憨黄鳝"，只知静静躺在浅水里，一动不动、痴痴呆呆用眼睛与天上的星星交流。这时只要掌握好它们所处的位置和距离，就可站在田埂上，或下到"秧田"里，即下到那秧苗田里，适当用力地用那"黄鳝夹"将之轻轻夹起。而切忌用力过猛，以将黄鳝夹伤或夹断。但那些狡猾的泥鳅，却经常漂在水里的石头旁或草丛边，与天上的星星玩捉迷藏游戏。且稍有风吹草动，它们就会把水搅浑，并溜之大吉。因此，用"黄鳝灯"照着，并站在田埂上用"宰子"宰泥鳅时，除必须掌握好光在水中的折射率外，还必须把握好时间差，并做到出手速度快而又稳、准、狠。至于进入水里去宰泥鳅，则很不现实，也许未等人靠近，那些滑泥鳅则早已跑得无影无踪了。所以，在用"宰子"宰泥鳅时，如果泥鳅离你较远，最好的办法就是选择放弃，免得白费力气。还有那些游鱼，虽然没有泥鳅狡滑，但也不好对付。

我们去"夹黄鳝"，就是不断在秧苗田的田埂上走来走去、照照停停。每去一次，几个小时下来，收获多少，却是要看当时的运气。

曾有几次，在我们正在用"黄鳝灯"照射黄鳝之时，或抬着"黄鳝灯"返家路上，却突然听到"为泥鳅黄鳝报仇！为泥鳅黄鳝报仇！"的呐喊声。继之而来的是，一个个土团子和石子，从四面八方，噼噼叭叭不断向我们袭来。往往砸得我们的"黄鳝灯"火星四溅，甚至熄灭，也让我们慌不择路，并四散而逃。并且，有的掉进水田里，全身沾满泥水；有的却一脚踩空，跌倒在田埂之下，甚至扭伤脚踝；有的一脚踩进泥巴后不能自拔；有的将鞋子留在泥田里后，打着赤脚一路狂奔……待逃出伏击圈，并相互聚到一起后，则是一个比一个更加的狼狈。

但被袭之后，当然是要事后调查和进行报复。如果查出谁袭击了我们，我们就会在他们同样去"夹黄鳝"之时，伺机伏击他们。他们可以"为泥鳅黄鳝报仇"，我们也可以"为泥鳅黄鳝报仇"。就这样，为一点点甜头，我们都在"夹黄鳝"过程中，相互进行报复，并渐渐走向成年。

（四）"戏黄鳝"

工作后，曾有朋友约吃野味，即一般是指去找野生动物肉吃，不假思索，就跟着他们去了。一路上，车子像小时"照黄鳝"一般，也是不断一路走走停停。结果跑了多少路，去了好几家饭店，问了一些在公路边开旅社和饭店的老板，他们都说没有野味。到后来，问了一家开馆子的一个小工，小工说，只有野生的黄鳝和泥鳅。大伙商议，吃不到山上的野味，能吃上水里野生的黄鳝和泥鳅也还可以。于是，有朋友进一步问小工道："黄鳝、泥鳅在哪里？让我们瞧瞧。"

"不用瞧，就在这里。"

"在哪里？"

"在这里。"

朋友不明白，我也不明白。后经朋友们再三追问，她才用手指着自己的身体示意。

朋友立刻明白，继续追问："小小年纪，这么多人，你受得了？"

她则一本正经回答："大风大浪都过来了，再大的石头，也压不死黄鳝、泥鳅！"

"从小和泥鳅黄鳝打交道，还不知石头压不死黄鳝、泥鳅？"

"要不试试？"于说话同时，她却突然扒开上衣，露出两个圆滚滚的肉球。在场的朋友看到后，有的悄悄回到车上；有的站在原地犹豫；有的却想深入追究……

之后，有朋友说："都是些色大胆小的东西，一个个比黄鳝泥鳅还滑。叫你们来吃野味，还真以为是吃野味了。"

"那你就留下吧？"

"你们一个个开遛，只我一个在下？"

（五）为泥鳅黄鳝报仇

几年以后，渐渐知道，自己的家乡的傣族，是一个有别于西双版纳等地傣族的"花腰傣"民族。并进一步听说，在"花腰傣"中，"如果哪一位小姑娘，不会拿泥鳅和黄鳝，就嫁不出去"的说法。世间只有不会下蛋的公鸡，哪有嫁不出去的女人？何况是温柔善良天生丽质的"花腰傣"少女呢？但后来想想，拿泥鳅、黄鳝，作为一项生活本领，一定与"花腰傣"的饮食习惯有密切联系。

意想不到，一个合情合理的安排，自己就被委派到"花腰傣"之乡支援"三农"去了，也满足了自己很想结识那"花腰傣"女人的心愿。

初到傣乡，有人笑自己不会走，傣乡那像黄鳝身体一般弯曲细长的田埂，说什么"'卡'是'卡'，傣是傣，'卡'即为傣族之外的其他民族；'海'是'海'，'我'是'我'，即水牛是水牛，黄牛是黄牛。"并且，在自己与他们共餐时，他们还严肃认真地批评自己："不会'竜劳'，即不会喝酒，来傣族人家干什么？"但到后来，却说自己是"'巴脊'变'巴乃'了。亦即干泥鳅变成大鲤鱼了"开始不知，"泥鳅变成鲤鱼"何意？后来领悟，他们则已把自己视作傣家人了。

攀枝花开后，凤凰花开，凤凰花开过，金光菊又开。火雀飞过天空，则到了返家的日子。此时才明白：傣族人家经常挂在嘴边，那"糯米饭，干黄鳝，腌鸭蛋，二两小酒天天干"的口头禅，真是一点也不夸张；嗜好喝酒的男人没有下酒的菜，就是"女人不会拿泥鳅、黄鳝，则嫁不出去"的原因所在。

可是，真没想到，在傣乡一个年头下来，家里不但多了两床傣家女人亲手织绣与缝制的攀枝花"爬垫"，即一种与汉族所用的褥子相似的睡垫，也多了一个与自己如影随行，并如花美丽的"花腰傣"姑娘。究其原因，无非是她说自己"防艾知识"讲得好，自己说她美丽善良又勤劳，并于拿泥鳅黄鳝方面，有诀窍罢了。

一天中午，自己和她同去宣传"水稻旱育秧"，并经过一片准备用于旱育秧试点的水田。走着走着，却不见她跟来。折回头看时，却看到她正站在田埂上，不断向水田里搜寻和观察。只见她观察一阵后，就用左手捋起裙摆，并下到了水田中，伸出右手的中指，在水里的一个个泥洞旁进行轻轻试探，然后又将中指轻轻伸入一个个泥洞里，接着就有一条条的黄鳝，从另一边的泥洞口慢慢钻了出来，最终被她一条一条、一把一把地掐捏在手中。

看她轻松愉快、不费吹灰之力，捉拿黄鳝的样子，自己试探着对她说道："黄鳝的前洞、后洞，你都分辨得清清楚楚，那人有多少洞洞，就更不用说了。"话音未落，她抓起一把泥巴，抹在了我的身上，让自己狼狈不堪。但不到一小时工夫，自己那手上的藤条上，就串起了许多条的黄鳝，却又让自己有了那可炫耀的资本。

一天傍晚，不知她从哪里弄来一大堆，如大石榴般大小的竹篾笼子，摆放在自己的面前。刚想试问，却见她在把一个个竹篾笼子的大盖子打开之后，又将大盖子之上的一个个小盖子分别打开。并将在热炭灰里搅拌过的蚯蚓，一条一条地装入大盖子之内后，又将那小盖子一个个地盖在大盖子之上。到最后，又把那一个个大盖子，又分别盖在了一个个竹篾笼子之上。

只好忍不住问她："你这是干什么呀？"

"下黄鳝。"

"咋个下？"

她顺手拿起一个竹篾笼子，手指其腰身上一个，比一般黄鳝腰身还要粗大的洞口，对我说道："喏！黄鳝闻到蚯蚓香味后，就会从这个洞口慢慢沿着这个洞，钻进笼子里找蚯蚓吃，但在它进入笼子找不到蚯蚓吃，并想钻出洞外之时，又会被笼子内那已经被削尖的像'倒瓜刺'一样的竹签挡住去路，不能爬出笼子，到时就可打开笼子上的大盖子，将笼子内的黄鳝取获了。"

听她如此说后，让自己产生了联想："为何人和动物一样，也是容易上当。并且，他们这下黄鳝的方法，则比'老子们'即我们的方法方式，轻松容易或更加省事多了。只是不知那黄鳝是否真听他们的话，而那么容易钻进笼子里去，以上他们当或受他们的骗。"但在自己如此设想之时，却又见她找来绳子，并用绳子将那些"黄鳝笼"串联成两堆，分别拴到一根棍子的两端，并担到自己的肩上："你去不去？"

"当然去了。"

紧接着，自己就跟在她身后，与她一起去下黄鳝了。

"你们这里兴不兴'照黄鳝'？"我问。

"照啊！在秧苗没有长高的时候，一般是晚上拿着手电去秧苗田里照。"

"这里的田不宽，用电筒'照黄鳝'，应当可以。我们那里就不行了，非得用'黄鳝灯'。但我们用'黄鳝灯''照黄鳝'，是真的'照黄鳝'；而你们用电筒'照黄鳝'，就不一定'照黄鳝了'。"

"不照黄鳝，照哪样？"

"'照人'啊！这里不是兴'照电筒'吗？"

"'照黄鳝'可以，照人也可以，要看高不高兴。"

接着她又说道："如果照人，就用电筒发信号，将小伙子或小姑娘，约到大青树下或草堆里；如果'照黄鳝'，就去水田边。"

一路走一路聊，不知不觉，我和她就到了一片秧苗田边。只见她放下肩挑的"黄鳝笼"后，每走几步，将一个"黄鳝笼"放到秧苗田的田埂脚下，并用一团泥巴压在"黄鳝笼"的盖头之上。不多时，那些"黄鳝笼"就被她全部安放完了。

回到她家后，她有意把自己安排在她家住下，并让自己在浮想联翩中，半醒半睡地睡到天大亮。当自己从傣家人那担水劈柴声中醒来时，她则已在她家门前的空场地上，打开"黄鳝笼"的盖子，往胶皮桶里倒黄鳝了。

不多一会儿，那胶皮桶里就有五六市斤的黄鳝了，也快将那只小胶皮桶装满。于是，自己就非常惊奇地对她说道："像你这种整法，黄鳝都被你拿绝了。"

"今天不算多，运气好时，一趟就可拿回十多斤。现在农药和化肥用多了，喜欢吃黄鳝的人也多了，我们所下得的黄鳝，也越来越少了。"

她倒好黄鳝，就把一条一条的黄鳝，放到清水里洗净，然后又把黄鳝一条一条放到炭火里烤黄，并用竹签挑去黄鳝的肠子，又一条条挂到荆棘上，然后再拿到屋檐下，让那清风与斜阳吹干和晒干。

继而她又说道："待这些黄鳝风干后，就可拿到锅中油炸入食了，味道特别脆香。"

但在那弯弯曲曲的黄鳝，被一条条地挂到荆棘上后，则让自己感觉到，它们就像那"酸角树"上，所结满的玉坠似的"酸角"一般，而令自己心生醋意和心酸。

"可惜，再也吃不到你的黄鳝了。"

"咋个会呢？即怎么会呢？"

"我要回家'缩'，即宿庙旮旯了。"

"你们城里真好，像天堂一样。真想和你一起上去看看，能否找上一点合适的事干。"

"你就这么舍得放弃，这里的泥鳅、黄鳝？"

"有哪样舍不得的。现在许多黄鳝都已变为人工饲养，我再会拿黄鳝又有哪样'整尝'！即又有什么作用。"

"城市发展，让我们那里已经没有了野生的黄鳝，我请你到我家去打扫清洁卫生，并偶尔做上一些捅捅下水道的事情，你干不干？"

"干啊，只要你高兴和喜欢。"

"让你永远没有拿泥鳅黄鳝的快乐。"

"给你打扫清洁卫生，则同样是一件如意美好的事情。"

婚礼进行曲

古人云：人间有三苦，赶马、读书、磨豆腐；世中有四乐，久旱逢甘霖，他乡遇故知，洞房花烛夜，金榜题名时。婚礼作为人生一大快事，历经千年演变却经久不衰。笔者先后经历家乡汉族，于 20 世纪60、70、80 年代，举行的许多婚礼，自觉有意、有趣，故随意在此说个大概。

过 门

人的一生，总要经历几个重要转折阶段，却难免就业、结婚、生子等古老而俗套的东西。虽然俗套，则是亘古不变的定律。因为人类和其他动物一样，也要进行种的繁衍或"传宗接代"。

人类知道，爱拼才会赢的道理。所以，人类喜欢从动物与动物的交流中，寻找灵感、收获快感、收获爱情结晶；喜欢和动物竞争，并超越动物，而从人类生活的环境里，寻觅到动物所不具有的美好和自由的天空。

时光是一条河，岁月是一把梭。人是活跃思维的载体，能够不断寻找和驾驭将来的幸福与美丽。所以，人类喜欢漂流在时光的长河，与时间追风逐浪和欢乐嬉戏，并从中捕捉到人与人之间相处和相亲相爱的机缘与秘诀。

空间是立体的，也是无限伸长的。人类追逐幸福的脚步，永远不会因遇到坎坷而停留。人们可以在自由的天空里，自由想象，自由飞翔，自由博弈和自由穿梭。从现在回到过去，或走向未来，甚至从这个星球飞到那个星球，从这个家庭跑到那个家庭。或者，干脆像牛郎织女一样，在银河两岸，架起追梦的彩虹，从容地把两颗心串联，从容地将两个人合二为一。并开垦出自己的一亩三分地，搭建自己的安乐窝，自由地、悠然自得地进行耕耘播雨，然后是种瓜得瓜、种豆得豆，放荡不羁地自由享受到，那温暖阳光与执着的爱情。

其实，人和果树一样，可以通过异花授粉或自花授粉形式，目睹自身成长历程，目睹自己生根、发芽、开花结果的丰姿，亲耳聆听自己开花结果的声音，并从自己成长历程和开花结果声音中，寻找到美丽芬芳、酸甜苦辣、健康快乐和幸福甜蜜的砝码。

是人，就有七情六欲。只要六根未尽，生命的激情，将永远绽放在爱情的火焰里，燃烧在情感的天空里，徜徉在婚姻的爱河里，植根于家庭的苑囿里，生长在命运的大地里。爱情是人类永恒的主题，婚姻是维系人类情感的纽带和桥梁。它将"养种像种"或不断发生变异，"儿生孙，孙生子"，其乐无穷地一代又一代进行传承和演绎。像树木生根发芽、开花结果，江河奔流汇聚大海，清泉蒸发变成浮云一样因果循环下去。所以，结婚生子则成为人类神奇而圣洁的活动，婚礼活动也往往要被搞得热闹隆重和出奇与神秘。

家乡过去，有"早发财，不如生早子"的传统。并把结婚生子，看成人生一件大事。所以，只要是人，只要到了年纪，只要有意打上一个《证明》，并向国家申请了专利，人们就可名正言顺举行婚礼了。

在这里，结婚根本不须遵从外国法律，把婚礼举办到教堂里，也没有像大象进城一样的《婚礼进行曲》加以指引。即没有那穿着圣洁缥缈的婚纱，并缓缓飘移的身影；更没有那明知故问，还要在上帝面前，宣读爱情誓言和交换戒指等繁文缛节。它只须杀上一头猪，拉上几头牛，敲上几只狗，并宴请当地的人们吃吃喝喝，那就是举行一场婚礼了。

如果只领取结婚的证明，而没有正式举办婚宴，人们是不把他们视作结婚的；如果还没有领取结婚证明，却已举办了婚宴，人们则一定把他们视作已正式结婚。如果已领取结婚证明，却迟迟未见举办婚宴的动静，那些嘴馋的人们，在遇见他们之后，则总是要这样不断追问："什么时候'敲狗'了？哪天吃你的狗肉汤锅了？"就因在家乡的花腰傣聚居区，这"敲狗"则有那象征了结婚之意。

并因这里是少数民族聚居区，各民族的婚礼，也在不断进行着相互的渗透。有把参加婚礼，叫作喝喜酒的；有把举办婚礼，叫作"敲狗"的；也有把结婚，叫作"革色"的，叫法不一。

并且，在那很少有餐馆的日子，无论傣家、彝家，还是汉家，一般都把婚宴活动，举办在村子里或自家"土掌房"的房顶上。因为那时很少有水泥地板这种奢侈东西；因为当时的"土掌房"往往是成片、成片连接在一起。而且，有的"土掌房"的房顶上，即便摆上几十席，甚至上百席的酒席也没问题。人们只要在"土掌房"房顶上，如一片片荷叶般，撒上一片片得来容易的松毛，并在这一片片松毛上，摆上结婚所用的食物与水酒，然后又在这一片片的松毛旁，摆上可以让人入座的"草墩"、草垫和凳子等，就可谈笑风生、喜气洋洋地吃上这种为举办婚宴，而专门摆设的"松毛席"了。

中国有中国的特色，地方有地方的特色，民族也有民族的特色。所以，即使是在同一时期、同一区域，不同民族的婚礼活动，也有着许多不同的内容和运作方式。自己虽是地地道道的汉族，但在家乡这个少数民族聚居的地区，却算是真正的少数民族了。所参加的县城及其周边汉族人家的婚礼活动，则更多地受到家乡的彝族、傣族和其他少数民族婚礼活动的影响。

筹　措

新平的汉族人家，在举办婚礼前，双方父母总要坐到一起相互商量，为儿女举办婚礼的日子和细节，以及所要准备的各种彩礼和陪嫁东西。并在这些琐碎事情被敲定以后，才分别确定参加婚礼的人员和向他们发出参加婚礼的邀请。

并且，在进行邀请时，既可发出请帖即请柬邀请，也可口头相邀。

通常情况，男方的亲戚朋友由男方邀请，女方的亲戚朋友由女方邀请。邀请的对象，一般是至亲的亲戚、至好的朋友和街坊邻居中的代表。

如果请至亲，就要请"全府"与"合府"。"全府"，也作"全福"，即为几代同堂的人家。且还要注明与是请他们喝"连期喜酒"，即连续参加两三天的婚宴。如果请普通亲戚，一般请他们参加结婚当天中午和下午的婚宴。如果请街坊邻居，一般只邀请他们参加结婚当天的晚宴。如果请朋友，对已组合家庭的要请"合府"，对单身的要请其本人，对正在热恋中的要请"双恋"。并且，只要是请到并前来参加婚礼的朋友，都必须将整个婚礼进行到底。

结婚的头天，无论新郎、新娘如何亲密无间，都不可到对方家里去，也不允许有任何接触。即使有天大的事，也要通过第三者，即一般为谋人传递。并且，还要把家有多子的年轻大嫂请来帮忙，将结婚所用的被子、被褥缝制和铺设好。

那些年轻的大嫂在缝制被子时，要悄悄把新郎家提供的瓜子、葵花子、糖果、硬币和银圆之类的东西，缝制并固定在被子的四个角落。图的是，将来多子多福、甜甜蜜蜜和吉祥如意。

并且，男方还要把决定前去参与讨媳妇的朋友，以及长辈，其一般为大爹、大妈，叔叔、婶婶叫来商量，将"陪郎"即伴郎和讨媳妇的路径等相关事宜选择好、确定好。原则上，凡是朋友都要参加讨媳妇；作为伴郎，必须是经验丰富、能说会道、酒量过人而又没结过婚的年轻男子。因为伴郎是在整个婚礼活动中，负责主持婚礼，负责对闹新房进行解围，并可全权代理新郎，履行被闹义务的人。当然，在这一天下午，那些新郎的至亲和被确定前去参加迎亲的亲戚以及朋友，都要在新娘家吃饭，只是对所办的伙食，则没有太多的讲究。

结婚所用的被褥缝制和铺陈好，以及朋友等先后散去之后，新郎还必须于当天晚上，睡到刚铺好的新婚大床上。并且，还得请上一个可以"压床"的人，给自己进行"压床"。

所谓"压床"，其实就是新郎必须于结婚头天晚上，请上一个可以"压床"的人，陪同自己睡到次日天亮。至于"压床"的人，必须是童男子，并且以亲哥弟兄多者为最佳。当然，一切只能跟着感觉走，这就要看给新郎"压床"的人，是否"生素"即知趣了。但作为给新郎"压床"的人，只要陪新郎睡到次日天亮，就可将自己所靠的枕头掀开寻找。那时，他就会自然收到新郎事先为其准备的，并带有"八八路发""六六有福"等象征意义的礼钱。

迎 亲

结婚当天早晨，新郎家要在新房的梳妆台两边，点上两根粗大的红蜡烛，并保持烛火长久不灭，以预示婚姻天长地久。同时，还要燃起一盆"栗炭火"，放到新房的某个角落，以期待未来的日子，能够像炭火

作者：新宇 于2017年5月

一样热热烈烈、红红火火。

待朋友到齐后，新郎就可让朋友们挑着、扛着、抬着那些送给新娘家的，并在彩礼上和装有礼品的"谷箩"等工具上贴上大红喜字，即那常用其装谷子的工具装着的彩礼，在长辈们的带领下，按照事先确定的路径出发。这时，前去迎亲的人们，则往往会自然、不自然地形成一条藏头露尾或"见首不见尾"的长队，其景象相当地壮观。

并且，在前去迎亲的途中，如果巧遇同样去迎亲的其他人家，这边的新郎官，还必须将事先准备好的新手绢与对方新郎官的新手绢进行交换，以示尊敬和友好，才可相互通行。否则，就必须绕道而行，以免相互冲了对方的喜气。但如果都要执意冲撞而行，则往往会发生争吵和打骂等情况。

当迎亲队伍到新娘家门外后，也常常会遇到新娘的小弟堵在其家门口，而不让进门的情况。这时，伴郎必须催促新郎，赶快将事先准备好的红包，发给新娘的小弟，以留下买路钱后，新娘的小弟才肯将来人放进家门。

在人们进入新娘家里后，新娘家便会摆出香烟、瓜子、糖果之类的东西，热情招待前来迎亲的客人。这时，那些新娘的朋友，则往往会把新娘悄悄珍藏起来。并待迎亲的人们，纷纷催促新郎准备讨着新媳妇返家时，人们才会发现那美丽的新娘，不知何时就失去了踪影。此时，新郎和伴郎则往往追着那伴娘不放，要么叫她带着自己去把新娘找回来，要么叫她安排人去寻找。但如果伴娘不肯或推诿，新郎和伴郎就得发动，所有前来迎亲的人们前去四处搜寻。

在寻找新娘过程中，人们经常是满山上、满山坳，满田里、满坝子、满街上、满巷道，四处寻找都不能够将新娘找到。并且，在迎亲朋友四处寻找新娘当儿，还要享受新娘朋友的"非礼"。

为何要"非礼"呢？因为她们高兴、她们喜欢，用此种连她们自己都说不清理由的古老方式，来为新娘家增添热闹或给自己寻上一份开心。怎样"非礼"呢？就是给新郎的朋友们"抢'qiāng'花脸"。何谓"抢'qiāng'花脸"呢？就是用"锅烟子"，即锅底灰拌上菜油，再用手抓了后，追着前来迎亲的朋友，并一把一把地尽情涂抹在他们的脸上和身上。

如果前来迎亲的朋友躲闪不及，则往往是新娘没找到，自己却早已成了从山林里钻出的草寇，或从炭笋里跳出来的人了。并且，只有当人们找新娘找了不耐烦、找了干着急，并找到了时间晚点的时候，新娘才会在同伴的簇拥下，神不知、鬼不觉，不知是从哪儿悄悄地钻出来。

找到新娘后，伴郎便会把新郎、新娘领到新娘的父母、奶奶和爷爷的面前而与他们进行告别。待新郎改口称呼了新娘的父母，并在新娘、新郎与新娘的父母和爷爷、奶奶说完告别的话语后，就由伴郎主持而让新郎、新娘双膝跪地，以给新娘的爹妈和爷爷奶奶行那磕头告别的礼节。这时，新娘的父母，就会把祖传的或者是贵重的耳坠、戒指、手镯等饰物，亲手放到新娘、新郎的手里，以给新娘、新郎作为永久的念想和回味。并且，在新娘、新郎拜别了老人，并接受了馈赠之礼后，那些从新郎家前来迎亲的人们，以及新娘家的那些将要前往送亲的人们，就可以挑着、扛着或抬着新娘家所给的嫁妆，而把新娘娶回新郎家，或把新娘送到新郎家了。

在迎亲或送亲队伍快到新郎家时，就会有人挂起长长的鞭炮尽情地燃放起来。待鞭炮响过，又会有人用斗装的松毛，且当中还拌有硬币的松毛，撒成不间断的小路，让新郎艰难地背着新娘，并踏着绿油油的松毛铺就的小路，将新娘一直背入新房。

将新娘娶到家后，那些迎亲回来的朋友，有的忙于抓食糖果，有的忙于吹牛聊天，有的则是假装正经，表面看是为分享新郎、新娘新婚的甜蜜，而跑到新郎、新娘的新婚的大床上，尽情翻滚和尽情地感受，实际上却是偷偷用手去摸那些藏在被子里的好玩或好吃的东西，图的就是大吉大利。

并且，自己曾亲自见识过，一个朋友就在自己的另一个朋友结婚时，而从那新人新婚的被子里，翻得了一个"袁大头"，即那种铸有袁世凯头像的古银币。

喝喜酒

新娘娶到家后不久，伴郎就会与新郎一起，根据新娘家的情况，确定有几个老人，就安排几个人手，亲自带领而从新郎家挑上几桌饭菜到新娘家里，以孝敬新娘家的老人。按传统习惯，这一天，新娘的父母和奶奶、爷爷等至亲长辈，是不能到新郎家里来的。当然在挑饭菜前，也还得将喜钱放到挑饭菜用的工具里，并有意留给那些挑饭菜的人。

在送给新娘家的酒席挑走后，所有前来参加婚宴的人，便可开饭了。相比而言，婚宴的早饭要比晚饭办得要稍稍简单一些。因为这里的人们，往往把婚宴的晚饭视为"正客"，也就是正式请客吃饭之意。但却也少不了"酒酒肉肉"八大碗，毕竟这一天，已是正式结婚和请客送礼了。

到了婚宴的晚宴正式开始前，伴郎和新郎还得像早上那样，仍然安排几个人手，亲自领着并挑上几桌饭菜去新娘家，以孝敬新娘家的老人们。至于用于给那些挑饭菜人的喜钱，也是像早上一般处理。并且，在送饭菜回来之后，新郎、新娘和伴郎、伴娘，还必须提前匆匆把饭吃了。一旦晚宴正式开始，新郎、新娘就要在伴郎和伴娘的引领下，前去向众位亲家和列位朋友敬酒。弄不好，就会让新郎、新娘和伴郎、伴娘，不但空着肚子挨饿，而且还要空着肚子喝酒。

并且，新郎、新娘在敬酒前，还得在伴郎和伴娘引领下，前去举办婚宴之地，用托盘抬着香烟和糖果迎候客人，并在客人们在席间纷纷坐定之后，又抬着喜酒去敬前来做客的客人们。在敬酒时，要么依酒席的先后顺序进行，要么从长辈的辈分大小开始。原则上是，要给前来参加婚宴的所有人都敬过酒，才算是功德圆满。并且，如果发现有谁没有被敬到酒，人们还会认为是新郎、新娘势利或看不起人家。

于汉家，新郎、新娘敬酒时，客人一般不兴给新郎、新娘发红包或送喜钱。但在席间，偶尔也会出现个别客人给新郎、新娘发红包或送喜钱的情况。那却是受当地少数民族举办婚礼的影响，而形成的一种个人习惯。

至于当地汉族的婚礼，在敬酒时最时兴的就是说对子。说对子的目的在于，要给婚宴营造喜庆和热烈的氛围。当然，在新郎、新娘给客人们敬酒时，有的客人只是于喝喜酒的前后，简单地对新郎、新娘说上几句祝福的话语，而有的却是说一大串对子，让新郎、新娘表演一大堆，既好看、又好笑的滑稽节目。但一切为客人的喜欢与高兴，新郎、新娘只能悉听尊便。这样的结果，却往往让新郎、新娘应接不暇和尴尬不断。并且，既影响向其他客人敬酒，还影响晚上节目进行。此时，伴郎、伴娘，便会出面好言相劝，并不断催促那些说对子的人要适可而止。而且，在进行劝说的时候，还不能过分惹恼和得罪他们。不然，他们还可以让新郎、新娘哭笑不得和下不了台阶。因为在这一天客人最大，除非新郎、新娘甘愿受到人们的指责和唾骂。

当然，在喝喜酒的人们，吃喝到天色渐晚，或漆黑一片之后，酒席上的那些一边喝酒、一边说对子的人们，也会如梦初醒，说着对子让新郎、新娘去给新郎的爹妈和其他的长辈敬酒和洗脚。并在新娘在新郎的爹妈面前改了称呼，新郎和新娘共同双膝跪地，给新郎的爹妈等老辈人敬了酒，以及用热水给他们洗了脚、换了新鞋，并接受了他们赠送的礼物后，婚礼活动就可转入下一个程序。

"看糖水"

敬完喜酒后，新郎和新娘必须在伴郎与伴娘的引领下，拿着茶壶、端着托盘和水杯，去给那些前来闹新房的人们"看红糖水"了，即敬红糖水给客人喝。其美好的愿望是，让夫妻俩将来的生活，永远都像那红糖水一样甜甜蜜蜜。

"看糖水"的过程，其实就是闹新房即洞房的过程。并且，其还是整个婚礼活动的高潮阶段。但看糖水与喝喜酒一样，也要说对子，也要让新郎、新娘表演一个又一个的节目，以给婚礼活动不断添加幸福热烈气氛。并且，轻而易举就会把新郎、新娘闹到三更半夜，或闹到次日天大亮。不但能让新郎、新娘被闹得像"瘟鸡"，即得瘟疫病的鸡那样，睁不开眼、抬不起头，甚至还可让新郎、新娘被闹得直不起腰，或根本没时间和精力去干，那些"舂粑粑过新年"之美事。

回　门

闹过新房后，结婚的第二天早上，新媳妇得早早起床，以给新郎家打扫卫生，并在打扫完卫生之后，就可将自己收拾打扮干净，而准备"回门"了。这里所谓的"回门"，其实就是让新郎带着新娘和新郎、新娘的亲戚朋友，一同回到新娘的娘家，把新娘交到新娘的父母身边。

一般情况是，男方及男方的客人到了新娘的娘家，要在新娘的娘家吃了早饭后，才能带着新娘和新娘的几个比较要好的朋友，按原路返回新郎家；女方的客人，则是在新娘的娘家吃过早饭后，要么各自归家，要么由新娘的娘家挽留，并继续在新娘的娘家吃下午饭。至于所花的费用，则由新郎、新娘两家于婚前进行商定。

吃了"回门饭"后，新娘的亲戚和一般的朋友就留了下来，而新郎、新娘和新郎的亲戚，以及新娘的好朋友，则要在伴郎、伴娘的引领下，原路赶回新郎家。

返回新郎家的路上，人们经常是走走停停和停停走走，这都是由新郎、新娘的朋友，说对子、出节目给新郎、新娘做的原因造成。并且，在说对子和出节目给新郎、新娘做时，又常常弄得新郎、新娘，像那些大兵哥"站移动哨"一般，不知何时才能停歇、何处才是尽头。

当人们好不容易从新娘的娘家，到了新郎家的门外时，还专门有人提前跑回到新郎家里，用那大桌子把新郎家的大门堵上，有意不让新郎、新娘进门。并且还在新郎家大门的门楣上，分别挂上猪尾巴、葵花子、果子等食物，以等待新郎、新娘前去品尝。

只有当新郎、新娘艰难踮着脚尖，或相互拥抱，以及想尽各种办法，按那堵门人的要求，将那门楣上挂着的食物依次咬断、咬烂或品尝完之后，新郎方可在那堵门人的允许下，念念有词地"练着'马liēr'即蜻蜓"，将新娘背进洞房里。

当然，在这里进行的"练马'liēr'"，并不像我们小时"练马'liēr'"那样真实，仅只是一种象征。

小时"练马'liēr'"，是用一根不太醒目的约有七八十厘米左右的长线，将一种从田间地头抓获而来的叫作"老哟"，即一种身材比较大的雄性蜻蜓的"马'liēr'"的腰间拴住,然后再将长线的另一端,紧紧结系在一根约有五十厘米左右长的"蒿枝棍"即蒿子棍,或一般木棍的顶端,并躬身和手持棍子的另一端,以轻轻甩动棍上那拴在长线上的活"马'liēr'",去引诱那与"'老哟'马'liēr'"几乎同样大小的"'老骚耶'马'liēr'",即一种身材比较大的雌性蜻蜓来与其进行交媾,并在其飞到"'老哟'马'liēr'"的身上,与"'老哟'马'liēr'"进行交媾时,再轻轻将两只已交媾在一起的"马liēr",摔到田埂上或草地上,然后又用另一只手的手掌,去轻轻将它们罩住,就可不断将"'老骚耶'马'liēr'"抓获,而使之成为人们的美食。当然,在没有"'老哟'马'liēr'"的情况下,也可用红泥巴将"'老骚耶'马'liēr'"的腰腹轻轻染红,以替代"'老哟'马'liēr'",并用以引诱另外的那些"'老骚耶'马'liēr'"。

至于人们在结婚时,所练的"马'liēr'",则是用一节带有少许葱叶的"葱托"即葱杆儿进行替代。只是在"练马'liēr'"时,也要像小时"练马'liēr'"一般,让新郎一边背着新娘,一边用手甩动细棍,一边于口里不停喊着:"躲落,'老哟','马liēr',来'biēr'一'biēr'",即那来相互粘贴在一起的话语,练着"马'liēr'"将新娘背到新房里,才算"回门"完事。在这里,练"马'liēr'"有男女相互吸引与诱惑,而组合成新的家庭之意。

祭　祖

回门后的当天下午和晚上,除了让亲戚和朋友自由吃、喝外,就没规定程序的活动内容了。新郎、新娘,也可暂时获得自由与解脱及放松。

可是,婚礼进行到此并不算完结。在"回门"后的次日早上,新郎、新娘,以及新郎、新娘的朋友,还必须在新郎的长辈带领下上山祭祖,以告慰祖先,家里又添新人。而只有当祭祖完毕,整个婚礼活动才算圆满结束。

当然,在祭祖时,也有热闹的场面。因为其必须用毯子铺在地上,让新郎、新娘给安睡于地下的列祖、列宗磕头问好，那些陪同前去参与祭祖的朋友，便会趁新郎、新娘忙于磕头之机，快速将地上的毯子掀了盖在新郎、新娘身上。然后就一个个纷纷扑向那被毯子盖住的新郎、新娘的身上，并将新郎、新娘压在毯子里，让其被压得喘不过气来，或不能动荡。

花　絮

为人一生，谁都希望自己的婚礼能够办得风光、气派和热烈。如果没有人或很少有人前去给新郎、新娘闹新房，家乡的人们则会认为，这家人没有人味，或未来的日子不会一帆风顺。所以，在家乡过去的日子，闹新房几乎家家都兴，说对子也几乎人人都会。并且，在新人结婚之时，新娘的父母及长辈和朋友，总要不断地叮嘱新娘："闹新房时，可不要生气呵！人家叫你们说什么，你们就说什么；人家叫你们做什么，你们就做什么。多大的委屈，也要往肚子里咽。"

家乡闹新房，虽有广义和狭义之分，却始终离不开说对子。广义的闹新房，贯穿于新媳妇被娶进家门，当天晚宴时敬酒，晚宴后"看红糖水"和次日"回门"三个主要阶段。狭义的闹新房，却是在新媳妇被娶进家门的当天晚上。闹新房说对子，则是为婚礼和婚姻和弦与伴奏，为整个婚礼增添喜庆。并如那给一堆已燃的干柴，不断加油添柴一样，以使幸福的婚姻越烧越旺。

因此，闹新房的过程，就是说对子的过程；说对子的过程，也是闹新房的过程。只不过这里的说对子，并非文人墨客对对联那样，需严格讲求对仗和平仄。并且，它只需所说出的每一句话，前一句字数与后一句字数基本相等；前一句最后一个字与后一句最后一个字互相押韵就行。因为这毕竟不是吟诗作对，因为这原本就是来自乡野和民间，并隶属于民俗的东西。

自己学闹新房、说对子，则是在年幼之时。并因为长期植根于家乡这个热爱闹新房和说对子的大染缸里，而被灌输了许多荤素不清的东西。并且，自己还自创了许多独门的绝技。尽管说对子，讲求的是即性发挥，但只要自己所说出的对子能让人接受，或自己感到幸福快乐就行。

由于小时家庭条件艰苦，想吃什么却又没有钱购买。因此经常嘴馋得不得了，且只要大人外出，就要一个人在家里不断翻箱倒柜。即使于偶然之间，从米柜子里翻出一扇红糖，也会如获至宝一般，并顶着被大人打骂的危险，将之抱去啃掉一大块或一大半，更不要说可以自由去新郎家闹新房或免费"吃"（喝）糖水了。且在当时，红糖凭票供应，得来不易。

因此，只要听说有人结婚，自己就会邀约小朋友前去，或吵着让大人领着去闹新房。因为那时只要有人结婚，无论请得到、请不到的人，都可前去闹新房，或者是前去喝糖水。这时，家里的大人们，也会反复对我们这些小孩子进行叮嘱："去闹新房可以，但要说对子呵！"于是，我们就在大人的教唆下，不断地高喊着"新姑'爷'，（方音，读：yē），拿泥鳅。新媳妇，"bèr lēr"肚，即挺大肚。婆娘小汉子，栽秧割谷子，割得一窝小耗子，你'dēi'（爹）说，下酒吃，你'嬤'（妈）说，下饭吃"等顺口溜，前去新郎家闹新房了。

到新郎家后，那新郎的家里，往往早已挤满前来闹新房的人。并且，待新郎、新娘看糖水看到自己面前，并让自己喝了第一杯红糖水之后，自己就会把喝空的杯子放到新郎、新娘看糖水用的托盘里，并用手按住问新郎、新娘道："新姑爷，给喜欢？"新姑爷回答："喜欢呢！""新媳妇，给欢喜？"新媳妇回答："欢喜呢！""新姑爷说，头发乱哄哄。"新姑爷就跟着自己说："头发乱哄哄。""新媳说，再来一小盅。"新媳妇也跟着自己说："再来一小盅。"于是，新郎就再次把糖水倒进自己所喝过的杯子里，让自己把第二杯糖水喝了下去。如此反复，自己就可把糖水一次性喝够了。也常常惹得其他前来闹新房、喝糖水的人，等得要么张口咂舌，要么"干瞪眼睛"，即那眼睛呆呆地看着不动。

后来的日子，走的路多了，过的桥多了，自己去闹新房就更加自信和自然而然了。并往往是见山说山，见水说水，见人说人话，见鬼说鬼话。特别是到了成年后，在新郎、新娘向自己敬喜酒之时，或"看"红糖水之时，即那红糖水之时，常常能以一个指挥者的身份，边说对子，边品尝糖水和美酒，让新郎、新娘按自己所说对子的要求，认真去猜，认真去说，认真去唱，认真去做，并引得在场的人，要么群情激愤，要么捧腹大笑。比如：

1."新姑爷，给喜欢？""喜欢呢！""新媳妇，给欢喜？""欢喜呢！""新姑爷说，叮咚隆咚呛。""叮咚隆咚呛。""新媳妇说，老×讨婆娘！""老×讨婆娘！"并且，在他俩跟着自己说了后，自己就叫人找来一个脸盆，让新郎拿着脸盆，让新娘跟在新郎身后，并不停拍打着脸盆，相互高喊着自己让他俩所说的上述话语，绕着"天井"、人群、房间等不断穿行，直至自己让他俩暂停。

2."新姑爷，给欢喜？""欢喜呢！""新媳妇，给喜欢？""喜欢呢！""新姑爷说，爱情天空晴朗朗。""爱情天空晴朗朗。""新媳妇说，双杯喜酒敬新郎。""双杯喜酒敬新郎。"于是，新娘就会兑现诺言，自然倒上两杯喜酒喂到新郎嘴里。也可以让他俩跟着如此说到，"新媳妇说，今天老×讨婆娘。""今天老×讨婆娘。""新姑爷说，双杯糖水敬婆娘。""双杯糖水敬婆娘。""新姑爷说，老鸹、老鸹张开嘴，哥哥喂你糖开水。""老鸹、老鸹张开嘴，哥哥喂你糖开水。"于是，新郎又会按照自己所说，倒上两杯糖水喂到新娘嘴里。还可以如此说道，"新姑爷，给喜欢？""喜欢呢！""新媳妇，给欢喜？""欢喜呢！""新姑爷说，但愿天长和地久。""但愿天长和地久。""新媳妇说，我俩喝杯交杯酒。""我俩喝杯交杯酒。"于是，新郎、新娘，又会按要求各自倒上一杯喜酒，并用一只手端着相互拥抱一起，以绕过对方的脖颈，而将喜酒喂进对方嘴里。另外，也可转移话题，"新姑爷说，她是我的妈。""她是我的妈。""新媳妇说，也是我的妈。""也是我的妈。""新姑爷说，双杯喜酒敬爹妈。""双杯喜酒敬爹妈。""新媳妇说，双杯喜酒敬爹妈。""双杯喜酒敬爹妈。"于是，两人又会按要求，用托盘端着喜酒，去孝敬新郎的爹妈。如此反复，就可说着对子，让新郎、新娘用喜酒和糖水，把在场的所有亲戚和朋友全部看完。

3."新媳妇，给喜欢？""喜欢呢！""新姑爷，给欢喜？""欢喜呢！""新媳妇说，在我俩大喜的日子里。""在我俩大喜的日子里。""新姑爷说，来我两个猜谜语。""来我两个猜谜语。""新媳妇说，猜不上各罚两杯酒。""猜不上各罚两杯酒。""新姑爷说，猜不上各罚两杯酒。""猜不上各罚两杯酒。""新媳妇说，矮胖、矮胖。""矮胖、矮胖。""新姑爷说，麻雀生在肚子上。""麻雀生在肚子上。"于是，两人就相互合作共同猜谜语。如果猜不出来，就得各自把两杯酒喝下。

4. "新姑爷说，说到做到。""说到做到。""新媳妇说，决不放空炮。""决不放空炮。""新姑爷说，我的情最真。""我的情最真。""新媳妇说，我的爱更真。""我的爱更真。""新姑爷说，真假很难分。""真假很难分。""新媳妇说，难分不难分，请你做上五十个俯卧撑。""难分不难分，请你做上五十个俯卧撑。"于是，新郎就只得乖乖地为新娘表演五十个俯卧撑。

5. "新姑爷说，今天客人多又多。""今天客人多又多。""新媳妇说，我俩同唱一支歌。""我俩同唱一支歌。""新姑爷说，唱支什么歌？""唱支什么歌？""新媳妇说，唱支革命歌。""唱支革命歌。""新姑爷说，《没有共产党，就没有新中国》""《没有共产党，就没有新中国》"于是，两个人便在自己的指挥下，唱起《没有共产党，就没有新中国》的歌曲。

6. "新姑爷说，正月里来是新年。""正月里来是新年。""新媳妇说，一生一世为今天。""一生一世为今天。""新姑爷说，我俩来打一个赌。""我俩来打一个赌。""新媳妇说，看谁会跳芭蕾舞。""看谁会跳芭蕾舞。"于是，两人又得为人们表演芭蕾舞了。

……

当然，如果新郎、新娘的所作、所为不符合要求，自己却要对他俩罚酒和"罚水"；如果所说对子不符合道理或不押韵，新郎、新娘也可拒绝履行承诺和表演义务。如果偶然发现伴郎和伴娘，以及在场的男女朋友，有暗送秋波、眉来眼去等情况，自己也会有针对性地说上一些对子，让新郎、新娘威逼和利诱他们，以加深双方的感情或友谊。要么，让其相互拥抱；要么，让其相互敬酒和敬水；要么，让其唱歌和跳舞；

要么，令其你背了我后，我又再背了你。无非是，为他们创造条件，提供相互接触和认识，以及相互了解的机会。因为在家乡农村，这婚礼活动，本身就是一个男女谈情说爱的理想天堂。当然，如果双方在人前羞于表演，自己就会一直耗下去，直至耗到天大亮也不肯罢休。要知道，在此时此刻，那新郎和新娘是根本不敢得罪自己的。如果大家真是不欢而散，新郎和新娘可要背上永久骂名了。

其实，自己说对子闹新房的节目，多是即性发挥的结果，但自己也还储备了许多低级和高难的节目，随时等待用以考验新婚的燕尔们，这就要看当时的时间和环境允不允许，以及自己的心情高不高兴了，反正一切以轻松愉快和气氛热烈为目的。

比如做动作。"新姑爷说，昨天我上山打了一只野兔。""新媳妇说，今天我俩玩一回金钱过肚。""新媳妇说，今天是一个好时日。""新姑爷说，现在我俩就玩鸽子度食。""新姑爷说，我家门前都是山。""新媳妇说，我俩来打机关枪。""新姑爷说，我俩感情深又深。""新媳妇说，我俩来点七星（齐心）灯。""新姑爷说，我俩头顶着蓝天。""新媳妇说，我俩来吹一回香烟。""新姑爷说，世间万物杂七杂八。""新媳妇说，最好的办法，就是练习书法。""新姑爷说，我来写'大'字。""新媳妇说，我来写'太'字。"……

不要小看，这些动作可不好做呵！且每做完一件，却是够新人好受的。

只有让新娘举起双手，并让新郎用左手抓着一把硬币放到新娘的袖口处，然后又用右手从新娘的上衣下部往上穿过，并直至新娘的手袖口处，分别依次一个个将左手中的硬币接了后，又从新娘的衣袖里和上衣中绕出完毕后，才算进行了"金钱过肚"。如果新郎不小心将硬币掉在了地上，一切就得从头再来；如果掉在新娘的衣裤里，新郎还得将这些硬币，一个个从新娘的衣裤里摸出。

"点七星灯"，就是分别将七根火柴的没有火药的一端，有间隔地插在一个空火柴盒上，接着又把已插好火柴棍的空火柴盒，放到一个装有清水的盆子里漂浮着，然后再用一根约有几十厘米长的细线，拴着一支已点燃的香烟，并把细线的另一端又系在一根棍子上，最后让新郎、新娘一人各凑上一只手，抬着棍子去分别将七根火柴点燃。此时，往往会有人从中"使处"即作梗，在新郎、新娘即将点燃火柴之时，故意轻轻吹上一口气，以使得那支燃烧着的香烟，又漂移离开火柴棍。

至于"吹香烟"，则要事先找来一个空酒瓶，接着将一支已点燃的香烟、烟头向外平放到瓶口里，让新郎、新娘合力吹气，将燃着火的香烟吹进瓶子里。这"吹香烟"可不容易，弄不好就会使燃着火的香烟反冲出瓶子，烫伤新郎、新娘的颜面和嘴唇。

还有写"大"字和"太"字。在书写时，一定要用手掌紧紧贴着对方的身体一挥而就。男人在女人身上书写时，可以少下面一点；女人在男人身上书写时，确不能少下面那一点，并且还得干净有力。如果双方偷懒，想草率了事，人们就会逼着他俩不断练习。

比如绕口令。"扁担、绑板凳，板凳、绑扁担，扁担、绑在板凳上，板凳、绑在扁担上。""我家门前有一棵花，大鸡扒扒、小鸡扒，小鸡扒扒、大鸡扒，不怕小鸡扒，不怕大鸡扒，扒去扒来，扒开一朵一朵美丽的花。"这些话语，不但需要新郎、新娘，要不能结巴和不能出错地加以重复说上相当次数，并且经常让新郎、新娘难以启齿和难以从命。

正因如此，经常是自己闹新房将好多新人闹到天大亮，并让那些新人根本无法以正常的时间和速度，去共度如意美景和良宵。此时，有人便对自己说道："同志哥，可不要老是这样呵！'初一在前，十五在后'，到时，一定有你好日子瞧！"

事实上，在自己的《婚礼进行曲》中，自己那些比较要好的朋友，不断给自己的婚礼添加了许多油盐柴米，并让自己在腰酸背痛腿抽筋的同时，还要像老汉推车那样，眼睛半睁半闭地在他们面前进行表演。现在想来，仿佛吃了青橄榄又喝了凉开水一般，真是回味甘甜。

山火的洗礼

　　余自幼生长在彩云南现之地、滇中美丽的云烟之乡，既未曾领略北国风光、千里冰封的风采，更未曾目睹大雪造成之灾害。即便偶尔看到雪景，也是很新奇的事。首次听说大地震，始于 20 世纪 70 年代初期，也就是自己仅六七岁的时候。那时只知，通海发生强烈地震，死了好多人，相邻各县都有强烈震感。当时自家也是举家搬到空旷场地上，搭起帐篷临时居住起来。且每每大人回家生火煮饭，就让自己留在帐篷内看守家什。成年之后，则是既亲眼看到特大"滑坡泥石流"造成的惨景，也亲自参与抗洪抢险救灾，并还多次接受了山火的洗礼。为此，谨以此文敬献给那些奋战在抗灾救灾第一线的勇士们。

　　山和水是相连的，山能寄予气势，水可赠予柔情，有山才有水，有水才有树，好水酿好酒，好酒敬英雄。不然，人们不会常说："灵芝出在深山里，山中有猛虎，世上处处有能人了！"哀牢山就是一个人间的天堂与动物的乐园，保护好它，更是人们的职责和任务所在。

　　优良的植被、茂密的森林，最忌讳山火蹂躏。乡下工作期间发现，当地政府历来把森林防火作为工作重点，职能部门更是要定期不定期地开展防火安全宣传和检查，以提高人们的认识和排除火险隐患。并且，每逢冬春等风高物燥时节，还要经常深入寻常百姓家不断唠叨那："引火烧山要抓紧！引火烧山要抓紧！"的话语。家乡新平是一个少数民族聚居的山区，尚有一些人对汉语理解与表达相互不能协调，但只要人们一听这么一说，就知道是要叫他们注意森林防火了。

一次，林业部门设在山顶的观察哨发现火情，现实报告了当地政府。火警就是命令，"高音喇叭"也立刻响了起来。现场会一开，作了简短动员，我等无名小辈便被点着名去"打火"了。

在家乡人们习惯把发生火灾叫"着火"，发生森林火灾，叫"着引火"，并把灭火说成"打火"、"灭山火"说成"打引火"。说打火就打火，未及充分准备，我们就一个个塞进大卡车里，并像一颗颗在簸箕里的豌豆与蚕豆那般，让卡车颠簸着进山了。

谁都知道，泡天然氧吧，浴山中清泉，捡拾山里的蘑菇，采集山顶的蓝天白云，都是一件件非常舒心和惬意的事。为此而爬山，则如那黄连树下弹琴，乐中有苦、苦中有乐或苦中作乐。但又爬山又打火却不轻松，那纯粹就是前去受罪的事。没办法，抬人家的碗，就要服人家管，除留守人员能够轻松偷安外，其余工作人员只能硬着头皮，去接受那无情山火的洗礼了。

车子在一阵大喊声中停了下来，众人下车后，站在山脚下，开始接受领导训话，而自己则不断举目向山上看去，且还从陡峭的山势中联想到学生时代用于作画的圆规。将圆规的两腿扒开，可旋转画出一个个圆圈；将圆规的两腿多扒开一点，所画出的圆圈就更大一点；将圆规的两腿多收拢一点，所画出的圆圈则较小一点。倘若在山体的两面搭上两条巨型圆规的长腿，那么眼前的山梁，则似一个正准备收拢而不再作画的圆规。

山脚松林茂密，山腰怪石嶙峋并被引火焚烧成漆黑的一片，那些生长在石缝中的一棵棵大树，则如一个个被烟火熏得面目全非却仍在坚守阵地的士兵。而山顶升腾飘浮起的那一条长长的乌龙，却恨不得立刻就将那层层落日的余晖吞尽。

领导训了话，眼看天快黑了，大伙前呼后拥地爬山，不多时就相互看不到对方了，遂只好打起了夜行用的手电爬行。走在平缓的山路上时，大伙尚能自由地甩开两条臂膀，但到了下坡的时候，人们却很难将双脚刹住。并且走着、走着，还得该低头时就低头，该躬身时则躬身。

到了有的地段，更是要像壁虎一般，脚手并用地攀爬。常常是上坡之时气喘吁吁、全身冒汗；下坡以后，那些风干的汗水则将衣服冰凉冰凉地紧紧粘在身上。特别在攀爬山岩之时，还得像那猴子抓烫手的山芋一样，脚手并用、快速灵敏地蹬过或掠过，那些被大火烧过之后，却仍然滚烫的大石头。如果不是为了打火，如果不是看在那些"花花草草"，赐予我们幸福和快乐的情分上，谁有心情爬到这高山之上，来欣赏这美丽壮观的火龙起舞呢！

艰难地爬行，使我们终于抵达了那烈火狂舞的现场，而那些身穿粉红色衣服的专业打火队员，以及本地的山民们，却早已在与烈火进行搏斗。那热闹的打火阵势，既如同许多人手拿铁铲，正围着一口好大好大的铁锅，在炒拌锅中的栗子一般，又像那手拿铁杆的炼钢工人正在炼钢炉旁炼钢一样。

我们不是专业打火队员，正愁没有专用打火工具之时，却有人站出充当师傅，让我们砍下树枝打火。并且，他既教会我们在打火之时，要用树枝盖住火苗用力搓揉火才容易熄灭，又提醒我们不要将树枝抬得太高而影响打火效率，或是不小心让火星子掉进衣服里，又灼伤了自己。

胸中的热情和跳动的火焰，映红了一张张笑脸；浮动的山风与疯狂的火龙，在人们不断扑打的欢声中，正在蔓延或得到逐步控制。大伙热火朝天地在与山风、火势不断地争夺时间和空间，这边的小火扑灭了，那边的大火又狂舞了起来。人是有血有肉的，不亲身体验，又怎么知道什么是赴汤蹈火呢？

烈火考验着人们的勇气和意志，没过多久，就有人有气无力不能动荡了。渐渐地有人坐到一边休息；有人蹲在一旁抽烟、喝水；有人躲到僻静处偷懒，并一去就是很长时间；也有人故意挤到领导身边，显得非常卖力地在领导面前做样子。自己不是什么圣贤，更不是用特殊材料做成，再积极也成不了先进、当不了英雄。因此，在感到很疲劳之时，也会蹲到一旁喝喝水，或抽抽烟。

此时此刻，香烟、饮用水和其他食品，则成了用钱也买不到的最为紧俏的物资，人们相互找食品、找水喝、找烟抽的情况却屡见不鲜。

这里山高皇帝远，除火灾现场尚且明亮，现场之外便是漆黑一团。

不用说一个人难以独自找到下山的路，即便能找到，但在下山途中被豹子叼走了，也许还无人知晓。因此，我不敢有那逃离现场的念头。即使想休息，也只敢到离火场不远的地方偷闲一会儿。

后来，自己和朋友又累又饿又渴，并感到身体实在受不了，就躺倒在树丛里小声聊起天来。

"冬天里的一把火，可把我们烧累了。"

"这算什么，已有人受伤了。"

"听谁说的。"

"不知谁说的，刚才打火时大伙还在一起议论。"

"谁受伤了？"

"不清楚。哎，问你一个问题，如果你处在一座山的山腰，而山下团团地'着起引火'，并借着风势快速向上蔓延，你将如何逃生？"

"现在的任务是休息，哪管得了那些！"

朋友多次用手推自己，自己略加思索并有气无力地答道："最好的办法，是找点能吃的东西，美美地睡上一觉。"

"和你说正事，哪跟你开玩笑？"

"从山腰再放一把火，并使火借助风势烧向山顶，然后自己跟着大火向山顶爬去，便可躲过一劫。"

"办法是好，那不成了纵火犯了。"

"为了活命，那是没有办法的办法。"

结果没聊几句，我俩便睡着了。当树叶的唰唰声和夜晚的寒气将我俩催逼醒来时，才发觉刚才和我俩一起打火的人们，早已失去了踪影。于是，我俩就磕磕碰碰地去寻找打火的人群，但在人们见了我俩后，他们却用异样的眼光看着我俩。其潜台词就是："怕苦、怕累，到哪里躲五月冬五去了？"

好不容易找到他们，我俩愧疚地说道："实在过意不去，在树丛中随便躺一下就睡着了。"

"躺一会儿不要紧，怕就怕被大火烤熟后，成了动物们的美餐。"

"不至于吧，动物怕火是人人知道的。"

当我俩重新加入打火的行列后不久，风向开始变了，火势也有所减弱，于是人们便迂回到火龙对面的不远处，再放了一把火，而使两条火龙相聚在一起，并经反复扑打，整个山火便被我们扑灭了。这时，天刚蒙蒙亮，为防死灰复燃，在领导特意授意了那些专业灭火队员留守观察火情后，大伙便形同英雄凯旋一般，摇摇晃晃地相互搀扶着下山了。

一路上，人们发现，脚下之路又陡又险，稍不留意，便会跌进万丈深渊，实在无法想象昨晚大伙是如何上来的。有人发起牢骚："冬天里的一把火，可烧着许多人的心了。老子又渴又累又瞌睡，弹尽粮绝，全身都快散架了。"

"你算什么，人家被火烧伤、把脚跌伤都还不吭气呢！"

"是哪个小背时鬼、小杂毛儿子放的火，抓着了要好好收拾。如果不是我们把火打熄，让火势蔓延烧到'山心'里，那可回天无力了。国家级森林公园的名声，还不威风扫地，赏花节也赏不成花了。不说远方的客人会笑话我们，当地的老百姓也要用唾沫把我们淹死。"

"得让森林公安好好查一查，是天灾还是人祸？着火点在哪里？致燃物是什么？谁放的火？从哪里烧起？烧毁多少面积？毁坏多少森林植被？是有意还是无意？如果有意要严厉惩处，无意也要好好批评教育，给予处罚，并赔偿一定损失，让其牢牢记住这个教训。"

人们正发泄着心中的怨气，这时突然有人喊道："快来看，这是什么？"当人们走近后，用手中的棍子挑拨着观察，这才发觉原来这是一条被烧焦的麂子。

"这么机灵的麂子，也不能躲过这场大火！"

"像不像你一样，黑漆漆的，掉进'炭笼'里就再也找不到了。"人们面面相觑，相互指点着哧哧哧地笑了起来。

此时，又有人奇怪地说道："怎么有两个人不见了？那两个人来时，爬山可是比狗熊还笨，走路也是慢腾腾的。"

"谁和谁？"

"某某那个帅哥与某某那个靓妹。"

大伙非常担心，他俩是否会像眼前这条麂子一样被烧焦。于是分头找寻，但找了一天早上都未曾找到。与外界联系，在外出差的人打来电话说，看到他俩在省城的商店里，喜笑颜开地采购花衣裳了！

人们这才忽然醒悟道："怪不得昨天傍晚，叫他俩一起乘车，他俩非要自驾摩托来呢！谁说他俩爬山比狗熊还笨，原来他俩比麂子还敏捷，这么快就进了省城！"

作者：新宇　于2017年5月

飞来的仙鹤

——为仙福、钢铁集团有限公司进驻新平而歌

余自幼生长、生活在彩云南现、碧玉清溪、巍峨神奇的哀牢山大山里，耳闻目睹、亲口品尝和亲身体验了哀牢山里的山珍美味、自然风光，以及各种人文风情。感觉世间之事物，正如哀牢山之事物，是相互依存和紧密联系的，是运动、变化和有规律可循的。故在这里牵强附会、生拉活扯一番，决非有意故弄玄虚或混淆是非，而仅仅只是为了寻找一个个人与事物、动物的结合点，并从中发现一些更加美好的东西。

一、哀牢山里的诱惑

这里苍翠欲滴，生机盎然；这里雾绕云遮，玄妙梦幻；这里云蒸霞蔚，景色壮观；这里峰峦叠嶂，翻卷巨浪；这里纵横千里，驰骋南疆。这里孕育了多少希望和梦想，让涓涓细流汇集成飞瀑坠入红河，如鱼贯江海卷起浪花朵朵；这里哺育了多少山菇和花朵，让丝路花雨凝聚成彩虹直冲九霄，似蛟龙出海撒出繁星点点；这里怀揣了多少金童与玉女，让勤劳智慧铺设成通天之路，如马踏飞燕一般踏出钞票撂撂……

他不是上帝和玉帝老儿，也不是拥有通天本领的如来佛祖和救苦救难的观世音菩萨，更不是众人敬仰的耶和华和圣母马利亚，他是鸟儿高

飞投林的阶梯和天堂，他是动物昼伏夜出或昼出夜伏的山庄和牧场，他是动植物情感交流的驿站和港湾，他是母亲红河坚强的靠山和有力的臂膀，他是支撑绿叶、鲜花、小草等儿女们成长的巨柱与栋梁，他是为儿女筑巢引凤、招贤纳良的幸福乐园与理想彼岸。他出生在喜马拉雅山造山运动时期，成长在彩云南现的红土地上，他是喜马拉雅山的结义弟兄和伙伴，他的名字叫作哀牢山。

某一梦幻之年的某一快乐之月，某一快乐之月的某一希望之日，当仙鹤们伫立在海礁上胸怀大海、夜观天象、占卜未来时：一声春雷响彻云霄，震撼大地；一缕春风吹拂海洋，挪动星光；一阵春雨浇灌土地，沐浴山野；一盏灯光温暖心房，照亮航向；一片阳光燃烧寂寞，赶走孤独；一只海螺吹响号角，扯起风帆。

海天相连处，突然浮出一片充满仙山楼阁的海市蜃楼奇观，引得仙鹤们欢呼鹤跃、热血沸腾、争先恐后地纷纷议论开来："海市蜃楼乃天地造化之景色，系光线折射之反映。"

"为了天空飞翔的小鸟，为了水中游动的大鱼，为了广阔的草原，为了宁静的山野，何不背起快乐的行囊、怀揣多年的梦想，去西部开发、去西部发家、去西部安身？"

"大雁向往南方，候鸟热爱暖冬。但令羽毛在，何处不翻飞？"

另一只仙鹤也沉不住气了："我朝思暮想，瞭望远方，有一次竟然梦幻般地看到了这海市蜃楼中的许多美丽景象，并看到了那彩云南现的地方，有一座神奇美丽的仙山，据说它就是横亘云南而赫赫有名的哀牢山。"

又一只仙鹤好奇问道："那山里有些什么呀？"

"当时我一时屏住呼吸潜入海水里，借助海浪的歌声认真地聆听；一时睁大眼睛飞翔到高空中，依靠月光的光谱细心地观察；一时张开鼻孔滑翔到大海边，利用海风的腥咸尽情地嗅闻，才从那海浪的歌声里、皎洁的月光中以及腥咸的海风内，发觉世间还有哀牢山这样一个座神奇美丽的仙山！"

"你倒是快快细细说来，里面究竟有些什么奥妙呀？"

"那里有蔚蓝的天空，洁白的云朵，迷人的彩霞，炫目的光环，天然的氧吧，勾魂的馨香，动听的音乐，舞动的旋律，悦耳的歌声，宁静的村庄，漂亮的村姑，鲜嫩的蘑菇，回味的橄榄，地道的佳肴，天织的树衣，地编的花冠，流连的小草，壮观的飞瀑，甘冽的清泉，快乐的小溪，绝唱的美景，土著的人文，相爱的土壤，相知的伙伴，也有飞翔的鸟儿和爬行、奔跑的动物，还有天真活泼、大富大贵的金童玉女，在一个紧接一个地蛋生鸡、鸡生蛋……"

这时当中的那只领头的仙鹤终于发话了："弟兄们！机会怎容错过，你们说我们像那鸿鹄一样，一起去哀牢山里大展宏图，要不要得？"

"要得。火烧苞麦，即玉米！"众仙鹤们干脆有力地回答。

二、山中自有鹤来仪

光阴似箭，日月如梭。转眼到某一梦幻之年的某一快乐之月、某一快乐之月的某一幸福之日，即一个福禄寿禧和吉星高照的日子。几十只仙鹤在领头仙鹤的率领下，自带水果和干粮，纷纷展开比翼齐飞的翅膀，头顶朝阳，鹤舞东风，一路玩笑着"恭喜发财，红包拿来！"等祈求幸福与快乐的吉祥话语，历经千辛万苦，飞越万水千山，来到哀牢山上空。

在经过一番盘旋和观察后，各自确定了自己的"鹤生"坐标和方向，便如洁白的云朵一般徐徐飘落，然后"噗噜噜""噗噜噜"地发出几声声响和摇晃了几下身体，就稳稳当当歇落在哀牢山的一棵棵高大的青松之上。

他们的到来，打破了哀牢山的宁静，惊醒了山中动物的睡梦，并在百鸟和其他动物中引起阵阵骚动。因为哀牢山里的动物们，尚未明白这些美丽圣洁的仙鹤，究竟来自何处？

有胆大的老鸹，"哇""哇""哇"地叫着问道："敢问从何而来？将去何方？"

那只领头仙鹤答曰："我们来自东海之滨，来与你们结为兄弟与伙伴，共筑幸福乐园。"

作者：新宇　于2017年5月

有喜鹊叽叽喳喳地高兴说道："有朋自远方来，不亦乐乎？有朋自远方来，不亦乐乎？"

一些不安分的画眉鸟，则"的各角，的各角"地议论开来了："养得起，喂不起，要吃我们的鸡蛋拌糯米！养得起，喂不起，要吃我们的鸡蛋拌糯米！"

那只领头的仙鹤听了，又模仿着画眉鸟的腔调说道："养得起，喂得起，不吃你们的鸡蛋拌糯米。是你爱我来我爱你！是你爱我来我爱你！"

领头仙鹤的支持拥护者进言道："不是讨饭，是借鸡生蛋。不是流浪，是创造辉煌。"

有小麻雀疑惑地说道："老鸹喜欢蛋打烂？老鸹喜欢蛋打烂？"

另一支仙鹤不高兴地插嘴道："信不信由你，信不信由你。家乡在福建，家乡叫长乐。福建、福建，建造幸福；长乐、长乐，天天快乐！"

一番争鸣之后，哀牢山里的那一只高傲的领头的山鹰"嗯嗯"哼了一下，然后又润了润嗓子，并抬头望天地发话了："福建、福建，能否共建幸福？长乐、长乐，能否共同快乐？"

"大家快乐！大家快乐！"那只领头的仙鹤干脆地答道。

高傲的山鹰听了，用目光环顾了四周，并在心里权衡了利弊，然后用征求的语气对大伙说道："我看这事可行。以后大家就是朋友，当然能做夫妻也可，或结为兄弟姐妹也行。"

转而他又对那只领头的仙鹤说道："你发财，我发展。希望你们是飞来咱们家乡的金凤凰！"

众仙鹤们立即回应道："我是仙鹤天上飞，你是山中一棵松，仙鹤落在松枝上，石滚打来也不飞。"

于是，仙鹤与当地的鸟儿们，各自张开自己的翅膀，并相互拍打了几下后，则相互达成了共识。

三、幸福吉祥之构想

仙鹤们暂时停歇下来后，居高临下用眼睛去观察，用大脑去思考，用耳朵去聆听，用鼻子去嗅觉，用心灵去感应哀牢山里的一切。渐渐发现，哀牢山里有的是可爱的金童玉女、廉价的劳动力，以及含情脉脉的清泉、河流和小溪，却没有那可让自己自由施展本领的欢乐的海洋和温馨的湖泊。并且，哀牢山的子民，只会用金童玉女生产廉价的面包，既浪费资源，又不能节约成本，其腰包根本鼓不起来。

面对眼前的一切，仙鹤们于心里暗暗盘算：将如何先关上一道窗，然后再去打开另外一扇门呢？

其实，神话与传说，并非全是虚无缥缈的事情。并且，也有许多于过去被神话和传说的东西，却在后来的日子里，让人们在野外考古发掘、科学发展研究，以及各种艰苦奋斗等活动中得到证实或是得以实现。在这里，有关仙鹤的美丽神话，就是一个既顺其自然又合乎逻辑推理，既讲究语法规则又注重修辞表现的真实而又美丽的事件。

传说里，仙鹤是神仙的坐骑，他可以承载着神仙们，如顺风耳、千里眼一般，于瞬间抵达千里之外。因此，在动物世界里有了驾鹤归去来兮的传统和事实。仙鹤是得道成仙的仙鸟和健康长寿的象征与标志，只要他们到来而停歇在一棵棵青松之上，他们就可以带给和赐予当地的动物们健康、快乐与幸福。仙鹤是非常有灵性的，其聪明程度也非其他动物可以比拟，他们能把大葱和"明子"，即渗透着松脂的松木，这两种风马牛不相及的东西巧妙结合，而使动物们变得更加聪明伶俐。

这就不难解释，为何动物在给满周岁的儿女，进行"抓周"时，即给刚满一周岁的幼儿举行仪式及活动时，要把大葱、"明子""等子"，即过去使用的一种小秤、算盘、纸、笔，以及各种食物相互摆放在一起，让年幼的儿女们自由选择、尽情去抓，以预测儿女的兴趣、爱好、聪明程度和前景与未来等。所以说，仙鹤的本领是非凡的，其思维方式、行事风格是与众不同的；仙鹤的办事效率是非常之高的，也是其他动物难以理解接受，并望尘莫及的。

飞来哀牢山里的仙鹤是头顶朝阳而来，并赫赫有名的丹顶之鹤。他们是光明的使者，是最为神圣的鹤类中的皇家贵族，其地位也是明显高出白鹤、灰鹤等鹤类几倍或几品的。但他们既没有因鹤立鸡群、地位尊贵、腰缠万贯自鸣得意和沾沾自喜，也没有像孔雀开屏那样为显摆自己，把尾巴翘得好高。他们非常清楚，他们来自那遥远的大海，是靠喝海水、吃鱼虾等海鲜长大，必须像大海一样有海纳百川、有容乃大的广阔心胸。虽然这里没有广阔的大海，但他们却同样明白，海中有海鲜、山中有山珍、海上有海燕、山里有山鹰等事实。并且，他们还深知那"凫胫虽短，续之则忧；鹤胫虽长，短之则悲""尺有所短，寸有所长""仙鹤的脖子，骆驼的腿——各有所长""草帽底下看不出人来"等道理。

因此，他们更加懂得如何发挥双方特长，寻求共存共荣的结合点和联系点，并找到或开辟出适合自己生存、发展的水土和空间，以把当地的自然资源等优势转变为经济优势，而为国家、集体和自己创造更多的财富。

"鱼离不开水，水离不开鱼。这里没有大海，湖泊总该有吧？"仙鹤们想。"倘若仅仅为了寻找一个方便栖息之所，那倒是一件非常简单容易的事情。哀牢山里有的是天然的氧吧、翠绿的青松、美丽的鲜花，以及深邃的蓝天和情感悠悠的白云。只要自己勤奋而不懒惰，便可轻而易举衔来草木，并在哀牢山的一棵一棵青松之上，给自己搭建起一个个临时的安乐窝来。只是用草木简易搭成的窝，没有那用长寿之面所搭成的窝，牢实坚固和经久耐用罢了。"

"没有大海和湖泊，我们这些来自东海之滨的仙鹤，靠什么生活与生存发展呢？"仙鹤们又想，"动物要吃饭穿衣和食肉食草；植物要在光合作用下，吸收水分和二氧化碳，以呼出氧气；神仙们也要食用那太上老君，在八卦炉里炼出的仙丹，以及王母娘娘，在蟠桃园里种出的仙桃，才能长生不老。当然，神仙们还需要寂寞嫦娥等仙女，载歌载舞抒广袖，为他们喝花酒助兴。我等虽是神仙幻化的仙鸟，通身透满仙气，但并非滴水不进之神，也还得像其他动物那样，尽情地吃喝玩乐，并理想与追求那神仙般的美好生活与幸福快乐的日子。"

鹤的生命是长寿的，长寿也有变成其他动物的时候。鹤的生命是宝贵的，生命属于每一只鹤，只能与其他动物相互轮回。那时的仙鹤就不再是仙鹤了，而是变成其他动物，并失去仙鹤的地位和作用了。因此仙鹤们认为："自己不能因虚度年华而悔恨，更不能因碌碌无为而羞耻。如若那般，还不真成了衣冠禽兽了吗？又怎对得起大海之神妈祖娘娘的谆谆教诲、江东父老的一往情深，以及自己的这身漂亮的衣冠和健美的身子骨呢？那些小麻雀们，还不笑话咱们是绣花枕头一草包——中看不中用啊？"

鸟贵在于自知之明，鸟贵在于能量体裁衣。"趁现在身体健康、精神良好，又拥有许多积累，并正是'雄姿英发。羽扇纶巾，谈笑间樯橹灰飞烟灭！'之时，更应借助哀牢山这块风水宝地，以实现远大的理想抱负，及其自己美好的'鹤生'目标与追求。"

"如今既然到了这里，面对哀牢山里的座座金山、银山，自己为何要空手而归呢？空手拿鱼卖现钱，肯定是行不通的。行得通，也不能做、不会做。因为它不符合自己的职业道德和'鹤生'标准。该是自己的一分也不能少，不该是自己的一分也不能要。"仙鹤们就是这样想的。转而又想："哀牢山里究竟有没有自己可以施展抱负、赚取钱财的湖泊呢？"

他们相信，只要分头行动、四处寻找，也许就能在哀牢山里的某一个角落，找到一个现成的可以安家落户的自由天堂和优美湖泊。可是，当他们拥抱着希望的曙光，扇动着奋飞的翅膀，在哀牢山里飞来飞去、寻寻觅觅后，结果却是徒劳无功、一无所获。

此时，他们并不气馁。因为他们知道：浅尝辄止，将一事无成；付出了，没有收获，是常有的事；做任何事情，不可能一蹴而就；世上没有那么泡的鸡棕，即一种味道鲜美的山菌，让你随便去捡。并且他们还知道："鸿毛一羽，在水而没者，无势也"；"黄金万钧，在舟而浮者，托舟之势也"等道理。

因此他们更懂得：如何借风使力、借力出气；天上有玉皇，地下有龙王；有现成的湖泊更好，没有则亲手创建一个，是最为关键的发展因素所在。

于是，在领头仙鹤的倡议下，经仙鹤们共同商量而集体做出决定：

引进家乡福建的动物资本，利用哀牢山的自然资源优势、区位优势，以及廉价的劳动力，并以长乐的精神状态，自筹资金建设一个属于自己，且能使自己自由飞翔拓展空间和深入浅出捕食鱼虾的美丽、圣洁而自作多情的仙湖。

四、营造仙湖之图谋

鸟美在于羽毛，鸟美还在于心灵。仙鹤们清楚，人类刚开始时是采取以物易物的方式进行产品交换的，到后来才发展为利用货币这种一般等价物或特殊商品进行商品交换，其本身是相当烦琐和很不实用的。所以仙鹤们一开始就吸取了人类的经验和教训，并直接利用了一般等价物进行商品交换。并且是以最为圣洁的仙鹤身上自然脱落的羽毛，这一动物世界的流通货币，作为一般等价物进行商品交换的。这就从根本上免去了人类使用铜钱、银圆、纸币、美元、欧元等作为区域流通货币和世界流通货币进行商品交换的繁文缛节，从而使动物世界的发展、仙鹤自身的发展，在商品交换这一意义上，体现得比人类还要进步、进化得快上一些。

仙鹤们明白，金钱不是万能的，没有金钱是万万不能的。只有自己拥有了自己的优良产品，才能把产品变成商品，拿到动物的自由市场上卖上一个好价钱；也只有自己腰缠万贯，才能手拿钞票到动物的自由市场上，买到自己如意的东西。并挥金如土地在各种高档娱乐行业中，进行各种高档消费，享受各种高档精神生活，开展各种高档娱乐活动，以实现和追求动物间的互通有无和动物间的最大精神快乐。

脑袋里满满的，口袋里空空的，仅有精神支撑，而缺乏必要的物质基础，动物是不能生存下去的；口袋里满满的，脑袋里空空的，只贪图物质享受，也是找不到任何幸福快乐的。

因此，仙鹤们建设仙湖的目的是给自己：营造一个自由施展抱负的空间，并在自己的空间里种瓜得瓜、种豆得豆；搭建一个拥有甜美生活的平台，以充分展示缤纷的生活和高超的技艺；构筑一个能够自由飞翔的天空，以在自由的天空里奚落太阳、月亮和星星；建设一个享受甜蜜生活的港湾，让泥鳅黄鳝把石头作为远行的航船；使自己在生活中自由劳动，在劳动中自由生活，在自由生产生活中编织出有经有纬的甜蜜梦想；使自己的钱财幻化成更多、更好的优质产品，进入千家万户的生活起居和饮食服务之中；使自己的优质产品变成更多的财富，以收购那些来自将来和遥远的幸福与快乐；使自己的生活像芝麻开花一样，上节更比下节高，后节更比前节强；使自己的小日子过得像幸福之水浪打浪一般，三十不浪四十浪，五十正在浪头上，六十还要浪打浪；在自觉遵守法律法规、行业标准、职业道德和注重社会公益效果的前提下，与哀牢子民一起，同上星光列车，同奔金光大道。

木受绳则直，金就砺则利。动物有动物活动的规律和法则，大自然有大自然的自然变化规律和特点。物竞天择，生存发展、生存竞争是适合所有动物，以及各种植物的自然生存法则。要建设一个水美鱼肥的湖泊，要在生存竞争和生产发展中立于不败之地，同样应当按照自然法则和规律行事。所以这就有了仙鹤们，依照自然界关于设立湖泊的相关法律要求，为建设美丽的仙湖而走一步算一步、一步一个脚印、亦步亦趋，所串联起来的看似神话而并非神话的故事。

五、筹建仙湖之良策

1.签订仙湖建设协议

仙鹤们首先与哀牢王国的国王和王宫贵族达成了，引进动物资本进行投资开发，以建设美丽"仙湖"的协议。让建设美丽的仙湖，成为哀牢王国招商引资的重点，并为建设美丽的仙湖，提供极其优惠条件。

2.筹措仙湖建设资金

达成协议后，最为重要紧迫的是如何解决仙湖建设资金问题。资金从哪儿来呢？到动物银行贷款，肯定行不通。因为建设美丽的仙湖，至少需要几个亿的动物资金。这么多的动物资金，由谁担保，用什么作抵押，哪家银行敢贷？即使敢贷，肯定也是杯水车薪。简单快捷的办法就是，由仙鹤们共同发起，成立由各只仙鹤股东共同出资，并以出资额进行分红和承担连带责任的"彩云南现仙湖面食暨建材集团责任有限公司"。如此，既可让仙鹤们共同尝到甜头而感到有利可图，又可让仙鹤们各自承担起因获取利益而可能带来的风险，还能很快地从仙鹤中筹集到动物资本，以根本解决仙湖的建设资金问题。

可是，哀牢山中的动物们意想不到的是，那只领头的仙鹤才振翅一呼，建设仙湖所需的第一批资金，就全部注册到位了。

3.科学明智　仙湖选址

落实了第一批仙湖建设资金，另一个急需解决的问题，就是要为营造美丽的仙湖，进行科学明智地选址了。理想的仙湖究竟应当建设在哪里为好呢？当然是建在交通便捷，并靠近原料产地的地方。并且，只有这样才能更多地节约运输成本，更好地打开产品的销路。因为仙鹤们建设仙湖的根本目的，不但为了方便生活、方便生产，更为了方便赚钱。他们是绝对不会，守着老本而坐吃山空的。

仙鹤毕竟是有别于其他动物的仙鸟，仙鹤毕竟是得道成仙的丹顶之鹤，其聪明程度也充分体现在，能够较好地分清和处理好绝对地租和相对地租的关系上。也就是说，他们能处理好不同的地块，可产生不同的经济效益；相同的地块、不同的位置或楼层等，也能产生不同的经济效益的关系。好在这些美丽的仙鹤，颇具战略眼光、又能慧眼识金，并最终把营造仙湖的福址，选择在了哀牢山下、红河谷畔，一个名叫新平大开门的地方。这也从一个侧面，反映出了这些仙鹤与其他动物所不同的高明之处。

他们何故做出如此选择呢？因为新平大开门背靠哀牢青山，距离新平县城、玉溪市和省城昆明不远，距离哀牢山的两个孙子大红山和鲁奎山这两个原料基地更近。并且，还有一条连接昆明和西双版纳等地，并可直接面向东南亚的213线高速国道从其身边美丽从容地穿过。因此，大开门就是门大开，让远方的朋友，既可自由地飞进山来，也可自由地飞出山外。这就从一开始就自然注定了，家乡的这道大开门，一定是仙鹤与哀牢子民们的一道，大开的招财进宝的方便之门。

4.圈定生产生活圈子

仙鹤们将理想幸福的福址选定后，理所应当是要圈定好自己的生产、生活圈子了。这个圈子里究竟应当包含哪些成分呢？仙鹤们清醒地意识到，既然来到了哀牢山，并要在哀牢山里发展和发财，那就要在建设适宜自己生产生活幸福的福址——仙湖的同时，而与哀牢山里的鸟兽鱼虫等，握手言和并密切合作。并且，合作之中，还要特别注意笼络哀牢山里的那些有知识、有文化、有气魄、有胆识、懂技术的山鹰和各种"能兽巧鸟"，使他们能够静下心来，尽心尽责地为自己工作、为仙湖奋斗。当然，更主要的还是要带领他们，飞向那共同富裕天路，并让他们真正尝到生活的甜蜜，究竟会有多么、多么地甜。

5.明确生产经营范围

圈定了自己的生产、生活圈子，仙鹤们又要准备明确自己的生产经营范围了。生产经营些什么好呢？仙鹤们想。就目前而言，在黑道上，最为赚钱的就是暗箱操作地做毒品生意了。但在那背地里做毒品生意，确是像怀娃娃婆娘过桥一般，既铤而走险、又坑人害己，并容易赔了夫人又折兵的事情。那么，其他的门道就是搞"软件、软道"的开发和应用了。可这"软件、软道"的开发和应用，却是一些看得见又摸不着的东西，其虽能让千千万万的动物受益匪浅，但对于无这方面经验和特长的自己来说，则如让牛上树一样而飞不入那通天之路。在这里既经济、又实惠的办法则是，要充分利用哀牢山的自然资源优势和区位优势，走科学生产和发展之路，以实现产品在各个生产环节和流通领域中的不断升值与增值。

现如今，哀牢山的孙子大红山和鲁奎山上，不正有其他动物拿着手术刀，正如火如荼地给其做着剖腹产手术吗？据说，正当如此妙意的时候，仙鹤们便会看着那些一个个从大红山和鲁奎山肚子里剖腹产出的白白胖胖的金童玉女，并聆听着他们呱呱坠地时唱出的那向往光明的甜美歌声，如闻鸡起舞一般，载歌载舞地尽情狂欢起来。此时的仙鹤们，要么伸长脖子；要么点头哈腰；要么摇头摆尾；要么如蜻蜓点水，或三级跳远运动员一般，在一棵棵松树上尽情弹跳起来；要么张开一双双的美翼,如人类踩高跷或练轻功一般,蹑手蹑脚地在草地上绕起圈子。并以自己的身体,画就了一幅幅松鹤延年的生动图卷,或跳跃出了一个个活泼欢快的森林之舞。

因为仙鹤们知道,大红山和鲁奎山临产的时候,自己发财的机会快到了。仙鹤们还估摸和设想:如何采取流水作业的方式,把一位一位财气旺盛的金童玉女,像磨面一样磨制成粉状后,又送到高大的蒸笼里,让其蒸结成蜂窝状的谜团;如何又将被蒸结成蜂窝状的谜团的金童玉女,再送到那大锅里而像太上老君炼丹一般,使之幻化成迷魂之汤;如何再将那迷魂之汤,倒进那模具里并进行冷却,以面塑成一个一个的大馒头、大包子或大面包。或者,干脆将这一位一位的金童玉女,要么炸成油条,要么拉丝维拉丝地拉成寿面,而不断用以打造出动物们的快乐、长寿和健康。

那时,你就会听到:"老板,来两个馒头!老板,来两个面包!老板,来两根油条!老板,来一碗寿面!"等动听的话语。你也会听到:"兄弟,要馒头,还是要包子?或是要面包?小妹,要不要来两根粗壮的油条?大嫂,宽面、细面,还是快活面?"等问候。并且,你还会听到,"'拉哥,找钱!','不消了,不消了,又不是哪里的人!','接的。人亲财不亲,人财要分清。'"等,生意往来中的习惯语句。要么,欣赏着动物们津津有味地咀嚼着、吞食着自己生产的快乐的馒头、包子、面包、油条,以及那寿面的样子;要么,目睹着动物们用自己生产的面条,建起新房、乔迁新居的高兴劲儿,笑得嘴都合不拢或心里乐开了花。

6.制定仙湖公司章程

明确了自己的生产经营范围,仙鹤们又把目标转向制定仙湖公司的章程上。仙湖的章程应包含哪些内容呢?当然应当包含仙湖的性质、地位、组织机构、权利能力、行为能力,以及对内对外关系等。它应当是仙湖的纲领及仙湖对内对外的宣言书,并对仙湖的股东、董事、监事、经理等具有共同的约束力。因此,凡是自然法则规定必须记载的内容,凡是自然法则规定可由发起人自己决定记载的事项,或者是自然法则没有规定，但却是仙湖的股东自己讨论商定，用以共同自律的内容，都应当纳入仙湖的章程里。只有这样，仙鹤们才可以像吃了放心肉和定心丸一般，依法而不犯法地去挖掘整理那美丽的仙鹤之湖了。

7.设置公司内部机构

纲举才能目张，抓纲就为建设与治理仙湖。没有鱼网，又怎能捕到游鱼呢？没有长线，又怎么可能钓到大鱼呢？因此，仙鹤们还得进一步深入研究，仙湖的网络建设或内部机构设置问题。

那么，在仙湖里究竟应当设置一些什么内部机构或内部网络呢？

首先，要根据出资额的多少，确定股东会的成员，成立股东会；要在股东会成员中，选举产生董事会、监事会成员，并成立董事会、监事会；要在董事会、监事会成员中选举产生董事长和监事会总监；要由董事长确定总经理，再由总经理确定副总经理、总经理助理、总工程师等。

其次，在总经理下设总办公室、某某轧材公司、工会、动物力资源部、节能办公室、财务部、销售部等机构；在副总经理下设总调度室、采购供应部、安全环保部、金童玉女公司、蒸金童玉女公司、煮金童玉女公司、制馒头、制包子、制面包、制油条、制面条公司等机构；在总工程师下设质检部、技术部、资源开发部等机构。

最后，在质检部下设厂质检科；在采购供应部下设仙湖仓库；在安全环保部下设厂安全环保科；在办公室下设招待所、档案室、基建科、保卫科；在动物力资源部下设动物事科、培训中心等分支机构。

有了这些内部机构和内部网络，仙鹤们便可以张网以待和放好长线，而进行有效的捕鱼和钓鱼了。

仙鹤就是仙鹤，他们就是能把营造仙湖，这一人和其他动物根本想象不到的事情，考虑得这么周到细致。可谓是：鹤比鹤，气死鹤，人比动物，不识货；人比人，气死人，马比骡子，驮不成；猪比猪，笨死猪，槽中无食猪拱猪。这就是说，对牛弹琴，是不看对象的；"教牛爬树"，即调教那牛学上树，牛是学不会上树的。因此，凡说话做事，不但要看有无听众和观众，而且要看能否高山流水觅到知音、产生共鸣，更要看有没有那能抓住问题关键、并能牵着牛鼻子走的人。这些美丽的仙鹤，不愧为拥有聪明才智，并能善于开动脑筋，且还能切准时代脉搏和抓住时代机遇，以自由创造富贵和财富的得道成仙之鸟。

具备了发起之鹤即股东，公司名称即彩云南现、仙湖面食暨建材集团责任有限公司，公司福址即大开门，注册动物资本即仙鹤的羽毛，经营范围即馒头、包子、面包、油条和面条，内设机构和网络等，公司成立所需的条件，并经过有关动物机构的登记、审核和批准，仙鹤们很快就顺理成章、顺藤摸瓜，将自己的公司成立起来了。并且，他们也可自由快乐地营造和建设幸福美丽的仙湖了。

六、共筑仙湖之长堤

1.成立庆典与奠基仪式

仙湖公司举行成立庆典和奠基仪式那天，仙鹤们只只兴高采烈、神采飞扬，并为公司成立尽职尽责或尽兴而歌。他们有的在仙鹤王的授意下，在哀牢山的大山里飞来飞去，并邀请到了哀牢王国里的那些高飞的山鹰、奔驰的云豹、富态的黑熊、活泼灵动的西黑冠长臂猿，以及各种动物的霸王与霸王花等，前来参加仙湖公司的成立庆典和奠基仪式；有的却又被安排飞出了哀牢山的山外，去盛情邀请到一些能一呼百应，并得到众仙拥护的仙家，或是能为仙湖发展指点迷津、激扬文字的神灵们，前来为仙湖公司剪开鲜花的彩带，并树碑立传以播下爱情的种子；有的就在建设仙湖的福址上，为远方客人的到来忙七忙八，忙得腰酸腿麻。

并且，于开业庆典和奠基仪式的前后，仙鹤们还用香烟搭桥，用酒水开路，又歌又舞好吃好喝地盛情款待了，那些远道而来的各种动物精英和各路神仙们；于剪彩仪式时，仙鹤们又像人类娶新媳妇那样，手持鲜花并列成迎亲送亲的队伍，而与各种动物与各路仙家们一道，共同簇拥着英俊潇洒、美丽大方、风流倜傥、类似牛郎织女的神仙和他们的鹤王，在鞭炮的燃放声中，在婚礼进行曲的乐鼓声中，缓缓步入了那如婚姻殿堂般的圣殿。并让他们以神的名义、主的名义，如夫妻那样相互对拜，相互许下了爱情的诺言，相互解开了鲜花的彩带。同时，仙鹤们还像人类过圣诞节种圣诞树一般，与他们同唱着"'圣'快乐，'诞'快乐，'圣和诞'快乐了，大家都快乐！"的圣诞祝福歌曲，让他们亲手松开了幸福的红土，亲自播下和埋进了关乎仙湖未来的爱与被爱的种子。

开业庆典和奠基仪式之后，仙鹤们高唱起"打麻将呀们——喝吼！五六筒呀们——喝吼！麻将的声音，嘘哩哩、涮啦啦、嗦罗罗罗呔，杠上花呀们——喝吼！"的劳动歌曲，以及"妹妹你坐船头，哥哥我岸上走，恩恩爱爱纤绳荡悠悠"的劳动号子，开始放开手脚、甩开膀子、展开双翼，在仙湖上飞翔，在仙湖上踏浪，在仙湖上捕鱼，在仙湖上"耕云播雨"，在仙湖里收获甜美的爱情和幸福美好的未来。

2.珠联精制面包生产线

未来是美好的，仙鹤们对此也是非常、非常兴奋和充满乐观的。

因为他们曾在以往的多次采风、采雨和采花的活动中，认真体察了哀牢子民，在大开门采用哀牢山中产出的金童玉女、土法磨制面粉、发酵面团、制作粗制馒头和包子的全过程。并且，还深入了解了哀牢子民，在组织馒头、包子的生产经营活动中，其内设机构、动物编制，以及各种制度管理等方面的情况。

从中发现，哀牢子民进行馒头和包子生产的科技含量不高，生产工艺落后和所用设备简陋，对原材料和各种能量的损耗都相当大。况且，其所生产出来的那些馒头和包子，味道也不纯正，很容易倒了动物们的胃口；还有在动物们将之用于起房盖屋或筑巢垒窝时，其也很难经得住长期风吹、雨淋和日晒的考验。

假若他们把那样的馒头和包子，拿到动物的自由市场上去交易，其不但不能卖到一个好的价钱，有时还会出现倒贴了黄瓜两条情况。长此以往，那些哀牢子民不但不能扭亏为盈，而且还会让自己负债累累，并出现资不抵债，或经营不下去的状况。还有就是，哀牢子民在其生产经营活动中，存在着公司的小窝设置不妥当，没能任动物唯贤，动物浮于事，利益分配不合理等管理方面的缺陷，这也在很大程度上影响了动物们的生产积极性。

仙鹤们能将这些所见所闻作为参照物和反光镜，那还有什么不能像囊中取物和采摘路边的野花、野果一般，而手到擒来呢？

因此，仙鹤们为建设幸福美丽的仙湖，所决定走出的第一步，就是就地珠联一条精制面包生产线，并直接采购和利用哀牢王国所熬制的辣面汤，来蒸烤馒头、包子和面包，以实现此等产品，在生产和流通环节中的第一次重要升值。

他们为何做出如此的决定呢？因为现今的哀牢子民，其土法生产的馒头和包子的科技含量不高，并且其用于生产馒头和包子的工艺和设备也很简易落后，尚不能将那些平时用于生产馒头和包子的"辣面汤"，面塑成形后烤制成新鲜精制的面包，拿到动物的自由市场上进行自由交易和变卖。这其中最为关键的问题是，他们尚不具备那把"辣面汤"里的杂质，进行过滤和剔除到位的技术和资金。也就是说，他们还没有找到和拥有给"辣面汤"除碳（C）的技术良方及其所需的资金。

谁不想一口吞下一个金元宝，一手抱起一个金娃娃？怕只怕不是笑掉了大牙，而是咬掉了大牙。

仙鹤们清醒地认识到，路要一步一步走，饭要一口一口吃，事要顺理成章和有条不紊地做。一来自己初来乍到，尚未站稳脚跟；二来从目前所到位的资金和拥有的技术来看，也只能将哀牢子民用于生产馒头和包子的"辣面汤"，进行二次加工和过滤除碳（C）后，以生产出新鲜的馒头和包子及精制面包来借鸡生蛋。

如若这般：对于哀牢王国的子民来说，不但可省去和免除将"辣面汤"再蒸成馒头和包子的费用及麻烦，而且还可免除将馒头和包子再运到动物的自由市场上进行变卖的运输成本；对飞来的仙鹤们来讲，也是既可免除和省去，靠长途购买和运输馒头和包子，来烤制精制面包的运输等费用，又可就地取材直接购买哀牢王国的"辣面汤"，来精深加工成新鲜馒头、包子和精制面包，而赚取更多的利润及钱财。如此双方都能从中渔利，或有利可图的好事，他们又何乐而不为呢？

至于那如何把"辣面汤"里的碳（C），尽量过滤清除到位；如何将从哀牢山中剖腹产出的金童玉女，磨制成面粉、熬制成"辣面汤"、面塑烤制成面包、油炸成油条，或者再将油条压榨成长寿之面，以实现产品在各个生产环节中不断华丽转身和增值，来大大改善动物饮食生活与起居条件的好事，仙鹤们认为，只能是走一步、算一步或看一步了。

仙鹤们的确是聪明红顶的仙鸟，能够"知鸟、知动物"上任，以充分激发他们的劳动热情和调动其工作积极性；能够手拿秘密图纸，并对比着图纸进行比画及论证，或者于嘴里吹着高音喇叭般的哨声，于口里喊着"一、二、三、四，二、二、三、四，换个姿势，再来一次。"等口令，如教小学生做广播体操，如指挥士兵进行列队操演，处变不惊、指挥若定地不断指挥着各种动物们，按照自己的思路、意图、计划和行为方式，一是一二是二、丁是丁卯是卯，像人类请客吃饭那样，热情洋溢、按图索骥，为建设幸福美丽的仙湖而大操大办，并一大桌、一大桌地逐渐呈现和摆放出来。

为此，仙鹤们招贤纳良，请来了哀牢山里善于编织美梦的蜘蛛，绘制出水电图、施工图、效果图等宏伟蓝图，并接通了仙鹤们生产生活所需的各种串联、并联电路和各类管道线路；请来了哀牢山里善于打洞的泥鳅、黄鳝、老鼠、穿山甲、屎壳郎等，让他们如"潜孔钻"一般，在仙湖的福址上不断地给地下挖洞和打孔，以进行深挖洞、广积粮和各种取水、存水等活动；请来了哀牢山里善于挖掘的螳螂，让他们用那坚强有力的手爪和臂膀，在仙湖的福址上，不断地挖掘出土地的灵魂和祖传的秘方；请来了哀牢山里善于叼食的山鹰，让他们用那铁钳般的大嘴，像平时叼食小蛇那样，把一批批货物，从一个地方叼到另一个地方；请来了哀牢山里善于采花与恋花的蜜蜂和蝴蝶，让他们如同采到和恋上花瓣那般，将一批一批的货物，不断运输到自己的"空间"和那一亩三分地里，以酿制成各种的幸福与甜蜜；请来了北方的善于筑巢的飞燕，让他们在仙湖的湖底，构筑起了一个一个高大的蒸锅和蒸笼，以及一个个水下的面食暨建材加工厂，来蒸煮地道的美味和佳肴；请来了哀牢山里善于搬运，并能举起自己几倍体重的蚂蚁，让他们不断为仙湖添砖加瓦，并不断搬土、运土和垒土，以建筑起一道道能圈围成仙湖的长堤，并可让仙鹤们不断向湖里注入爱情的琼浆玉液；请来了哀牢山里善于负重行军的山龟，让他们像载重的大卡车那般，不断从仙湖内外运送泥土、石料、砖坯、水泥、钢材、金童玉女、美食面包等货物，以便让仙鹤们能在新建的仙湖里，不断注水养鱼或不断借鸡生蛋。

仙鹤们就这样与哀牢子民，以及外来的和尚一道，齐心协力、夜以继日，并体现出惊人的神仙效率和速度，最终把被动物神话而认为绝对不可能实现的事情，变成了美好的现实。他们仅用了区区一年零五个月天文时间，硬是把一条自动化的拥有年产 25 万吨精制面包生产能力，并由鲁奎集团供应"辣面汤"，且具备"转炉溅渣护炉技术开发"先进转炉炼"辣面汤"技术和拥有 R6/12m 三机三流方坯渐进矫直连铸机式的精制面包生产线，给快速建设起来了。

梦幻的日子，快乐翻到 2002 年 11 月 28 日，仙鹤们所创建的"彩云南现仙湖面食暨建材集团有限公司"，第一炉新鲜精制面包成功烤制出炉了，以此写就了第一部可与《荷马史诗》《伊索寓言》相媲美，并出自仙鹤之手和当今时代的壮美英雄史诗和甜美的爱情神话。

3.容纳鲁奎集团的产权

流星划过银河，清风吹走流水，梦幻的日子快乐地流进 2003 年。一时间，动物世界风云变幻、电闪雷鸣，动物王国企业改制的大潮和疾风，纷纷向仙鹤们席卷和劲吹而来。

面对改革大潮和改革之风，仙鹤们并非树欲静而风不止，而是借风使力、四两拨千斤地扯起希望的风帆、乘着理想的航船、驾起快乐的轻舟、荡起友谊的双桨、振起奋飞的翅膀迎难而上，又一次被推到了滔天的巨浪和悠悠白云之上，从而成了当今时代的弄潮儿和搏击长空的雄鹰，参与到了哀牢王国的企业嫁接改造上。

并且，他们很快就于短暂的一个星期之内，轻松筹集到了可以让仙鹤们装上几个麻袋的 9600 万元仙鹤羽毛或动物资金，出资购买了哀牢王国，对鲁奎山肚子里的金童玉女的剖腹权，以及哀牢王国鲁奎集团，用金童玉女生产馒头、包子的设备及材料等所有权。同时，他们还就地消化解决了哀牢王国鲁奎集团原有的 650 个哀牢子民的就业问题，并为他们妥善办理了健康、长寿、快乐、年轻、幸福五大保险，而使"彩云南现仙湖面食暨建材集团有限公司"，成了保持和促进哀牢王国地方经济发展与社会稳定，以及动物王国企业改制的优秀典范。

4.投资进行技改与扩建

要知道，仙鹤们毕竟是来自大海之滨的仙鸟，他们是不会故步自封、闭门造车、安于现状和坐享其成的；他们是深深懂得吃饭与建设、生存与发展、发展与竞争和竞争与科技的相互关系和作用的；他们是心胸豁达、乐观向上、富有开放意识与开拓精神，并能很好把握和发现，事物发展规律及问题的关键所在的。

如果有谁想和他们玩脑筋急转弯的游戏，并问他们"老板和木板，能钉钉子的是什么板？"这样简单粗暴的问题，他们也是能毫不含糊地给出理想答案的。因此，对于美丽的仙鹤而言，那些从哀牢王国购买的鲁奎集团的陈旧老化与科技含量很低的设备，肯定是达不到他们的希望之值和理想目标的。

眼前火烧眉毛的事情，不是要过分地去讨好那些改制后被接收过来的各种大员们，也不是要一头钻进那些陈旧的蒸笼、锅炉里，去窥探与体验那些烈火金刚们的爱情史诗、英雄壮举、英雄故事，或那些金童玉女们在英勇就义前所举行的刑场上的婚礼，更不是要鼠目寸光、好景不长地现成坐在所购买过来的那些陈旧蒸笼、蒸锅等设备上，吆喝着"卖馍了，卖馍了，新鲜馍，快来买了！"等骗人的鬼话，现蒸现卖粗劣的馒头和包子来安享清福，而是要高唱起"吼啦啦啦、吼啦啦，天空出彩霞呀！地上开红花呀！仙鹤同胞力量大呀！⋯⋯"的歌儿，像添油加醋一般，去不断调制更多的美味佳肴，像添柴加火那般，让锅里的美味四溢飘香，像点钞机数钞票那样，让有趣美妙的数钱的声音不断流淌，像水泵抽水灌溉农田一样，让哗啦哗啦的流水源源不断地注入仙湖的心窝里，像江河奔流大海一样，不断投入仙湖的爱情怀抱里，像修车师傅给车子修理发动机和治病医生给心脏病人进行心脏搭桥一样，对所购买的陈旧老化、科技含量很低的设备进行技术改造，以实现面食建材产品在各个生产环节中的不断增值、增效，从而为仙鹤们赚取更多的劳动利润和剩余价值。

所以，当快乐成长的日子抵达梦幻的 2003 年 12 月时，仙鹤们报经了彩云南现经委会的立项登记备案和同意后，便决定呼风唤雨投资2亿元动物资金，对"彩云南现仙湖面食暨建材集团有限公司"进行技改扩建，以建设快乐拥有年产面包55万吨、长寿面条50万吨生产能力的面食建材加工企业，从而使之成为"彩云南现经委会立项登记备案"的三个龙头面食建材加工企业之一。

山雨欲来风满楼，听风则知下雨，触景则会生情，做任何事情就要像与困难和问题摔跤、柔道那样，善于把握时机和抓住机会，并能借光照明、借风听音、借风使舵、借力用力、借鸡生蛋、雷厉风行、干净利索，而将对方不断摔倒在地。或像快刀斩断乱麻一般，快速将那些影响独立思考的诅咒和谎言，妨碍自由飞翔的杂毛与尘埃，阻碍自由行走和奔跑的坎坷、荆棘、绊脚石等困难和挫折通通剔除干净。

大人说话要算数，小孩做事要听话。锣鼓听声，说话听音。天才出于勤奋，笨鸟必须先飞。仙鹤不是笨鸟，更应当充分显示其鹤争一口气，佛为一炷香，树活一身皮的精神和勇气。这些美丽的仙鹤，不愧为聪明灵动、善于应变的圣鸟，就是能不断引领和指挥着那些甘愿为仙湖做出贡献的哀牢子民们，像人们讨新媳妇说对子时那般，不断指挥着新郎、新娘、伴郎、伴娘，并让他们不但要在口里说着"说到做到，决不放空炮"的话语，而且还要让他们真心实意，为前来参加婚礼的亲朋好友们，尽心、尽职、尽责、尽兴地进行即性表演和助兴。

梦幻的日子，健康走到2003年11月，仙鹤们带领哀牢子民们，所扩建的第一个拥有220立方米容量，用于蒸煮馒头、包子和辣面汤的高大蒸笼，像一只会下蛋的母鸡那样，在受孕之后就"咯嗒、咯嗒"地向人们报着喜，并产出一个个金蛋来。

梦幻的日子，幸福成长到2004年5月，仙鹤们带领哀牢子民们，所扩建的第二个拥有220立方米容量，用于蒸煮馒头、包子和辣面汤用的高大蒸笼，也像一只会下蛋的母鸡一般，于受孕之后就"咯嗒、咯嗒"地报着喜，并产出一个个金蛋来。

梦幻的日子，美丽神游到2006年3月，仙鹤们带领哀牢子民们，新建的又一个拥有318立方米容量，用于蒸煮馒头、包子和辣面汤用的高大蒸笼，还是像一只会下蛋的母鸡一样，于受孕之后就"咯嗒、咯嗒"地报着喜，并产出一个个金蛋来。

让当地哀牢子民难以想象和不可思议的是，曾经的哀牢王国鲁奎集团，打着如意算盘，数着屈指可数的手指，计划挥汗如雨、呕心沥血，并艰难注入 2 亿元琼浆玉液，准备用地球绕太阳三圈左右的艰难困苦时间，才能建设完成的容量达 318 立方米的高大蒸笼或蒸锅，在仙鹤们只用了不到一年的快乐时间里，就像天女散花一般，在撒出一片片的 1.2 亿元仙鹤羽毛之后，就大功告成了。

并且，这一连串"喜上眉梢"的好事，也从另一角度体现出仙鹤们少花钱、多办事、办好事的行事风格和高标准、严要求、出成绩的快速办事效率。这又岂是当地哀牢子民，可以相提并论的？正因如此，许多哀牢子民，在目睹与耳闻了仙鹤们的速度和效率后，往往会奇怪地发问："为什么呢？为什么呢？这又是为什么呢？"其实，一切的力量都是在沉默之中积蓄，一切的答案都是在默默无语之中书写，只是那些哀牢子民经常熟视无睹，不愿挖空心思去探寻究竟罢了。也许，这也正是哀牢子民与得道成仙的仙鹤，所不同之处的又一个原因和道理所在。

5.幸福时光没那么遥远

到如今，仙鹤们绞尽脑汁呼风唤雨或"耕云播雨"，浇灌出来的自由与爱情之花——"彩云南现仙湖面食暨建材集团有限公司"：

已拥有价值 6.8 亿元资金的优质水域，为仙鹤们提供了可自由飞翔捕食鱼虾和持续发展生产馒头、包子、面包、油条、面条的广阔空间。

已拥有 2000 多位，乐于为仙湖建设指点江山、激扬文字、出谋划策，乐于为仙湖补充体力、添砖加瓦、做出贡献，乐于在仙湖里畅游理想、抒发情怀、历练情感，乐于在仙湖里收获幸福、甜蜜与爱情，乐于在仙湖里发展水产养殖，或从事馒头、包子、面包、油条、面条生产与加工，不同层次、不同类别、不同工种的员工，作为仙鹤腾飞的坚强后盾和强硬靠山。

已拥有快乐剖腹年产自由落体重量达 35 万吨的金童玉女，共同为仙湖燃烧激情，或为仙湖的建设与发展，进行爱的牺牲和奉献爱的青春。

已拥有用热情洋溢、发酵蒸发后，快乐年产自由落体重量达 60 万吨的馒头、包子或者"辣面汤"，为仙鹤们生产精制面包，输送那爱的力量和源泉。

已拥有用那粗制的馒头、包子，或热情似火的"辣面汤"，进行温情火烤或淬火加钢后，快乐年产自由落体重量达 55 万吨的精制面包，或者烈火金刚，为仙鹤们生产出壮实耐用、味道可口的油条，倾注了全部的心血。

已拥有用那健康、健胃，粗大、结实，既能用以锅煎、又可进行油炸的油条，为仙鹤们生产出那吃了可延年益寿，断了能筑巢垒窝的面条，准备必要的前提与条件。

已拥有将经过梳妆打扮，并烫染成圈、拉直成线后，身材身段长短粗细均匀，仪表光洁幽亮圆润，或通体布满螺旋美纹，快乐年产自由落体重量达 50 万吨，命运好得像那长了又长、长了又长、长长、长长长上天的豆芽菜，并具有通天本领或浑身透着无穷魅力和灵气的面条，推向动物自由市场，以换回圣洁美丽的仙鹤羽毛，这一雄厚的物质基础和重要的精神生活条件。

如此，仙鹤们就可以让圣洁美丽的仙鹤羽毛，像小河淌水，或天女散花那样，源源不断地流进或婀娜多姿地飘进仙湖的怀抱里。并让仙鹤与哀牢子民们，能怀揣起仙鹤的羽毛，再去动物的自由市场上，购回自己的生活所需，而尽情地享受着那幸福快乐的美好时光。

快乐的时光流进了梦幻的 2007 年，仙鹤们所创建的"彩云南现仙湖面食暨建材集团有限公司"幸福地实现年面食销售收入 124269 万元，这是过去一路辛苦的哀牢王国鲁奎集团 2002 年馒头、包子销售收入 17030 万元的 7.3 倍；也同时幸福地实现了年面食建材生产利润 9300 万元，并于根本上扭转了 2002 年从原鲁奎集团传承下来的亏损局面；并且还幸福地开创了年赋税哀牢王国 8054 万元的良好局面，这又是 2002 年鲁奎集团赋税哀牢王国 1596 万元的 5 倍，也同时超出了哀牢王国 2002 年的全年纳税总额。

美好的时光，幸福地到达充满希望和理想的 2008 年，让仙鹤与哀牢子民们欣喜若狂和激情亢奋的是，"彩云南现仙湖面食暨建材集团有限公司"，仅仅在赋税动物王国一项上，就高达 1.08 亿元之多。当然，仙鹤们在面食销售收入、面食生产销售利润等方面，也肯定稳赚了不少的资金。

至于那些为"彩云南现仙湖面食暨建材集团有限公司"的健康成长做出贡献，或为仙湖的水产养殖奉献了青春与爱情的哀牢子民们，其腰包也肯定是干瘪不了的。面对如此令人心动的良辰美景，或这般充满希望和理想的广阔前景，让他们再也不用唱那"你到我身边，嬉皮笑脸，伸手就跟我要钱，我摸摸口袋，只有三毛钱。哦，还要买烟抽！"那样令人沮丧和颓废的歌儿了。

即便是后来遇到动物世界金融危机，出现了动物世界自由市场经济皮软，仙鹤们也没有把进行面食建材生产的火焰熄灭，也没有因为动物世界自由市场经济皮软而减员减效，或停止招收哀牢子民们到仙湖里务工的步伐。

6.配套实施　赚起大钱

春天来，春天来，花儿朵朵开，蜜蜂、蝴蝶都飞来。在仙鹤们进行改扩建和新建起一个个高大富态的蒸笼、蒸锅的同时：

于幸福安康的 2004 年 6 月，仙鹤们又新建安装起了一套 3800m³/h 空分制氧设备及一条 25 万吨的转蒸笼、蒸锅生产线，并在现炒现卖投入生产使用，产出一个个可爱的鲜蛋后，就将之拿到动物自由市场上，像滚雪球一般越滚越大不断赚到了大钱。

于风调雨顺的 2005 年 12 月，仙鹤们又新建安装起第二条 R6/12m 三机、三流、分坯、渐进矫直连铸机生产线，也现炒现卖投入生产使用，并在产出一个个健康的鲜蛋后，就将之拿到动物自由市场上，似席卷被子一样越卷越大不断赚到了大钱。

于五谷丰登的 2006 年，仙鹤们又筹集了 1.2 亿元的动物资金，引进了拥有快乐生产面包、健康生产油条和长寿生产面条，年产 50 万吨生产能力，既能节约燃料又能减少环境污染，"节能降排"达到动物王国行业标准，在动物世界拥有最强经济实力和科技水准的某动物王国，采用热送、热轧、高蒸笼蒸汽回收加热技术，摩根第五代技术高速面食建材面条生产线，还是现炒现卖投入生产使用，并在产出健康长寿面条后，就将之拿到动物的自由市场上，如滚"铁轳辘"那样越滚越响不断赚到了大钱。

眼睛珠是黑的和蓝的，银子钱是白的与雪亮的，仙鹤的羽毛更是圣洁、美丽和弥足珍贵的。但值得仙鹤与哀牢子民可喜可贺、浓墨重彩、大书特书、津津乐道、拍手称快、一路叫好的则是，仙鹤们为建设美丽的仙湖和拓展自由发展的空间与水域，而像雪花一样抛撒出来的羽毛，全都是来自大海之滨家乡福建的快乐民间资本。既没有给当地的哀牢王国增添任何经济负担，也没有向国家的动物银行借贷过一分钱。

七、好事连连其妙何故

仙鹤们建设、发展和治理仙湖的过程，何故就像是人们做梦讨媳妇等，那样好事连连呢？

这与他们能够很好按住时光的龙头，或抓住青春的尾巴，并借风使力、借力出气，不断引进动物资本，垒土为堤，挖坑为湖，筑巢为窝，以及不断进行水产养殖或面食建材的精深加工密不可分。

这与他们能够很好把握动物市场的行情动态，不断进行科学决策和果敢决断紧密相连。

这与他们能够不断注水为湖，进行技改扩建，扩大蒸笼、蒸锅吞食金童玉女容量，扩大蒸笼、蒸锅蒸煮馒头、包子与"辣面汤"规模，以及快当上马精制面包、油条、面条流水生产线，并源源不断输出一个个的健康快乐与幸福音符休戚相关。

这与他们能够与哀牢子民志同道合、友爱精诚、和睦相处，并上下一心、齐心协力、日夜奋斗，也有着千丝万缕的联系。

更与一些鲜为动物所知，并以事实说话、以情感动人的新鲜蛛丝与陈旧马迹，从仙湖的神仙圣水中，如芙蓉出水中一般，在动物的眼前不断流露和脱颖出来。

1.头脑清醒意识到位

事实上，仙鹤们对"外因是变化的条件，内因是变化的根据，外因必须通过内因起作用"的哲学原理，以及那"池为方，塘为圆，没有规矩，无以成方圆"的自然科学法则，理解得是清楚明亮和无比透彻的，并且也是运用得恰到好处和相当得当的。

"秤"为"衡"，"砣"为"权"，半斤八两，都说明了用秤称东西，一斤是不是"十六两"的重量和问题。但仙鹤们却相当清楚并能良好运用，这"秤与砣"的相互关系及原理，以作为权衡事物利弊和好坏的重要依据。

并且，他们还深深懂得，天上的南斗六星、北斗七星，以及地上的福禄寿三星，就是一个完美组合的整体，以它们为行为准则和道德标准，则可在动物之间，或者是在动物之间的相互交易及经营活动中，建立起良好的信任和信誉关系。缺一两少福、缺二两既少福又少禄、缺三两不但少福和少禄，而且还要折寿，这就是仙鹤们建设与发展仙湖，所倡导的一个公平合理的明智选择。

规矩是"鸟"定出来的，规矩是"鹤"可以改变的，规矩是用来共同规范仙鹤与其他动物的行为的。如果大家都各敲各打、各行其是或自吹自擂，又怎能步调一致取得仙湖建设与发展的伟大成就呢？那时就不是面包会有的，一切都会有的了，而是连窝窝头也吃不上了。因此，"以质量和信誉求生存、求发展，以科学严格的管理出效益"，则理所当然成了仙鹤们所坚持走下去的可持续发展的好路子。

并且，仙鹤们向来坚持认为，外来的神仙能显灵，外来的和尚会念经，外来的舞星善跳舞，外来歌星善唱歌，外来的戏子善演戏。

多一个朋友，多一条路。真要演绎好建设仙湖、发展仙湖，这部梨园传奇或"仙鹤鹤生"；真要跳好建设仙湖、发展仙湖，这支仙鹤之舞或天鹅之舞；真要唱好建设仙湖、发展仙湖，这曲仙湖恋歌或仙湖颂歌，还非得请那些功底扎实、声名远扬的大腕，以及品牌的歌星、舞星等明星们，前来登台亮相和表演、演唱与助阵。

让美丽的仙湖不但有生、旦、净、末、丑等各种动物角色，你方唱罢我登场，在仙湖的舞台上尽情表演或助兴伴舞，而且还有"马马乎乎"（方言：即做事不认真，草率了事之意）"猫猫虎虎""熊腰虎背"、开屏孔雀、"画蛇添足"，以及其他善于辗转腾挪、锻炼翅膀，并喜欢凑热闹、看新鲜的各种动物，前来仙湖的水域里大声狂吼，或进行雷鸣般的鼓掌与助威。

当然，也需要如举办奥运会那样，让仙鹤们亲手从哀牢山的山顶上采集明媚阳光，并将阳光进行有效过滤与分解，以形成赤、橙、黄、绿、青、蓝、紫，这五颜六色或七彩颜色的灯光，而如星星一般，不断将仙湖的天空交错点亮；还需要找来锅、碗、瓢、盆等，能够产生共鸣效应的乐器或设备音响，为仙湖的发展鸣奏出优美动听，或余音绕梁的快乐乐章；更需要用油、盐、柴、米、酱、醋、茶等保健食品，慰劳为仙湖演绎梨园传奇或"美丽鹤生"的明星、大腕及各种动物们，以祝福他们幸福永远和快乐安康。

因此，仙鹤们作为仙湖建设、仙湖发展的总设计师、总导演、总编辑，以及仙湖之歌、仙鹤之舞、仙鹤之恋的决策者和谋划者，其举翅轻重所腾飞的每一翅，都是那么地长远和非常地快乐、轻松与简单。

2.方法得当措施有力

坚持以鸟为本原则

用伯乐相马的眼光，高薪聘请那些来自三山五岳及五湖四海的优秀的动物天才，前来为仙湖的建设与发展进行打拼和助阵。

当希望的阳光刚刚进入快乐的 2003 年，仙鹤们就拍着巴掌、扇起翅膀，像傣家"迎宾女"一般，笑逐颜开、敲锣打鼓地迎来了，来自七彩云南内外，既有蒸煮馒头、包子、辣面汤和烤制精制包的高超技能，又有油炸风光油条、健康生产长寿面条的丰富知识和经验，并善于企业管理，且能够为仙湖的生产发展出谋划策的 59 位天资聪颖的动物天才，加入仙湖建设的队伍中来。

并在居住的鸟巢、暖窝和水立方，享受的清风、白云和蓝天，以及知识和技能的学习、教化、训练等必要条件方面，给予其政策倾斜和优惠待遇，以充分调动其主观能动性和工作积极性，从而使其能够放下包袂、甩开臂膀、轻装上阵，并踢开绊脚石和放心、放手、放脚地积极为仙湖的建设与发展，奉献自己美好的韶华和靓丽的青春。

他们的到来，既为仙湖的建设与发展，解决了许多预想不到的生产技术难题，也为仙湖的建设与发展，不断节约了生产经营成本和创造了丰厚的经济效益与利润。同时也让这些动物天才们，在经历岁月的洗礼和实践的磨砺之后，逐渐成了仙湖发展的领导核心和技术骨干力量。

建章立制奖勤罚懒

在制定了公司章程基础上，先后制定和建立完善了《目标成本考核办法》《物资比价采购规定》《安全环保管理责任制》《岗位责任制》和《绩效考核制度》等一系列规章制度，以规范仙湖每一只动物的工作质量和工作行为。

同时实行奖勤罚懒，以充分激励仙湖的动物们，不断为仙湖的建设与发展效力，不断为仙湖的建设与发展尽忠。并沉着冷静、积极思考、开动脑筋、先易后难地不断燃烧激情，共同为仙湖的建设和发展奉献青春和汗水。

这就要求为仙湖建设和发展效力的动物们，既不要像懒猪那样，贪吃、贪睡、不干活、不可教也，最终"笨死"在屠刀之下；也不要如"懒牛、懒马尿屎多"一般，为偷懒、混日子，主观不努力而客观找原因。因此他们必须认真做到：

该上早班就上早班，该上中班就上中班，该上晚班就上晚班，该上夜班就上夜班，该上长白班就上长白班，自觉地严格遵守上下班时间，并严格执行各种工作流程和操作规程。

当指挥则指挥，当调度则调度，当拉闸则拉闸，当点火则点火，当添柴则添柴，当抄表则抄表，当蹲点守候则蹲点守候，当拌浆则拌浆，当熬汤则熬汤，当蒸发馒头则蒸发馒头，当烤制面包则烤制面包，当炸出油条则炸出油条，当拉出面条则拉出面条，当开飞车则开飞车，当乘直升飞机则乘直升飞机，也不管他们是否同年同月同日生，是否你当官来他敲更。

总之，一切都要尽职尽责，一切都要为了仙湖的美好未来着想。有时，动物们也许会看到那些灵动的鸟儿，抓着面包、油条和面条，在仙湖的上空飘过来、荡过去，就像猴子荡秋千一般好玩；有时，动物们也许还会看到一些动物，手拿香火在专注地燃烧希望之光。其实，这一切的辛苦都与动物们的幸福与快乐同在。这就像勤劳的蜜蜂需要不断采花，才能收获生活的幸福与甜蜜一般，怎可能不劳而获呢？

推行三项制度改革

仙鹤们之所以要积极推行，对"动物事、动物用工、动物收入分配"三项管理体制的全面改革，其目的就在于要从根本上医治好，过去的动物王国国有企业遗留下的政企不分、管理僵化、冗员太多、平均主义严重、吃大锅饭、生产成本过高等久治不愈的通病。

坚持能者上、平者让、庸者下的原则，改革《中层干部管理办法》。让中层管理人员能上能下，干有信心、苦有所获、劳有所得。推行干部聘任制、员工竞争上岗制，建立起集"激励、约束、竞争"为一体的动态管理机制。同时按照岗位职责和岗位标准，坚持每月对干部员工进行一次评估，半年对全体干部员工进行一次综合考评。实行末位淘汰制，使干部员工树立竞争意识，从思想上、行动上适应动物市场经济发展的需要。

建立天才培训体系

鹤翎不天生，变化在啄抱。仙鹤们一向坚持认为，天才是靠培养出来的，天才对仙湖的建设和发展，也是起着至关重要的作用的。

因此，仙鹤们于近几年来，不断建立健全了企业天才的培训体系，不断创新了企业天才的培训模式，不断聘请具有较高专业知识和文化水准的天才教师，对仙湖的动物们进行定期的教育和培训，以不断提高这些动物们的知识文化水平和专业技术能力。

同时，仙鹤们还不断选派优秀的天才，到更为先进的企业进行学习、考察和深造，以不断更新这些企业管理天才与专业技术天才的知识和理念。

并且，仙鹤们也投入了高额动物资金，建成了面积为600平方米的具有豪华座位和进口投影仪、音箱、笔记本电脑等设备的现代电教化培训中心。先后于快乐的 2005 年、2006 年、2007 年，分别举办了 200、350、380 场次的职业教育培训，共培训了动物 40000 多只（条、头）次。为做强、做大仙湖，打下坚实的基础，铺起了强硬的道路。

有了天才的积极支持和参与，有了天才的出谋划策，有了哀牢子民和仙鹤们的共同努力，仙鹤们就知道如何建设和发展好一个鱼美、水肥的仙湖，如何在仙湖水下生产出味道鲜美的面包、油条、面条，如何为仙湖"安环"进行安全生产及预防和排除各种污染，如何搞好生产能源的综合利用，如何在产品质量上下功夫，如何在产品的质量上出效益，如何扎扎实实、认认真真树立仙湖的品牌形象，来提高仙湖的信誉度和知名度等。

因此在天才们的倡议下，"科技创新做好节能减排工作，同心协力确保稳定持续发展"，"以质量和信誉求生存求发展，以科学严格的管理出成果出效益"，自然而然、顺理成章、理所当然成了关乎仙湖的未来命运的战略发展之路。

履行承诺安全生产

为了确保安全生产，天才们先后提出并带头履行了"关爱生命，安全发展；上班不是逛公园，护品护具戴齐全；高高兴兴上班来，平平安安回家去；安全是一种责任，为己为家为他人；安全工作松一松，事故就到你我中；遵章守纪保安全，违章操作起祸端；安全来自长期警惕，事故源自瞬间麻痹；安全第一责任在行动，预防为主从我做起"等，介乎于对联和顺口溜之间的关乎生产和生命安全的诺言。并且，他们还带头改进和完善了，用电、用水、机械应用等，生产建设领域、生产环节和生产部位的安全防范措施，从而避免和减少了许多安全生产事故的发生。

特别值得颂扬和称道的是，天才们还不断提高了安全生产的科技含量，并不断加大科学生产的力度，将那些不适应安全生产需要，并含有较多钙、镁、铁、锰等可溶性盐类，且容易形成水垢，即水碱的硬水，科学地软化成了含钙、镁、铁、锰等可溶性盐类较少的软水。同时又将这些被软化而成的软水，广泛运用到仙湖的生产、生活等各个领域之中，从而确保了仙鹤及其哀牢子民们，在生产、生活等方面的用水安全。

环保生产的高起点

为环保美丽与安全起见，天才们积极倡导和共同参与了，对仙湖及周边环境的保护和整治。并让仙鹤们清楚和明白，他们决不应犯那：一边为确保发展生产，以生产保健面食建材品，来促进动物的身体健康；一边又让生产精制保健面食建材品时，所产生的有害附属物，损害周边动物及其同胞的身体健康等这样那样，如出自小儿科的严重毛病和错误。

同时，天才们还促成仙鹤们集体做出决定，并实现了将"彩云南现仙湖面食暨建材集团有限公司"的生产车间，建在了美丽的仙湖的湖底，这一个伟大的壮举。

其奥妙之处在于：它能使仙鹤与哀牢子民们，在共同生产美食建材面包、油条和面条时，所产生的一氧化碳（CO）等有害气体，经过仙湖循环系统的充分循环过滤，并得以充分利用后，再通过管道渐渐输送入蓝天里，而变成悠悠的白云；它能使那些经过充分过滤后的一氧化碳等有害气体的沉积物，像给蔬菜地里的蔬菜施肥一般，而在仙湖里助长出又粗又大的莲藕，或滋补出又美又肥的鱼类；它能让仙鹤们用金童玉女生产面包、油条和面条时，所附生的粪便或废渣，变废为宝而成为优质的水泥，以筑牢和圈围起仙湖那青春永固的长堤；它能使过滤废气、洗涤废渣时产生的废水，在仙湖的软道里被循环利用或得到净化后，再发泄到仙湖的生产车间之外的仙湖的循环水域里，或水域之外的精彩世界里，而让它们该用于养鱼就用于养鱼，该用于浇地则用于浇地。

另外，仙鹤们还实施了为仙湖周边或为大开门附近群落，解决好饮水困难的问题，而较好地改善了当地的用水条件，并促进了仙湖与周边群落的睦邻友好关系。

综合循环利用能源

为节约能源，仙鹤们在天才们的建议和帮助下：将蒸发馒头包子、烤制面包和油炸油条，燃烧燃料时所产生的热气，不断回炉到高大的蒸笼、蒸锅里，以不断为其增添那激情燃烧的岁月；建起了余热发电站，将燃烧燃料时所产生的热气，以及冷却蒸笼、蒸锅、馒头、包子、面包、油条和面条时所产生的热废水，进行二次回收利用并发出电量，然后再将所发出的电量，并网到地跨南北东西的大电网里，最后又将那大电网的电量，不断输入仙湖的生产、生活领域，以节约仙湖的生产、生活能源，并有效降低仙鹤们生产面食建材产品的成本。

想方设法提高质量

为有效提高仙湖的面食建材质量，仙鹤们在天才们的建议和帮助下，注意引进各种先进技术和设备，注意提高各个生产环节的科技含量，注意改良解决给粗制馒头、包子除碳（C）的工艺和技术难题，以生产出更加有利于健康长寿的精制面包、油条和长寿面条，来奉献给那些热爱生活、向往快乐和健康长寿、向往建设美丽新居的动物们。

另外，仙鹤们还在天才们的建议和帮助下，在进行技改扩建和扩大生产规模的基础上，从外地采购了一批批伟哥或还魂丹，并将这一批批的伟哥或还魂丹，纷纷投入一个个高大的蒸笼、蒸锅里，去为那些蒸笼、蒸锅里的金童玉女们，不断酝酿或催生美好未来和甜蜜爱情，以使他们能得以充分自由地燃烧激情，而如产蛋的母鸡一般，不断将那更多、更好的新鲜馒头、包子、油条和面条，奉送给那些热爱和喜欢面食美食或优良建材的各类动物们。

八、美丽花结出长寿果

到如今，仙鹤与天才及黎民共同努力和奋斗，所建立起来的美丽的仙湖及"彩云南现仙湖面食建材集团有限公司"生产的面包、油条、面条等长生保健产品，不但顺利通过了动物王国国家面食建材质量监督检验中心的检验，而达到了动物王国的国家面食建材质量标准，且还名正言顺获得了动物王国国家质检总局的"全国工业产品生产许可证"认证。

同时，也还因公司业绩辉煌与成绩斐然，被成功列为彩云南现的百强乡镇企业综合实力的第26强，并还使其先后荣获彩云南现的优秀民营科技企业、纳税先进企业、纳税大户企业、守合同重信用企业等荣誉称号。

这不但使"仙湖牌"产品，成了彩云南现的著名品牌产品，也同时让"仙福牌"商标，成了彩云南现的驰名商标。并令那闪烁的"仙湖之光"以及那仙鹤们的魅力和风采，得以在哀牢山的大地上，不断照亮和燃烧哀牢子民的善良质朴的情怀。

九、鹤鸣九皋声闻于野

现如今，"彩云南现仙湖面食建材集团有限公司"生产的健康长寿产品，已远销到彩云南现之内的各地、州、市，以及彩云南现之外的四川、贵州、广西、广东、深圳、海南等省市和越南等东南亚国家。并以其良好的信誉和质量，赢得广大用户拥戴和青睐。

这就是仙鹤们在接力"鲁奎山之路"后，所成立起来的矗立在哀牢山大地上，并集剖腹产出金童玉女、快乐蒸发馒头和包子、精心烤制精制面包、快乐油炸幸福油条、健康生产长寿面条为一体，旗下拥有"哀牢仙湖金童玉女熬煮有限公司""彩云南现碧玉清溪仙湖制作面包油条面条有限公司""彩云南现碧玉清溪仙湖轧材有限公司""仙湖集团澄江轧材有限公司"等公司，且署名为"彩云南现仙湖面食建材集团有限公司"，所绽放出的绚丽之花与梦幻之彩，将诱引仙鹤与哀牢子民，快乐抵达一个个幸福的彼岸，健康地走向一个个长寿的未来。

十、燕雀安知仙鹤之志

但仙鹤们并没因自己拥有一个个自产的硕大金鹤蛋而自鸣得意，也没有因取得空前的伟业而利令智昏。他们尚能清醒认识到，发展是企业的根本，创造财富是企业的责任，创新是企业的灵魂，这一仙鹤建湖的根本宗旨。他们尚能一心一意，认真把握自己的"鹤生"坐标和航向，并切准时代那激烈跳动的脉搏，或高瞻远瞩于高高的哀牢山之巅，尽情观察和展望哀牢山的眼前与未来；或不断开拓行驶在秀美仙湖的浪花里，去充分体验那能让仙鹤们激情澎湃的心跳与刺激。

他们不愧为一群技高鹤胆大、山高鹤为峰，能够不断追求美好与不断走向事业成功的大福大贵的仙鸟。因此，他们并非那小富即安、吃饱即跳的小麻雀。

并且，他们凭借自身的才能，凭借哀牢山里丰富多彩的金童玉女，凭借动物王国关于企业发展的政策优惠，又将为仙湖注入 30 亿的环保清洁能源和爱情的琼浆玉液，以技改扩建仙湖的水域，以技改扩建仙鹤的领水和领地，以技改扩大仙湖的长寿面食建材品的生产规模。来快乐实现年产馒头、包子、辣面汤 155 万吨，年产精制面包、油条 150 万吨，年产健康长寿面条 120 万吨，那鹤有多大胆、湖有多高产的理想生产产量；来快乐实现每年面食建材品销售收入达 48 亿，每年上缴税金达 2.25 亿，每年企业生产销售利润达 2.5 亿，那鹤有多大胆、包有多么满的理想收入目标。

同时，他们还要将面包、油条等长寿产品进行防尘除霉和精深加工，还要用面包、油条等产品进行银镜反应，以开发生产出那属于仙湖的专利，并不会发霉的色香味俱全的面食新产品，以造福仙鹤的子孙后代和动物王国的黎民百姓。

到时，仙鹤们又要如教学生做广播体操和指挥士兵进行操演那般，口里喊着："一、二、三、四，二、二、三、四，换个姿势，再来一次"的口令，让身处仙湖的动物们，积极投入那更为热情似火的生产生活之中。

十一、令"鹤"难忘之哀牢山

仙鹤们是吃鱼不忘建湖人，产蛋不忘哀牢山。在动物社会使自己变得越来越富有、越来越美丽、越来越可爱的同时，他们并没有忘恩负义地忘记，那些为自己迎来理想和希望，为自己汇聚和堆积，像小河淌水一样多、像小团山一样高财富的哀牢山，以及那为自己挥洒青春和汗水，并做出爱的奉献的哀牢子民们。

因此，面对哀牢山里的困难：仙鹤们并没有面面相觑、左右观望或袖手旁观，而是心照不宣积极投身到哀牢山的光彩事业之中；也没有鹊巢鸠占，而是向哀牢山的子民们，帮了贫、扶了困、问了苦。

仙鹤们既为哀牢山里的"8·14"特大滑坡泥石流捐资、捐物，也为哀牢子民们筑起许多安乐窝、幸福巢，还在哀牢子民和仙鹤之间架起连接双方情感的"仙福桥""爱心桥"。同时，仙鹤们既为哀牢子民提供许多好饭碗，也为哀牢子民提供许多吃饭、建设和发展的资金，还为生活在仙湖湖畔的哀牢子民的生产、生活环境，进行有效的综合整治，并向他们提供了优质爽口的水源。

仙鹤们以其真实的体验，充分体现出"借巢搭窝，借鸡生蛋，借腹生子；我发财，你发展；恭喜发财，红包拿来"的"鹤生观"与价值观，以及世界观和伦理观。

十二、神来之笔亦非梦幻

仙湖的天空织满绚丽的彩霞，仙湖的天空饰满洁白的云朵，仙湖的天空飞满钟情的仙鸟，仙湖的靠山长满翠绿的青松，仙湖的靠山搭满崭新的窝棚，仙湖的靠山长满多情的山菇，仙湖的湖岸开满多姿的鲜花，仙湖的湖堤挂满累累的果实，仙湖的湖边铺满碧绿的青草，仙湖的淤泥装满粗壮的莲藕，仙湖的湖里立满盛情的荷花，仙湖的水面划满友谊的船桨，仙湖的船头站满采莲的佳人，仙湖的水里跑满肥美的鱼虾，仙湖的水底筑起不夜的城池，仙湖的湖底工作着一队飞来的神鸟，仙湖的湖底工作着一群潜游的游鱼，仙湖的湖底劳动着一伙风流的神仙，仙湖的湖里生产着一个个健康的面包、一根根快乐的油条、一卷卷长寿的面条，让那些慕名前来的动物以及各路列位仙家们，看了心旌摇曳，闻了娓娓动听，吃了味道鲜美，用了健康长寿，住了乐不思蜀。

只要你如轻风那样，轻轻掠过仙湖开满鲜花的长堤，你就能听到和看到轻风告知你，关于仙湖的一切美妙、美好与传奇。

只要你像聆听"花开的声音"一般，于仙湖的长堤上俯首帖耳地贴着倾听，你就能听到仙湖那清汪汪的水里，游鱼游荡所发出的活泼的快乐声音。

只要你慢慢地用鼻子进行呼吸，就一定会有一连串飘浮的烟波，悄悄地流进你的心里。此时的你要注意保持宁静，并让这些缥缈的烟波，恰到好处地促进你的血液循环和内分泌。

只要你对着仙湖的湖面用双眼轻轻一瞥，就一定会有一片一片"有风故作飘摇之态，无风也呈袅娜之姿"。而亭亭玉立的荷花、荷叶，映入你那清澈明亮的眼睛。此时：

如果是在深夜，你也许还会梦幻般地看到，一颗颗的星星，如同一朵一朵的新鲜蘑菇一般，纷纷从蓝天中沉落到仙湖的碧水里。其实，那些闪亮的光辉，不仅是天上的星星，投入仙湖水里所形成的光影，也是仙鹤与哀牢子民们，在水下进行生产劳动时所交映形成的一个个美景。

你也许还会梦境般地看到，有一个一个如同深水炸弹一般的大东西，沉浸在仙湖那透亮的湖水里。其实，那也不是什么深水炸弹，而是仙鹤与哀牢子民们进行水下生产时，所使用的性能安全可靠，并且个体较为高大的蒸笼和蒸锅。

你也许同样还会看到，仙湖的水底流淌着一条落英缤纷、星光闪烁的银河。其实，那也不是什么流淌的银河，而是仙鹤与哀牢子民们进行水下生产时，经过除尘、除垢、除碳、降温、升温等环节，而机制出馒头、包子、油条和面条等长寿保健产品，所形成的一条流水生产线。

当中最为神奇的是，每当动物们在仙湖的长堤上，驻足观看仙鹤与哀牢子民，在仙湖的水下进行生产劳动时，则会看到如在海洋艺术馆里隔着玻璃观看鱼儿游动、奔走、起舞，有着同样艺术视觉效果的水下奇观。

此刻，长堤上的动物们，往往会被当中的劳动情景，吸引得不断惊呼狂叫起来："哇噻儿，快看！那是一条美人鱼。哇色儿，快看！笨牛也能上树。哇噻儿，快看！懒猪也那么勤快。哇噻儿，快看！快听！那些玻璃屏蔽中的动物们，正在一边忙碌，充分展示着自己的高超技艺；一边还欣赏着玻璃屏蔽外的鱼儿尽情地舞蹈，或哼起了快活劳动的小曲……"

十三、仁者乐山　智者乐水

这又是为什么呢？为什么哀牢山下会出现如此壮观的天下美景或动物天堂呢？这难道又是那虚无缥缈的充满仙山楼阁的海市蜃楼吗？非也！

无论你是闭闭眼睛睡着了，还是睁睁眼睛看世界；无论你是否眼睛一睁一闭过一天，还是眼睛闭了不睁到另外一个世界，它都是货真价实地在你的面前存在着。当中的原因，谁又能说得清楚呢？

想来，如果将哀牢子民，包括所有在哀牢山里生活与成长起来的各类动物们，比喻为仁者，那么这些哀牢子民：

就是一些富有仁爱精神，讲求仁义道德，讲究礼仪廉耻，心地善良，性情宽厚；富有同情心，又能乐于奉献、乐意帮助；善于吃苦耐劳，又能一生任劳任怨、忠诚老实、勤勤恳恳、脚踏实地、一心一意诚实做事的哀牢子民了。也是一些：品德高尚，能够不因自己的处境好坏随意改变节操；心地仁慈，不轻而易举地与人绝交；讲求仁爱，能够赠人以金玉良言；讲求仁德，能够先把克服困难放在最前，把自己的收获放在最后，并忠心耿耿和乐于奉献的哀牢子民了。

只要有他们存在，只要给他们一碗饭吃，他们就知道滴水之恩，当涌泉相报；只要有他们参与，只要发给其薪水和报酬，就没有任何难事，不能在他们的支持和协助下完成。

如果把为创造幸福、收获快乐、建设和发展美丽的仙湖，来自大海、来自大海之滨的福建长乐的仙鹤们，比喻为智者，那么这几十只飞来哀牢山里的仙鹤，就是一些：

富于神机妙算、智慧与能力超群、聪明红顶、具有远见卓识，能够抓住时代发展机遇、把握时代跳动脉搏、吃一堑长一智、发展智力产业、开拓创新指挥千军万马、快乐建设发展美丽的仙湖，为哀牢山乡与哀牢子民带来幸福快乐、精神和物质财富以及健康长寿，并飞到哀牢山乡筑巢搭窝与不断觅食的金凤凰了。

那么这些飞来哀牢山乡如同金凤凰一般的仙鹤，就是一些：既有高度智慧，又善于独立思考；既聪明红顶，又不主观臆断；既经常耕耘自己心田，又不断明察事物秋毫；既"知鸟、知动物"上任，又不要求集体大同；既不会重犯过去错误，又不会依靠侥幸取得成功；既当机立断，又因势利导；既能在实践中掌握知识，又能取人之长补己之短；既能转危为安，变被动为主动，又能使所思考的问题，符合时代发展的方向，并集富态、高贵、圣洁和美丽为一身的仙鸟了。

他们的智慧足以辅助别人，照亮他人的人生；他们的智慧像眼睛一样明亮，足以打开动物心灵的天窗；他们的智慧像泉水一样永不枯竭，足以点燃和照亮动物的美好希望和锦绣前程。他们为鹤，从不自以为是，从不过分考虑自己得失，从不依仗聪明使用私心，从不因私利损害大义，他们是一群，即一伙，对"哀牢子民"非常仗义的弟兄和哥们。

只要有他们存在，他们就能给你一碗饭吃；只要有他们存在，他们就能给你带来幸福和快乐；只要有他们存在，他们就能给你带来健康和长寿，只要有他们存在，他们就能搭给你一个个舒适安乐的窝。

也道是：仁者乐山，智者乐水，仁智合一，物阜民丰、山水人文齐美也！

山之脊

　　茶余饭后，看电视"周末鉴宝"，身旁小子凑起热闹问道："爸爸，我家有传家宝吗？老师说，家家都有传家宝。""你说的传家宝是指什么？什么是传家宝，可是因人而异的。"类似的问题，好多小孩同样问过他们的父母。

　　孩提时的一天，自己从窗外石榴树上的鸟鸣声，以及所靠的绣花枕头内"荞壳"发出的咔嚓咔嚓声中醒来，嗅着枕头内散发出的汗腥味，看着从"土掌房"的屋檐下，那用烂陶罐子做成的窗子外，射进屋内的缕缕阳光，便感觉到屋内的那些被烟火熏得油黑发亮的木头和"皮柴"在阳光的映照下越发鲜活起来。迷糊中还对身旁的事物，产生种种幻觉和遐思，于是好奇地翻身坐起，寻问躺在身旁的父亲："我爹，我家有传家宝吗？"父亲听后，神秘地微笑着，并斜眯起双眼。又轻手指了一下，屋顶下悬挂着的那正被阳光照射的一大包黑乎乎的东西说道："喏，那就是我家的传家宝了！"

　　"什么东西，是金子吗？"

　　"不是金子，比金子还贵。"

　　因自己当时年纪尚小，无法弄懂隐藏在包裹里的究竟是一些什么玩意儿，竟能比金子还贵？按当时的身体条件，自己是无论如何，也不可能取下那包东西的，并在多次恳求父亲后，父亲都不肯让自己一睹那包裹里的"庐山真面目"。只是在自己不停的追问下，他才对我说了一些含糊其辞的话语，让我自己感觉到那里面的东西，与自己的二姐肯定有关。

　　家中姊妹，数二姐最善读书，并因各科成绩优秀，倍受家人关爱。无论家庭当时条件如何艰苦，家里都要想方设法凑钱供其上学。并且，二姐被玉溪师范学校录取后，当时正在新平一中首届附设高中班半工半读的大姐，还为凑钱给她买学习和生活用品，经常去山上割马草卖。提起当时割马草卖那受委屈的经历，大姐至今还一把鼻涕一把泪地记忆犹

作者：新宇　于2017年5月

新。但二姐从玉溪师范学校学成毕业后，却迎来了"无产阶级文化大革命"，让她只好响应时代召唤，回到家乡，当上一名在广阔天地炼红心的回乡知青。

在那激情燃烧的岁月，回乡知青不久的二姐，顺应时代潮流的发展，更名为了"向阳"。大姐先是说，她那是希望自己如同那向日葵一般，永远在追逐阳光。可后来又说，其实她是有那向组织靠拢的意向。

也许因为山里文化人不多，也许二姐在某方面与众不同，回乡后的二姐，从没与挖田、种地、挑大粪等繁重的体力活计沾过边，仅是与"劳动在地里，看病在田间"的"赤脚医生"相似，做了一名常常在田间、地头出没，并帮农民群众记挂工分的记分员。并且，好像还兼任着生产队的出纳或是会计。有时到了夜间一二点钟，都还能听到家中的煤油灯下，那拨动算盘珠子所发出的"蹄蹄踏踏"的清脆声。

印象里那时自己尚未读书，整天只知道追着二姐的屁股转，她也经常把自己叫成"跟巴狗"。当时自己想，人和动物怎能相提并论，但为了好玩，自己却只好随她叫唤。有时跟着她去，看她给社员们记工分；有时跟着她去，看她为社员们表演《红灯记》《沙家浜》《智取威虎山》等革命年代京剧——样板戏；有时则跟着她，在生产队的行宫里，并与她一起共同吃喝社员们前来开会，或是听她教社员们唱"战地新歌"。深深感到，当时二姐红得发紫，自己脸上也跟着沾光。

曾几何时，二姐身旁多了一个年轻壮实的伙子，二姐叫我喊他大哥。后来大姐解释，那是一名复员军人，团结与胜利大队的大队长，就是他的父亲。虽说他已复员回家，但看其家门楣上那"军属光荣"的牌子，就能想象解放军冲锋陷阵的身影。

此后，二姐则如脱胎换骨而变了一个人一般，回家后总是茶饭不思，还经常躲到她的闺房中，把门反闩上悄悄哭泣。有时还专门叮嘱家人："若有人来找，即挂工分，就说不在。"可每当大姐见到她进了闺房，却经常站在自家天井边的"厦子"上大声训斥："尿、笨，整天只知道躲着号丧！树正不怕影子斜，人正不怕脚印歪，只要你清清白白做事，堂堂正正做人，才不过是一两对电池，那芝麻大点的事，他们喜欢查，尽管让他们查好了。这分明是在故意找碴整人，和尚头上的虱子——明摆着，就是不想让你走"。

但生性喜欢仗义执言和打抱不平的大姐，岂是一个省油的灯，在她带着二姐从东关厢绕到马神庙，并反复找了当工作队的同志和军管会干部后，还狠狠教训了那一帮人。之后，回乡知青三年的二姐，终于拭干了泪水，走出了大山，去完成她那"桃李无言，下自成蹊"的心愿。

此后，母亲常说：树大分枝，人大分家。自家那幢让自己魂牵梦萦的百年老屋，即老"土掌房"，也不断随着兄弟姊妹的成长，而逐渐被冷落了。

直至对其拆旧建新时，那包被家人包裹得严严实实，并黑乎乎的东西，又重新激活了自己遐想的天空和猎奇的视野。面对刚开启的潘多拉盒子，我不禁愕然：家人视之为用金子都不换的东西，竟然是二姐当知青时，所遗留下来的一些陈年流水簿子。

心寒之余，不尽平添许多感触。自己的脑际也反复涌起那"千锤万凿出深山，烈火焚烧若等闲，粉骨碎身浑不怕，要留清白在人间"的美丽诗篇。心想，这就是山里人的本色和青山的脊梁，值得自己和后代永远珍藏。

男人钟情的水烟锅

在家乡，种植烤烟的历史由来已久。并经人们不断实践与探索，逐渐衍生形成了用烤烟丝或纸卷烟"拉"（吸）水烟锅的传统。

据说，由于拉水烟锅时，烟丝燃烧所产生的烟雾，需经烟锅水的过滤后，才能抵达人们的喉咙和肺腑，这不仅除去了烟雾中的大量毒素，也使那烤烟的烟味，因此而变得更加醇香。甚至于让许多人，在许多时候、许多场合都忘不了水烟锅，而将它形象亲昵地称呼为"小老婆"。

正因如此，人们在制作水烟锅时，则更加倾心；其制作好之后，也倍加呵护。

但就其现实而言，可制作水烟锅的材料却有许多，制作工艺也随用材的不同而有所区别。只不过，无论选择何种材料，人们都希望达到那异曲同工的效果。

传统的制作材料是本地特产的"苦竹"或"白竹"，用"苦竹"或"白竹"制成的水烟锅，不但方便上手，且更有亲近自然之感。这其中，"白竹"比"苦竹"稍好，用"白竹"制成的水烟锅，不但更加美观，也更加牢实可靠。只是这"白竹"非常虚少，即使在盛产竹子的家乡也很难求到。

但无论"白竹"或"苦竹"，由于都是竹子，人们在用之制作水烟锅时，方法和程序却完全一致。

主要方法及步骤是：

作者：新宇　于2017年5月

一是要从每根新砍，即传统于旧历七月所砍的竹竿中，挑选出直径八九厘米、十几厘米或二十厘米左右不等，较为周正笔直的竹筒，并按两节竹筒多一点的长度，即八十厘米左右的长度，但却遵循竹筒粗稍微延长，竹筒细稍微缩短规律，一个长筒、一个长筒地分别进行锯断。竹筒顶端，即竹筒粗端，沿竹节之下一二厘米左右处锯断；竹筒末端，即竹筒细端，由竹节之下五六厘米左右处锯断。

二是要将所锯断的长竹筒适度火烤，即既要烤黄，又不要烧焦，以除去竹筒内含的水分。

三是要用刀子等工具，既把长竹筒上那被烟火熏黑和烤黄的表皮轻轻刮削掉和打磨光滑，又把长竹筒顶端沿口和末端沿口的棱角刮削掉或刮削光滑，让这烘烤后的长竹筒，既清爽美观，又不易划手或戳嘴。

四是要用长刀等工具，将两节竹筒之间的内竹节打穿和刮削光滑，并让这上下连通的两个竹筒，既可盛水，又可让从"烟锅哨子"口吸入的烟雾，经过烟锅水的过滤后从水面冒出。

五是要砍来直径为二厘米至三厘米不等的金竹，做成"烟锅哨子"，以备将其安装在长竹筒之上。

六是要将制作好的"烟锅哨子"与打磨好的长竹筒对比，以确定所配"烟锅哨子"的粗细和长短。即竹筒粗，"烟锅哨子"就要稍粗、稍长，反之亦然。

七是要在长竹筒底部的十五厘米以上处，即通常人们所说的"一小'zhǎ'零'一跪'"以上处，也就是成人手拇指与食指自然伸展后形成的距离，再加上成人手食指的上下两个指节之间的距离以上处，用钻头或小刀等工具，打削刮滑出一个直径与所配"烟锅哨子"直径基本一致的倾斜形的椭圆形洞口，以备可将"烟锅哨子"紧密而倾斜地插入其内。

八是在将"烟锅哨子"与长竹筒的椭圆形洞口进行反复对比和插试之后，就可在椭圆形洞口边缘，涂上熟猪油拌锅底灰，或机器、机械所用的黄油等，既可防水又可润滑的润滑剂。并将"烟锅哨子"沿椭圆形洞口或呈近45度角，而紧紧插入长竹筒之内。

至于"烟锅哨子"的制作，则更为简单。一是要按季节砍来长三十厘米左右、直径为二厘米至三厘米的较为牢实而周正的小金竹筒，并将其进行烘干；二是要将这小金竹筒，用刀子等工具刮削和打磨光滑；三是要在小金竹筒顶端，即小金竹筒粗端的竹节之上，预留下两根半厘米左右长的竹枝根，以备安放烟丝团，或纸卷烟之用；四是要在小金竹筒顶端的竹节正中，打出一个直径比纸卷烟直径稍小的洞口，让其既可安放纸卷烟或烟丝团，又可让烟丝燃烧所形成的烟雾，通过"烟锅哨子"而被吸入竹筒之内；五是要用刀子将小竹筒的下端，削成与"烟锅哨子"顶端竹枝根伸展方向平行的长斜口状；六是再用刀子将长斜口的尖锐端削断、削短，以防把"烟锅哨子"插入长竹筒时，将承载烟锅水的竹节戳裂、戳穿。

如此这般，一个可用于拉烤烟丝或纸卷烟的水烟锅，就基本制作完成了。

但是，却还有不少人喜欢，用手拇指般宽的红铜皮，把水烟锅的两头和中间部位，均匀分成三四道而将其紧紧箍上；或者是用铜漆包线绕成线圈，而将其紧紧扎上。目的在于，既可防其开裂漏水，又可增其漂亮美观。

这当中，插"烟锅哨子"的部位之下，最容易出现开裂和漏水症状，务必要将其紧紧箍上或扎上。至于"烟锅哨子"之上，那安放烟丝团或纸卷烟的部位，也要用红铜皮依葫芦画瓢地紧密包上，以防其被烟丝的火焰不断烧伤或灼伤。当然在此之上，也可用细金属链拴上一个塞子。于不拉烟锅时，用塞子将"烟锅哨子"口塞上，于拉烟锅时，再将塞子打开，以减少烟锅水的自然蒸发。

还有则是，如在正式使用前，用清香油将其表面进行反复擦拭；那么在正式使用后，则能使之越用越鲜活光亮。

所有这些制作程序完成之后，人们就可勤换烟锅水，即将清水注入水烟锅之内，使烟锅水的垂直水位与"烟锅哨子"口基本持平；常放烟丝团或纸香烟，并爱不释手、难以忘怀地拉水烟锅了。

此时此刻，于拉水烟锅的人而言，就可于吞云吐雾之中，深切体会到那水烟锅的巧夺天工之妙；对不拉水烟锅的人来讲，也可从人们拉水锅的状态之中，足以欣赏到那拉水锅时的动静平衡之美。

其真正是：吸尽千般味，吐出片片云哟！

河水清且涟漪

（一）家乡山水

家乡之门，名叫大开门。没有谁不能到家乡自由行走。

家乡之靠山，名叫五桂山。既是新平的古八景之一，也是哀牢山的五位从孙常年到此相会之山。

白描的五桂山，由五座层叠的山峰形成；写意的五桂山，既像五位手拨月琴、口里传唱"不会唱歌来跺脚，踏起黄灰做得药！石榴开花叶子青，要玩要跳趁年轻"等曲调，以邀约少女前来"跳乐"的彝家汉子，又像五位牵手的"傣家迎宾女"，正在笑迎远方的客人，还像舞动"摆呀摆"的傣家少女，面南背北将左手下伸至大开门，使右臂下垂后的手掌形成五花山；传说的五花山，为荷仙姑向王母娘娘献寿时散落的五色蒸糕所至。

家乡之对门山，今日叫照壁山，古时称大旗山。说它是照壁山，它就像过去四合院的正堂，所面对的影壁一样；说它为大旗山，它又形如一面行进在哀牢山里的旗帜，迎着东风起舞飘扬。

照壁山侧对之山，名叫文笔山。是古人兴文、教化的标志之山。当然，文笔山上一定有过文笔塔，却不知出于何故，被历史烟云蒸发得销声匿迹、无影无踪了。

照壁山和文笔山的夹缝之中，还耸立着一座形如窝窝头的小山，名叫小团山。说它是小团山，不如说它是一只俊俏的乳房。虽然乳峰距地表的垂直高度只有几百米，距海平面不超过两千米，人们若想攀上山峰，还真不容易。

由于有了照壁山、文笔山、小团山，这相得益彰的风景，家乡的人们，就形象地将它称之为，"二龙戏珠"或"二龙抢宝"的风水宝地，也把它列为新平的古八景之一。

如此，五桂山、五花山、文笔山、小团山和照壁山、光头山等山，就自然圈围起一个小小的高山盆地、一座小小的高山城镇，以及小镇里形形色色的人们。而自己则是降生在这个因山得名，名叫桂山镇的小镇里的人。

山是顶着天的，也顶着天上的云；云是有水的，水能灌溉土地；山是土垒的，天上的水浇灌了山上的土，就能长出花草和树木；树是养水的，所以山间自然流淌出了清泉。水与石合奏，那清泉石上流的美境，就能显现于小城的人间。

那么，家乡之水究竟源自何处呢？肯定是龙嘴里。龙在哪里呢？除了能在天上，也能在山肚子里。因为有了家乡之天，又有了家乡之山，也就有了家乡之水，以及家乡之水形成的河流。

谁说不是人往高处走，水往低处流呢？所以，家乡就有了一条源自周围群山，名叫"平甸河"的河流，从照壁山脚下迂回而过。也有一条同样源自周围群山，而又叫"昌源河"的河流，像一根肠子通屁股，直接汇入"平甸河"里。还有一条源自照壁山之后的磨盘山国家级森林公园，那名叫"清水河"的河流，交叉汇入"平甸河"里。

是"清水河"与"昌源河"，在五花山下的桃花岛合流，形成古往今来、悠悠东去的"平甸河"。但却不知，是过去的"平甸县"，因"平甸河"得名，还是今日的"平甸河"，因过去的"平甸县"得名。但却知道，现今的新平县，则是因几百年前邓子龙将军，率军前来镇压磨盘山彝族人民起义，才有了"新近平定"之义。并在新平的历史丰碑上，也镌刻了邓子龙将军，曾坐镇五花山，指挥千军万马，涂炭当地不少生灵的伟业。

传说里，家乡新平县桂山镇里有三颗宝珠。一颗是"蔽风珠"，它隐藏在五花山山顶，那花山大庙下的五色土里。由于有了这颗"蔽风珠"，不论山上有任何风吹草动，那花山大庙里总是香火不断、烛火不灭。一颗是"蔽水珠"，也隐藏在花山大庙下的五色土里。由于有了这颗"蔽水珠"，无论气候如何炎热，花山大庙里的那一塘，从地下冒出的清泉，却永远都不会枯竭干涸。还有一颗是"蔽石珠"，却是隐藏在"清水河"的河床里。由于有了这一颗"蔽石珠"，"清水河"里就拥有了许许多多、大大小小顽固不化的青石头。无论天阴下雨，还是山水暴涨，"清水河"之水却永远清澈明亮，"清水河"之石却从不滚蛋到"平甸河"里。

既然人们把"清水河"称之为"清水河"，那么"清水河"里那长流不断的清水，一定是从磨盘山这一条蜿蜒曲折的苍龙嘴里，流露出的清水了。既然有了磨盘山这一条苍龙，家乡也就有了一块天作的方圆几百亩，地处小团山脚下的青龙栖息之地。正是有了这一块名叫青龙坎的青龙栖息之地，让农家把它作为收获稻谷、小麦和蚕豆等，粮食作物的理想之所。

"清水河"里，有雨水冲刷后，从磨盘山上滚落而下，途经"他拉河"等支流，并绕过小团山而进入"清水河"里的石头；有清泉石上流，遗留下的美好印记；有清水哺育长出的苔藓；有与流水共舞的水草；有穴居青石之下的"红尾巴鱼"，有河水清且涟漪！谁说清水养不出活鱼？

（二）清水养出了活鱼

初去"清水河"，是因年终大扫除尾随哥哥姐姐去的。虽说它距居家不到三公里，但当时的感觉却相当遥远，这也许是自己那时年龄尚小，而又鼠目寸光的原因。只记得哥哥姐姐到了那里，便把自己抱到水中的大青石上坐定，然后各自坐到水中的一个个孤立的青石上，说笑起春天的故事，就把一件又一件脏衣服和一条又一条脏裤子，以及一床又一床脏被单等，放到"清水河"里一洗了之。并在清洗之后，又将一件又一件、一条又一条、一床又一床，被洗净的衣服、裤子和被单，铺张

作者：新宇　于2017年5月

到那河床边的荆棘丛上，以及那干净的大石头上，让其乐融融的阳光晒干，让和谐美好的清风风干。然后说笑着春天的物语，把那些晒干、风干的衣物，像春风吹万物、光泽动园林一样，卷起后又担回了家，让自己温暖地穿在身上或热乎地垫在身下。使我们在感受清风送爽的同时，也享受阳光赐予的温暖。

那时，虽说自己不知西施美女是谁，但总觉幸福快乐日子，也就是那个样子。

到了骨节开始生长时，自己便尾随作为人民公社社员的父母，上青龙坎"栽田种地"去了。虽然当时不知何谓"栽田种地"，却免除了请人管护，或将自己一个人丢在家里，让父母产生不必要的担忧。

那时"清水河"上没桥，只有一条用一个个青石，临时拼凑而成的水路。但自己却是让父母背着，从这些青石头上过河的。

骨节再生长之时，自己就开始尾随父母，上青龙坎学做农活了。有人笑话："你会做农活吗？"自己虽不知何谓农活，但没吃过猪肉，总还见过猪跑吧！

于后来，自己渐渐学会了"'kāo'（其相当于敲）、'埂'（田埂）脚"。就是那用锄头脑，将那些大土团子，打碎、打紧密在田埂脚上，让人们在往田里灌水时，使田埂不致漏水。学会了"扎垡头"。就是在往田里放水后，用锄头将浸泡在田里的一个个大土团子捣碎成碎泥团状。学会了"拔秧"。就是把巧手伸展也合拢到那秧苗的根部，并将秧苗一小撮一小撮拔起后，又汇集一起，再用一根根稻草，又将之捆绑成团。学会了"栽秧"。就是将一根一根的秧苗，按一定的间距，用手指捏着而插入已犁耙好的淤泥里。学会了"割埂草"。就是在秧苗发青以后，用镰刀将田埂上长出的杂草割干净，并将所割下的杂草，用脚踩到田埂脚下后，使之变为秧苗成长的青肥料。学会了"割谷子""打谷子"。就是在收获季节，将成熟的谷子颗粒归仓。学会"挖干田"。就是在收割完小麦或蚕豆以后，用"条锄"将麦田或蚕豆田里的干泥土，一大团一大团地挖起后，使之经受风吹日晒。并待栽种时节到来时，再把水灌入田里，以进行栽秧后又割谷子。

可是，在青龙坎的这段学农的日子里，自己则几乎都是摸着石头过河的。

要知道，"清水河"里石头很多，"清水河"旁的青龙坎，同样石头很多。石头多了，石头下的生物则自然多了。要不，人们怎么说：再大的石头，也压不死黄鳝、泥鳅和红尾巴鱼呢？所以，石头是泥鳅、黄鳝与"红尾巴鱼"，避风的港湾和远行的航船，也是蛇虫等好战、好斗分子，幸灾乐祸的天堂。

因此，在"扎垡头"等干农活的日子里，既能遇到令人生怨的事情，也能碰到让人兴奋的好运。

如果遇上水蛇，就用锄头等工具使劲追打；如果遇上蜈蚣，就用木棍做成夹子，并将其轻轻夹起后，再放入瓶子里泡酒；如果被"水蚂蟥"叮咬上，就捏一把鼻涕放在它的身上，并手钳"蒿芝"而连同"蒿芝"一起，将之轻轻拿下后，再用双脚不断踩碎或搓死；如果发现泥鳅、黄鳝和游鱼，自然要想法收获而使之成为桌上的美味。

有读书辛苦等无奈

所以，自己既学会发上几句，"太阳落山，月亮过河，背时老师怎么还不放学。我打了三两饭，吃又吃不饱，睡又睡不着，蚊子叮'的'（着）后脑壳。《三字经》，我'麻色儿'，即什么也知道，师傅教我抬大碗儿，我教师傅爬门槛儿……"等牢骚话语；也学会了辛勤地劳作，为家庭多挣一分工分、多分一点红利，或为自己多找一点零花的钱。

因此，在那样的日子，有时不但要做农活，而且还要利用天不亮的时间，包上一包冷饭，渡过清水河、越过青龙坎、上到文笔山，砍上一挑木柴，再挑到青龙坎上，那生产队的"窝铺"旁，而将其摆放起来。待做完农活之后，再挑着木柴回家。到时，或将木柴留作家用，或卖给开食堂、开馆子的单位和部门。

但有时，却还要于"清水河"涨水之时，挑着木柴、粪土或谷物等，在路人临时搭建起来的独木桥上练胆子。

生活里有农闲时光

所以，我们可以在生产队"窝铺"里的草堆上，练习摔跤。

可以于收工时，大声吼上几句，如"打倒'老烧箕'，活'捉黄狼'，剥下它的皮，拿了打'牵筋'。"即实指一条牛与一只狐狸，暗指这一人和那一人，并还要将他的皮，做成那用牛拉着犁头犁田的皮绳子。另还吼着那"老八，偷鸡杀鸭。'比得'刀（没有刀），拿手掐；'比得'盐（没有盐），墙上刮；'比得'酱（没有酱），毛厕'的'（里）拓"等，放松心情的顺口溜，拿他人开涮。

可以悠然躺倒于，打谷子用的"掼盆"里，在清水河里玩水上漂的游戏；可以将清水河的河道堵成岔道，并将岔道里的水弄干涸后，再从石头下，翻出一小条一小条的鲜活的"红尾巴鱼"；可以将"红尾巴鱼"，放到锅装的清水里，再将火烧后的鹅卵石，放到装有"红尾巴鱼"的清水里，并加入酸腌菜等辅料，快乐煮食……

当然，在那样的美好时光，也有同伴为洗去尘埃和劳累，不知深浅地跑到清水河的深潭里玩水而被淹死的情况。

上文笔山砍柴那时

曾记得在自己学会使用斧子之时，有一次自己和同伴，越过"清水河"，上到文笔山砍柴。当时为省工省力，则就近在一片山地旁，顺手砍了一棵"棠栗树"做柴。结果被一位过路的成年男子看到后，硬说不能砍"棠栗树"，而非要没收自己的斧子。

开始自己还心里发虚，但在放眼看到另一位成年男子，也在另一边的山地旁，砍倒了许多棵"棠栗树"后，就和对方理论起来：

"你要没收斧子，就先没收他的好了。"

"那我管不着！"他一边说，一边迎上前来抢自己的斧子。

"你是欺'尿'怕恶！"

情急之下，自己抢起斧头："你敢抢，我就敢劈！"双方对峙和理论了几分钟，最终他还是选择了放弃。

到青龙坎儿分谷子

也曾记得在初中刚毕业，并已学会拉手推车好几年后，有一次我独自一人推着手推车，上"青龙坎儿"去分谷子。因当时我家分得一百五十多斤（市斤）谷子，刚好满满地装了一大麻袋。

那称谷子的人，对我说道："小伙子，你家大人没来？"

"没来！"

"怎么把谷子拿过河去？"

"背过去。"

"你能背过去吗？"

"能！"

"不信！"

"你喊人给我扶到背上。"

当时清水河上同样没桥，结果自己硬是将自家所分得，那一大麻袋谷子，背上田埂、背过"清水河"，并用手推车拉回了家。

至今还清醒记得，在自己背着那谷子行走起来后，却还听到身后传来那声调很低的话语："真'猴'（厉害）！'挨'（像）他爹一样！"

自己快成全劳力时

随后，当自己做"点工"，一天能苦（挣）上八九分工分；做"包工"，一天能挣上二十多分工分，并几乎快成一个全劳动力时，家乡却迎来了家庭联产承包责任制。

自此，自己却再也没越过"清水河"，上到"青龙坎"干农活的机会了。只是有了一些，乘车到后来兴起的"青龙山庄"，吃饭喝酒的机会。

于酒足饭饱之余，看着那些前来吃饭喝酒的人，自己则总是想到：事物怎能一成不变呢？河道，可以改直；河畔，可以建成河滨公园；河里的石头，可以被人拿走；河里的清水，可以堵起作为，灌溉、养殖、及风景之水。

清纯当然更好，成熟也很美妙，为何一定得要，那河水清且涟漪！

两颗心的距离

如果说一方水土、一方人，能够因美丽、多情、圣洁、神圣受到人们青睐，或趋之若鹜。那么，这个地方、这方人，在我心中，就是梦中情人、梦中新娘；在她心中，也许是风流倜傥、英俊潇洒、可作坚强后盾和强硬靠山的白马王子了。

早年看过一本书，名叫《消逝的地平线》。作者姓啥名谁？已记忆不清。但重要的是，因为他的书，影响一方水土、影响一方人，并在许多人的脑海里深深扎下了根。重要的是，书中提及一个，赛过古代浣纱西施、出塞王嫱的美人，以及一位比《水边的阿狄丽娜》还要漂亮、还要动人、还要可心的名叫香格里拉的人。

书上说，她的歌声，余音绕梁；她的话语，比《小河淌水》动听；她的笑容，比春天的花儿灿烂；她的"榴齿"，比春兰馥郁芳香；她的身材，比凌波仙子婀娜多姿；她的舞步，比《酒醉探戈》《玫瑰探戈》灵动、飘逸……她像《九曲杜鹃魂》一样，她如千里黄河万里沙一般，她似长江滚滚之水，萦绕在人们脑海里，高高堆聚在人们胸腔里，恣肆地奔流在人们心海中。她像金黄的玫瑰花一样，亭亭玉立地盛开在春天的花园里。

自己不知她的名字，是否藏语译音？不知她的名字，包含如何真实的含义？不知她生长的地方，究竟长什么样子？更不知她将成为谁的新娘？但作者把她描绘得楚楚动人，比春天的花儿灿烂，却令自己魂牵梦萦、心旌摇曳、心驰神往。

于是猜度，既然如此美丽、漂亮，她应当是人们痴心向往的世外桃源、天堂美景、精神乐园和梦中新娘。

如果世间真有这样水草肥美、民风淳厚的地方，真有这样多情浪漫、富有诗意的女子，只要是个男人，只要这个男人身体健康，只要他的心理、生理正常，他都会忘乎所以迎上前去，和她拥抱、相吻，或共饮一杯相思的美酒。

这正像胸有成竹，一旦胸中拥有一个令人眼馋、嘴馋的大红富士苹果，谁肯轻易罢手呢？一定会将她视作心肝宝贝，捧在手心不忍放弃，或是生怕别人夺去，尽情咬上几口。一定是迎上前去，和她一起耕耘播雨，耕作她那块令人相思的土地。于是，在这块相思土地上，播撒下多情种子，收获未来的幸福和美丽。

因为谁都企盼，拥有一个健康快乐的家庭，谁都乐意在这个家庭里养上一头猪，或是往这个家庭的大门上挂上一把锁，让这个家成为避风的港湾和远行的航船。

如果自己是一只展翅飞翔的小鸟，自己会像喜鹊一样叽叽喳喳，奋飞到她的花枝上，同她翩翩起舞，共跳《春天的圆舞曲》；如果自己是一只勤劳的蜜蜂，会轻轻停歇在她的花瓣上，和她一起酿制甘甜美酒、生活甜蜜；如果自己是一只花痴的蝴蝶，还会和她同唱《春天的故事》，或是合奏《梁山伯与祝英台》的恋歌。

其实，世间真有一个美丽的地方、一个风情万种的大美人，她和家乡的哀牢山一样，她和书中的香格里拉一般，都是同样美丽动人。都是一颗或一块被上帝之手，镶嵌在彩云南这片红土高原上的璀璨高原明珠或温润羊脂白玉。

过去人们称呼她为"中甸"，后来人们从书中获取灵感，并为她的诗意、多情，赋予想象的翅膀，给她新取一个香格里拉的名字。

自己以为，广义的香格里拉，是一种对美好生活、美丽心境的追求和向往，是一种尽善尽美的超人文景观和超自然情怀。她的每一粒尘沙，每一个石头，每一根草木，每一片叶子，都像天上的星星一般闪烁动人，都是一个又一个优美的童话故事，都是一个又一个永远说不完的美好话题。狭义的香格里拉，当然是指具体的地方、具体的民族、具体的人物和具体的风土人情。

广义也好，狭义也罢，无论如何，自己都要到她那块相思的土地上走走；都要迎上去，探望一下梦中的新娘；都要让多情的种子，在那里生根发芽、开花结果。

于是，自己的家乡委派自己的朋友，到她那片相思土地上，为我们取经，为我们做媒，为我们打了前站。

我们一行人，响应她的呼唤，选择好行车路线，带着身体，带着眼、耳、鼻、舌等光影、音响、嗅觉和味觉设备，带着物质和精神文化的彩礼，像娶亲队伍一样，坐上快乐大巴，越过孕育华夏文明的"长江第一湾"，跳过惊心动魄的"虎跳峡"，浩浩荡荡深入她的腹地，在她那片相思的土地上，忘情爬着雪山、过着草地。

这也让我们像品尝"美女宴"一般，品尝到她为我们精心准备的物质与文化大餐和精神盛宴。因此，只要我们每掀开一片花瓣，就能目睹她的每一寸相思土地，以及她一片美丽的肌肤和秀丽的胴体。

为此，我们走过"四坊街"小桥流水人家，看到一片淳朴的民风厚土；我们进入"小布达拉宫"精神圣殿，嗅到藏传佛教传承的魅力；我们爬上了像少女"珠峰"一样的"玉龙雪山"，看到少女的"酥胸"，如何被"碧玉包了银"；我们骑上快乐奔驰的骏马，看到牦牛在悠哉、乐哉之中呼唤同伴、寻觅美食，看到"风吹草低见牛羊"的天下美景。

于是，我们轻轻唱起："我走过青草地，漫步在小河堤，让阳光拥着我，让风儿抱我，远山青又青，蔚蓝的天衬底，凝望着流云想起了你……"的歌儿……

是你的爱恨情仇，让自己明白藏族的长刀和匕首，是何等锋利；是你的肥美水土，让自己懂得藏区的冬虫夏草，有何等"滋阴壮阳"之功，以致闹出婆婆奉劝儿媳："小死鬼！不要乱买！不要乱买！买回去泡了酒后，被你的老公公喝错了，该如何是好？该如何是好"的笑话；是你的丰满土地，让自己尝到可口的青稞粑粑，喝到四季飘香的青稞美酒，品到感人肺腑的高原雪茶，吃到货真价实的鲜牦牛肉片；是你的高原气候，让自己躺到床上闭上双眼，就变成一朵放飞心情的白云；是你的高山流水，让自己的血液快速流动，变成奔腾不息、永不言退的红河之水。

真想不到，所有一切，都因为有了你那燃烧和奔放的激情……所以，自己才真心实意投入了，你那温柔缠绵的怀抱，和你一道在吸热与放热之间，共度一段令人销魂的良宵美景。真可谓：放歌一首春常在，春宵一曲值千金！

虽说，不图朝朝暮暮，只为曾经拥有。虽说，大众情人，自然拥有

作者：新宇　2017年5月

许多喜欢和热爱你的人们。虽说，"有朋自远方来，不亦乐乎！"曾经出自孔夫子之口。虽说，在你的腹地，留下了自己远行的足迹。但自己却未能取得，永远和你居留的权利。但自己却未能让上帝，赐予婚姻的《证明》。但自己却壮志未酬，痴心不改。但自己却江山易改，禀性难移。但自己却爱我所爱，无怨无悔。

你是我梦中情人，你是我梦中的新娘，你是我理想伴侣，你是我醉人的诗篇，读你千遍也不厌倦，爱你万年也不言悔。

其实，自己也深知，远缘杂交好处。自己也深知，"有缘千里来相会，无缘对面不相识"。

但自己却深信，自己的气质和魅力，于你的美丽和多情，并不自惭形秽。但自己却要自命不凡，但自己却要自吹自擂。但自己却要"与君歌一曲，请君为我倾耳听"。

如果说"喜玛拉雅山"的形成，是地球造山运动的杰作。那么，我就是和"喜玛拉雅山"同时代出生，靠吮吸观音菩萨乳汁成长的人。人们为我的身体健康，为我幸福的将来，给我取了一个土气十足的哀牢山的名字。我是国家级生态群落与自然保护区，云南没有我，则有愧于植物王国和动物王国的称号。

我是《九隆神话》的故乡，我是《朗娥与桑洛》的法定继承人。在我的心胸里，酝酿着一部神采飞扬、多情浪漫的《绿色狂想曲》。在我的身体上，流淌着辛勤的汗水；在我的身体里，充满了奔腾不息的红河水的血液。但我却像一只嗜睡的、冬眠的狮子，总感爱情的基石，未被人们发现，爱情的火焰，没有照亮和点燃别人。总感许许多多的处女、处男的芳草地，还没有留下人们远行的足迹。

人们不知，我苍茫的哀牢山的肩膀上，能托起千钧、万钧重担。因为我的肩膀，能撑起一片蔚蓝的天空，能飘过一朵一朵洁白的云朵。因为我的每一根肋骨，都是一条坚强不屈的山梁。因为我所有的骨头和包裹骨头的皮肉，都是青山的脊梁，青山的大地。所以，我不怕千山万水，不怕困苦艰难。我是你坚强的臂膀和靠山，也是你停泊和远行航船的港湾。

我的每一根毛发，生长在富含多种养分的红土里。我的每一个毛囊，都能滋生出任何生命的力量。我的每一根毛发上，都披上层层叠叠迷你的树衣。它们用观音菩萨的尿液浇灌，它们靠红河母亲的乳汁哺育成长。只要山风吹拂、雨水淋过山野，你会在梦幻的光晕中听到鸟儿鸣唱，你会在清风里嗅到鲜花芳香，你会收到清风这一大自然的使者，用蓝天里的白云传书，为你寄上一朵一朵心灵的鲜花、一片一片青春的绿地、一缕一缕精神的馨香。你不必担心，衣不蔽体，或用补丁的衣服遮风、挡雨。你想穿什么花衣都可以，你穿什么花衣都美丽；你会迷失人的双眼，你会让人分不清东西。

我的每一个石头，都像我的腰椎骨——磨盘山国家级森林公园一样，是一个以地心为中轴，滚动和催人奋进的磨盘。它能勾引你，其乐无穷地登上我的头顶——大磨岩山，去欣赏我体表之上的甜美哀牢山日出和秀丽的哀牢山风光。

让你用山顶下的"大雪锅山"，这只孙悟空的火眼金睛，去观察和审视如惊涛骇浪般的大大小小的翠绿山峰，以及由这些山峰构成的绿色欢乐的海洋。这时，你会感到，你的心胸如大海一样宽广，你的身材如大山一般伟岸。你会从大海的深沉中，明辨世间的真假美丑，寻觅自身的价值取向，感受人间的风雨沧桑。你会真切体会到，孔子"登东山而小鲁，登泰山而小天下"的境界，不过如此。

让你用山顶两侧的大帽耳山和小帽耳山，这一双顺风的耳朵聆听：清风中的树木、草儿生长拔节的歌声；野生动物和林中鸟儿打情骂俏的话语；人类亘古与未来的千古绝唱和万年鸣响。你会从中发现，"此曲只应天上有，人间能得几回闻"的诗句，颂扬的正是足下的这块坚实的土地。你会从中获得，幸福快乐的健康心情和乐观向上的精神动力。

让你用我身上的"打雀山"——那支神仙的魔笛，吹响心灵的恋歌，招来远方前来过冬的候鸟和客人，进行神仙聚会，共度美好的良宵美景。因此，你不必担心，没有同窗好友和少年玩伴，及远方亲人和你相会；你不必担心容颜衰老，不能永葆青春，被弃之荒野，至少有我和你如影相随。

如果你欣赏过，从我跨下奔流出的南恩大瀑布，你会认为《望庐山瀑布》中，所描绘的"飞流直下三千尺，疑是银河落九天"的景致，是一种过分的张扬。如果你走过我身上的茶马古道，你会透过石上那情感深深的马蹄印，凝望和聆听到"山间林响马帮来"，那曾经消逝的美丽风景与历史足音。如果你喝一捧我身上的体液——石门峡清澈甘甜的泉水，你就会如喝了"多情水"一般，再也不忍从我的身边离去。如果你看到我身上那满山遍野的鲜花，你就看到鲜花的女儿——"古滇国"皇族后裔——风情万种的"花腰傣"。你就可以与她结为金兰，相互邀约去赶花街、去过东方的情人节。

你也许不知，我的身体上，隐藏着许多"美女晒阴"的相思地。人们可在冬日里，躺在尚且绿草青青的草地上，看蓝天白云，看山下秀美的风景，看群山圈围白雾形成的"湖泊"，悠然自得喝着葡萄美酒和烤着惬意背风的太阳。但这样的好去处，只能是你我的自留地，只能是你我心知肚明。

你也许不知，我的身体上，还有一个勾魂的胎记，那是一路从过去走来的陇西世族庄园。它曾是匪首李润之的避暑山庄，如今却成了当地有名的爱国主义教育基地和旅游胜地。

你也许不知，从我的红土里，长出的一片片红花大金烟，是生产红塔山香烟的第一源泉。由她滋生出的效益和利润，足以让我俩受用千年。

你也许不知，我足下的红河谷里，长出的一片一片甘蔗林，是天作的鸳鸯戏水的青纱帐，是播种和酿制幸福与甜蜜的第一温床，是滋生激情与浪漫的肥沃土壤。

有人说，男人是不能生娃娃的。但我可以郑重其事地告诉你，不但你可以生娃娃，我也可以生出许多娃娃来。但要我生出娃娃，却不能漠视你的存在、女人的存在。只要我俩合作愉快、相互理解，就能产生滋阴壮阳之功，是不必担心不能瓜熟蒂落和不会儿孙满堂的。经医学实践证明，我的肚子里正怀着铁矿和铜矿的胚胎，储量分别占到云南总储量的三分之一和四分之一。他们个个长得像未完全成形的小耗子一样。尚未出世即已相当可爱；出生以后，更少不了我俩甜美的日子。我的预产期在猴年马月，到时可以产下许多金娃娃。因为这样，云南不能没有我。云南没有我，就有愧于有色金属王国的称号。

不论是你到我身边，成为我的新娘，或是我到你的身旁，做你的上门姑爷，为了你我可以倾囊而出。一切都为了你的喜欢、你的高兴。只要是我身上所拥有的东西，包括如天上的星星一般美丽动人的蘑菇，以及各种各样的山珍野味，你都可以尽情享用。因为我不希望你来到我的家里，受到贫困的折磨和煎熬，受到感情的伤害和虐待。因为我衷心希望你，过上幸福快乐的日子。因为我盼望你成为我的新娘，也期待我能成为你心中的白马王子。这正像歌里所唱："假若说我的心中没有情，我为什么时刻想起你；假若说我不是真心喜欢你，早已经把你忘记。"

所以，我多么希望我这魅力无穷的哀牢山，和你这天性善良的香格里拉，能相会在风雨中，以文会友增添美好情谊；能文企联姻，平等互利；能结为友好城市，喜结连理、珠联璧合；能增进经济文化交流，造福我们的子孙后代和黎民百姓。

常言道："山不在高，有仙则名。水不在深，有龙则灵。"只可惜，我还不会王婆卖瓜，自卖自夸。只可惜，我不太善于言表，将我的好处说完道尽。只可惜，我还像久居深闺的处子，躲在深山人未识。只可惜，我还没有你才华横溢，能写出《消逝的地平线》那样优秀的作品感召别人。让家乡的旅游业，火上一把。只可惜，我还未能步入艺术圣殿，导演出《丽水金沙》那样动人的情景震撼人们心灵。让丝竹之音和形体之美，留住来来往往的行人。只可惜，我不是音乐天才，能够谱写出《阿里山的姑娘》《月光下的凤尾竹》那样的歌曲，传唱大江南北。让远方的人们了解我的家乡，向往我的家乡。只可惜，我还不是筑巢引凤的骄子，能将金凤凰引来。但我却迫切希望你这只金凤凰飞到我的家乡，为我儿生孙、孙生子，子子孙孙其乐无穷，过上红红火火的幸福与快乐的日子。请你相信我，请你等候我，我将用我的真诚赢得你的芳心，我将用我的执着收获你的爱情……

幸福的生活从这里起航

——新平红糖加工包装及应具备的条件

　　自然天成的气候和地理条件，不但很早就让家乡成为盛产甘蔗的地方，也让家乡制糖的历史因此而变得源远流长。虽然现代企业大规模的白糖生产，如今已从根本上替代了作坊式的红糖加工，但却因作坊式加工的红糖，仍然拥有较大的市场、或令人回味无穷与甜蜜不断，而将长久受到人们的青睐与喜欢。

　　因此，每逢甘蔗收获的季节，即到了榨季，产蔗地的人们，除将大量甘蔗砍运交售糖厂而用于生产白糖外，然后就是将所剩的甘蔗，用于加工红糖了。

　　前不久，我们一群人抱着极大的兴趣，一路颠簸到老厂，并在观看和听取转马都村"麻萨丽"小组的李永明，对"糖模"制作及其红糖加工等现场示范和即兴演讲后，让我们就像喝了甘香悠远、情意绵长的陈蜂蜜一般，而顿感心里越发亮堂。

一、红糖加工应具备的主要条件

　　一般情况而言，作坊式的红糖加工，除应拥有大量的甘蔗外，还必须具备"糖模"、作坊、燃灶、榨汁机等主要条件。因此，人们在进行红糖加工前，务必要将这一切所需的条件充分准备好。

（一）糖模的制作

没有规矩无以成方圆，对于红糖加工则更是如此。并且，只有将红糖制作成一定的花样或形状，才更有利于人们对红糖的喜爱和保管。在这里既可将"糖模"制作，理解为红糖加工的先决条件和良好开端；也可尽情猜想，"糖模"的材质和品种肯定有许多种类和式样。但关键要看，其是否能就地取材和节约成本，并激发人们对幸福美好生活的追求

作者：新宇　于2017年5月

和灵感。

因此，就其材质而言，普遍使用的"糖模"则有木模和石模两种；就其样式来说，广泛运用的也只是方和圆这两种操作比较简单方便的形式。当然，也可根据不同需要，将"糖模"制作成其他各种令人喜欢的动物等图案或形状。至于"石模"，则不但因其材质坚硬难以制作，也还因其较为笨重，操作起来相当不便，所以其也根本不利于红糖的批量加工及生产。但无论木模或石模，既然能以一种古老的文化现象存在至今，也就一定有其继续存在下去的必要和理由。

1. 石糖模的制作

"石糖模"的制作，共分为石头取材和"石模"打制两个主要阶段。用于制作"糖模"的石头，既不能是常年浸泡水中、石质坚硬、石密度较高的石头，也不能是常年裸露于红土之外、石质疏松、石密度较低、并一击即碎的"泡渣石"，而必须是深埋地下、石质不太坚硬、石密度适中、那可用于制作磨刀石之石。因为只有这样的石头，才能保证用"石糖模"浇铸红糖时的透气效果和所浇铸出的红糖具有更好的美感。

因此在制作"石糖模"前，首先必须挖开红土，并在石头的取材上，花上一定的力气和功夫；其次才是将石头破碎和分割打磨成平整光滑的不太笨重的长方形条块；并依据动物和其他所需浇铸的物品形状和图案，按左右相反的方向，分别在两块长方对等的石头的两个石面上，用线条进行勒；再次就是用铁錾子等工具，按图索骥有鼻有眼、棱角和层次分明地将其进行镂空打制；最后才是用铁錾子等工具，分别在两块石头的两个侧面上，打制出两块石头合拢之后能形成漏斗状的浇铸孔，以将两块石头的两个面的镂空部分，分别加以连接起来。如此这般，一个可浇铸红糖的"糖石模"就算制作成功了。

2. 木糖模的制作

对于"木糖模"的制作，同样是分为取材和具体制作两个阶段。而老厂"木糖模"的制作，是以当地原生的"天干果树"的木材为原材料，并以圆形图案为主要形式。且整个制作过程，都是在木材尚未完全风干前完成。其主要原因：一是用"天干果树"木材所做出的"木糖模"，既不易开裂、不易吸附糖浆而有利于对其进行长期与反复地使用，也有利于用其所浇铸出的红糖能够具有比较光洁的美感；二是因其木材尚未完全风干和完全坚硬，其制作起来也就变得更加的容易和简单；三是将"木糖模"制成圆形图案，更有利于对所铸出红糖的使用、包装和保管。

因此在制作"木糖模"时：

一是要于每年旧历的八月，去山中砍来"天干果树"的树木，并将其刀劈、斧砍，或者锯解、锯断成一块块长五六十厘米、宽十七八厘米、厚三四厘米的长方形条块。

二是要将其所要制作模型的表面，用"推刨"等工具刨至光滑。

三是要在留够天头地足的情况下，将每一块长方形条块的光滑面进行等分和中分，并将之分成左右两个部分和定出左右两个部分的各两个圆心，然后依据每个圆心再在每一块木块上画出四个直径为十二三厘米的圆形图案。

四是要围绕每一块木块上的一个个圆形图案，用斧头和"平凿""凹凿"等工具，将其打凿成一个个上部直径为十二三厘米，底部直径为十一二厘米，以及厚度为一厘米半左右、那顶大底小的空心状，并在将其圆形底部加工得向上稍稍凸起后，又用平凿等工具而将其内里反复修理光滑。

这样，一块又一块用于浇铸红糖的"木糖模"，也算基本制作完成了。

这其中，若想让"木糖模"拥有圆弧形的花边，则可用"凹凿"沿圆形图案的边沿凿出；如果想让所铸出的红糖更加美观，也可用刻刀在其圆形的底部，雕刻上"五角星"及花卉等图案。

但无论是将其雕刻成何种花样，其总的要求是，要让用"木糖模"所浇铸出的圆形红糖，能够在两扇合起之后，恰巧达到那比较方便人们使用的一公斤左右的重量。因此，这就需要人们在制作"木糖模"时，能依据红糖的比重，对"木糖模"空心部分的直径大小和厚度等，进行周密计算和良好把握了。

（二）加工作坊的建盖

总体来说，红糖加工作坊的建盖，应以通风、宽敞、明亮、干燥、既能煮糖、又能"铸糖"和摆糖，并不易进水或漏雨为佳。在此不再一一赘述。

（三）燃具灶的打造

其基本要求是：一是要用土坯、方砖等吸热效果好的材料进行精心堆砌；二是应以燃柴为主，并使"锅洞"既能回风，即从灰洞口流入锅洞内的空气，能在锅洞内绕上一圈后，又从灰洞口流出，又能让木柴燃烧所形成的细木炭灰徐徐掉落，不致在锅洞内大量堆积；三是要将"锅洞"的洞口设计在屋外，使从"锅洞"口散发出的烟雾，不致飘进屋内；四是要将"锅洞"打制成三四米长，使之既能同时将三口一起煮糖的大铁锅连接起来，又能让木柴燃烧所散发出的热量，由外及里沿"锅洞"依次减弱，而不致将糖汁煮焦、煮烟；五是还必须在"锅洞"的尽头设有烟囱，尽可能地将"锅洞"内的烟雾，排出屋顶之外。

（四）榨汁机的制作与安装

其基本要求是：

一是必须将榨汁机安装在开阔的场地上，让其既有利于堆放成堆的甘蔗，又有利于用耕牛或"小红牛"，即拆装比较方便的小型化拖拉机，带动榨汁机的木轮转动而不断榨取糖汁。

二是必须在地上挖出一个深塘，并在深塘上支上一口大铁锅，以便让榨汁机榨出的糖汁，能够不断地流进大铁锅里。

三是必须在大锅的正上端，悬空并稳妥地安装上一个左右两边为三角形或梯形、下方为长方形或上下两方为一小一大长方形、高度为七八十厘米以上的铁架或木架，以便能将榨汁机的两个木轮单独安装其上，或与铁齿轮一起分别安装其上。

四是必须在木架或铁架下方的长方形边框上，安装或镶嵌上一整块木板或铁板，并在其上留有小孔、缝隙，或出汁口，以使所榨出的甘蔗的渣和汁液能够相互分离。

五是必须在木架或铁架之上，垂直安装上两个高低错落、相互并列，既不会摇晃，又可自由转动，用栗树等坚硬牢实树种的木材，所做成的长圆筒形木轮。且在那个较高的木轮上，还必须打凿出一个较大的圆孔或方孔，使其能将那长长的木杆插入其中，而对其进行带动并转动。此外，还必须在这两个长圆筒形的木轮上，垂直等距地雕刻出许多长条形的凹槽，而使之既能增大甘蔗的受力，又便于甘蔗汁液的下流。

六是也可将两个木轮做得更短，并做成同样的长短，而在其上方分别安装上两个较大的铁齿轮，以对其进行带动而转动。

七是如果是采用铁齿轮带动木轮转动，还必须在其中的一个铁齿轮的正中，固定上一根较粗的铁柱。并在铁柱之上固定上两个铁环，而使木杠能够插入铁环之中，以带动铁齿轮进行转动。

八是必须在两个木轮的正面，先前固定或临时摆放一个木墩，以便能将一棵接一棵的甘蔗，平稳而不太摇晃地插入转动的木轮之内。

如此，一个可用于榨糖的榨汁机，也基本制作安装好了。

当然，对于红糖的加工，除应具备以上主要条件外，还须具备，比如木柴等其他一些必要的条件，在此也不再一一阐述。

二、红糖的加工

对于红糖的加工，则主要包括榨糖、煮糖、"铸糖"这几个重要的环节。并且，这几个环节，还是一条需要相互配合与同时进行的流水作业的活计。

（一）榨糖

榨糖时，人们首先必须将所需压榨的甘蔗不断准备好，然后就是既可给耕牛蒙上双眼，并套上牛弯头和牵筋与绳索等，而吆喝着耕牛拉动木杠围着榨汁机不断转动，或者是靠人直接驾驶着"小红牛"，带动木杠围着榨汁机进行不断转动，以通过木杠带动木轮，或木杠带动铁齿轮、铁齿轮再带动木轮共同转动，以不断将一棵棵甘蔗的汁液滚压出来。

同时，还必须有专人在榨汁机旁，通过支垫甘蔗的木墩，将一棵棵甘蔗不断塞入，那两个正在转动的木轮的空隙之内。此时，既会有大量的甘蔗的汁液，不断沿木轮的凹槽下流到榨汁机之下的那口大铁锅里，也会有很多的甘蔗渣，不断地掉到那两个木轮之下的木板或铁板之上。

这就要求还必须有人将这些甘蔗渣，进行及时清理，或是将那榨汁机之下的大铁锅之内的甘蔗汁液，不断舀出而倒进那第一口煮糖的大铁锅里进行熬煮。

（二）煮糖

煮糖时，人们首先要将已压榨出的甘蔗汁液，倒入那第一口直接用火熬煮的大铁锅之内，然后再用木柴在灶堂内将火燃着，并随时注意观察和控制火势，以及锅内甘蔗汁液的变化，以对其进行不断搅拌和熬煮，而使甘蔗汁液中的水分被不断大量蒸发。

每当在第一口大铁锅内的甘蔗汁液，被熬煮到用大勺高高舀起，并使之慢慢下流而可出现糖汁断开的时候，就要及时将第一口大铁锅之内的糖汁，舀进第二口大铁锅内，并利用第一口大锅之下的大火火势蔓延后形成的小火，或所散发的火温，而对其进行不断的熬煮，以再次不断蒸发掉糖汁中的过多水分。

并且，在将第一口大铁锅内的糖汁，舀入第二口大铁锅内进行熬煮后，又可将已压榨出的甘蔗汁液，倒入第一口大铁锅内进行不断熬煮了。

当第二口大铁锅内的糖汁被熬煮到用大勺高高舀起，并使之慢慢下流，而出现糖汁有秩序地间断断开或不断下滴时，还要及时将第二口大锅之内糖汁，舀入第三口大铁锅之内，并利用第一口大锅之下那大火所散发的余温，对其进行不断慢慢熬煮，以最后除去糖汁中的水分。

此时，又可以根据甘蔗汁液所煮情况，再次将在第一口大锅之内所煮出的糖汁，舀入第二口大锅之内，以进行不断熬煮了。

最后，当第三口大铁锅内的糖汁，被熬煮到用大勺高高舀起而使之下流，要慢慢才会断开时，就可将其不断舀出，并将之倒入红糖模子之内，以不断进行红糖的浇铸了。

这时，又可根据糖汁熬煮情况，将在第二口大铁锅之内进行熬煮的糖汁舀出，并倒入第三口大铁锅之内继续熬煮。如此不断循环和反复，就可将榨汁机所压榨出的甘蔗汁液，不断煮熬成糖稀而用于浇铸出一扇又一扇的红糖。这当中，切忌将糖汁煮焦或煮煳。不然，再甜蜜的味道，也会因此而变成苦的。

在此需要特别说明的是，如果所要进行压榨的甘蔗的糖分太低，就要用"灶窝灰"泡出清水，并用这过滤后的清水与其所压榨出的甘蔗汁液一起共煮。只有这样，所煮的糖汁才比较容易黏稠或板结。

这样做的结果却是，用其糖稀所浇铸出的红糖的颜色，则由正常的红里透黄，变为不正常的红里发黑。且其糖味也由正常的非常甜蜜，变为甜里带酸和带苦。

至于人们在吃红糖时，有时会吃出木炭屑或沙粒的情况，其最主要原因就是，用于与甘蔗汁液一起共煮的炭灰水，没有得到很好地澄清与过滤。

当然，有时人们也会发现，有的红糖的颜色是黑里透白，或红里透白，如果用水果甘蔗榨糖，也会出现此种情况。更多的原因则是，有人为增其美观或隐瞒糖质，而故意使红糖变得疏松，或故意在红糖内，加入一些其他的成分。但无论如何，在煮糖汁时，人们都必不断给三口大锅中的糖汁进行搅拌，才不至因其粘锅被煮焦。

（三）铸糖

"铸糖"时，人们首先要将所需浇铸红糖的大量"糖模"充分准备好，然后才是将已煮好的糖稀，慢慢浇入已摆放好的一块、又一块的"糖模"之内。并待那糖稀在"糖模"之内慢慢冷却和凝固后，再将这一块、又一块的"糖模"正反颠倒过来进行轻轻磕碰，就能将在"糖模"里所凝固形成的红糖，一扇又一扇地磕碰到事前就铺垫好的那些干净的稻草之上，而使之被慢慢地晾干。

此后，人们也可对这一扇又一扇的红糖，成批地进行统一包装了。

此时，那些参与加工红糖的人们，则会突然发现，用那"石糖模"所浇铸成的各种动物形状的红糖，特别能让小孩们高兴和喜欢。并且，还没等这种红糖加工好或是完全风干，就会有小孩来前来等待或进行哄抢。

即使其没有那一扇一扇红糖的重量和分量，即使其价钱更比那一扇一扇的红糖高出许多，他们也还是会不断催促着大人们，前来购买。

三、红糖的初包装

通常情况，人们是用长长的甘蔗叶，来对红糖进行初包装的。并且，用这就地取材的甘蔗叶，所包裹或包装起来的红糖，不但生态环保，并且还因其具有良好的透气、防潮和减震效果，更有利于运输和妥善的保管。

当然，在用甘蔗叶对红糖进行初包装前，务必要将甘蔗叶，拿去锅中水煮，并进行洗净和晾干。这样不但可使那甘蔗叶，因此而变得清洁卫生，且还可增强其柔韧性，使之不易被拉断或折断。

至于其包装过程，则非常简单。具体操作时：

一是要依照红糖大的那一面，将两扇红糖紧密合拢在一起。

二是要用左手捏住两扇红糖，并用左手拇指将右手递送过来的甘蔗叶的根部，在两扇红糖正上方的中间部位紧紧按住。

三是要用右手紧紧拉着甘蔗叶的根部，并像在那轱辘上绕线一般，边滑动甘蔗叶、边使甘蔗叶依次在红糖上呈一定角度，而将甘蔗叶一圈又一圈、紧密、均匀和交错地在两扇红糖上反复缠绕。

四是在那甘蔗叶的根部被平稳压住，而匀出左手拇指之后，接着又用左手配合右手，再将那甘蔗叶在两扇红糖上紧紧绕完，或使之将那红糖全部覆盖。

五是当两扇红糖被甘蔗叶全部覆盖之后，就用左手拇指将即将绕完的甘蔗叶紧紧按住，并匀出右手，再将甘蔗叶的尖部平整而稳妥地插入那一圈一圈在红糖上所缠绕起的甘蔗叶之下。

如此反复，就能将一盒又一盒的红糖给予初包装完毕。

其实，这甜蜜的事业和幸福的生活，不但像蜜蜂采花酿蜜的过程一般，也像人们在水上行船一样。既需要有人不断进行种植和生产，也需要有人不断加工和酝酿。它可以让人们在历经辛苦之后，将甜蜜留在当地，让家乡成为温馨幸福的港湾；也可以让甜蜜四处传播，让远方的人们深深感到，这快乐的日子总是那么甜蜜不断。

有道是：有付出才有回报，有辛苦才有甜蜜，有进步就有发展，有希望就能不断发现和发明，酿制幸福甜蜜的良方与温床。